GARMISCHER WUT

Geboren und aufgewachsen ist Roland Krause in Lindau am Bodensee. Nach einigen Jahren in Nürnberg lebt und arbeitet er heute in München. Die düsteren Winkel der Großstadt bilden auch den Hintergrund seiner Krimis. Roland Krauses Romane und Erzählungen sind atmosphärisch dichte Milieustudien, in denen er das Dasein von Außenseitern und schrägen Charakteren beleuchtet.

Dieses Buch ist ein Roman. Handlungen und Personen sind frei erfunden. Ähnlichkeiten mit lebenden oder toten Personen sind nicht gewollt und rein zufällig.

ROLAND KRAUSE

GARMISCHER WUT

Kriminalroman

emons:

Bibliografische Information der Deutschen Nationalbibliothek
Die Deutsche Nationalbibliothek verzeichnet diese Publikation in der Deutschen Nationalbibliografie; detaillierte bibliografische Daten sind im Internet über http://dnb.d-nb.de abrufbar.

© Emons Verlag GmbH
Alle Rechte vorbehalten
Umschlagmotiv: mauritius images/Ludwig Mallaun
Umschlaggestaltung: Nina Schäfer, nach einem Konzept von Leonardo Magrelli und Nina Schäfer
Umsetzung: Tobias Doetsch
Gestaltung Innenteil: DÜDE Satz und Grafik, Odenthal
Lektorat: Dr. Marion Heister
Druck und Bindung: CPI – Clausen & Bosse, Leck
Printed in Germany 2023
ISBN 978-3-7408-1958-3
Originalausgabe

Unser Newsletter informiert Sie
regelmäßig über Neues von emons:
Kostenlos bestellen unter
www.emons-verlag.de

Dieser Roman wurde vermittelt durch
die Medienagentur Gerald Drews, Augsburg.

Die automatisierte Analyse des Werkes, um daraus Informationen insbesondere über Muster, Trends und Korrelationen gemäß § 44b UrhG (»Text und Data Mining«) zu gewinnen, ist untersagt.

Damit das Ungeheuer,
wenn es die Kugel brennt,
schon nach empfangnem Feuer
in sein Verderben rennt.

aus: »Auf, auf zum fröhlichen Jagen«
von G. B. Hancke

1

Ben Wiesegger verabscheute Schnee. Zumindest, wenn er nichtsnutzig Hof und Haus bepuderte. Der Winter sollte sich dort austoben, wo er gebraucht wurde.

Er stützte sich auf die Schneeschaufel und sah dem betagten Allradvehikel entgegen, das gerade auf den Hof der elterlichen Pension rollte. Er war dankbar für die Unterbrechung, Schneeschippen zu quasi nachtschlafender Zeit war nicht vergnügungssteuerpflichtig. Trotz der zapfigen Kälte war er kräftig ins Schwitzen gekommen unter dem moosgrünen Parka, und seine Backen glühten.

Für viele im Werdenfelser Land war es pures weißes Glück oder, besser gesagt, »Money, Money, Money«, was da vom Himmel fiel. Es mahnte ja die alte Bauernregel: »Wird der Winter warm, wird der Bauer arm« – und nicht nur der. Deswegen hatten sich die Schneekanoniere in Stellung gebracht, bereit für die Schlacht, denn Glück und Hoffnung reichen für die Garmischer Spielbank, aber in der Meteorologie kannst du damit nichts gewinnen.

Ben versöhnte der Gedanke, dass die Pensionsgäste der Wieseggers bald ausfliegen konnten, auf zu den Loipen, Pisten, Schneeschuhwanderungen und zu diverser anderer Wintergaudi.

Er beobachtete Laura, die aus dem Wagen stieg, ihm zunickte und dann die Heckklappe öffnete. Die Tierärztin lächelte ihn an.

Ben schaffte es nur, seine Mundwinkel leicht nach oben zu bewegen, und zog sich die Army-Wintermütze mit den teddygefütterten Ohrenklappen vom Kopf. Mit dem Handschuh strich er über seinen nass geschwitzten braunen Schopf. Die Kopfhaut juckte, er hoffte inständig, es hatten sich keine Krabbler in der Mütze angesiedelt. Sie stammte aus seinem Garmischer Fundus, den er nach zwanzig Jahren wieder ausgegraben hatte, und passte auf seinen Schädel. Immerhin, dessen Umfang war über die zwei Jahrzehnte unverändert geblieben.

Er kniff die Lippen zusammen. Konversation um halb sieben harmonierte nicht mit seiner physischen Verfassung.

»Ben Wiesegger beim Frühsport. Ich zieh den Hut«, meinte Laura, nahm theatralisch die Pudelmütze vom Kopf und schüttelte die verstrubbelte blonde Mähne.

»Macht Freude«, brummte er. »Willst du es mal probieren? Für dich wär es gratis.« Er reckte ihr die Schaufel entgegen.

Aus dem Kofferraum des Subaru sprang ein Tier. Es war ein schwarz gefleckter Hund mit angegrauter Schnauze, der neben Laura gemächlich auf Ben zuschritt. Die Rute bewegte sich zaghaft hin und her, so als wäre er unschlüssig, ob es ein freudiger Moment war.

Ben sah vom Vierbeiner zu Laura und wieder zurück.

Das Tier erwiderte seinen Blick. Die schwarzen Augen vermittelten Wehmut, als wäre die Welt nicht immer ein kommodes Platzerl. Aber für wen war sie das schon?

Ben zog den Handschuh aus und streckte die Hand aus. Eine feuchte Schnauze wurde ihm entgegengestreckt. Das Tier schnupperte an ihm und fand offenbar keine Beanstandung.

»Bist du auf den Hund gekommen, Laura?« Mehr als Plattitüden weigerte sich sein Hirn zu kreieren.

»Mehr oder weniger. Darf ich vorstellen: Das ist der Beppo. Deutsch Drahthaar.«

»Servus, Beppo.«

»Ich hab mir gedacht«, fuhr sie fort, »der könnte gut zu dir passen. Er hat ganz tragisch sein Herrchen verloren.«

»Du machst Spaß, oder?« Ben rammte die Schaufel in einen Schneehaufen. »Ich mein, ein Hund? Und ich? Dafür hab ich weiß Gott keine Zeit.«

Sein Arm beschrieb einen Halbkreis, um sein Schaffen darzustellen. Lauras Schulterzucken verdeutlichte ihm, dass sie seine Übertreibung nicht beeindruckte.

»Der Beppo ist kein gewöhnlicher Hund«, sagte sie.

»Kann er Kunststücke und holt mir die Filzpantoffeln?«

»Mindestens. Mei, mit so einem Hund kämst du raus in die Natur, Spaziergänge, Wandern, das tät gerade dir bestimmt nicht schaden.«

Ben wusste, worauf sie anspielte. Sein Fitnessgrad bewegte sich im Minusbereich. Eine Stunde Schneeschippen strengte seine zähe, nimmermüde Nachbarschaft nicht mehr an als der Gang zum Bäcker. Fröhlicher Auftakt für den Tag, angefüllt mit noch fröhlicherer Plackerei. Für ihn war es wie eine Schneeschuhwanderung zum Wankgipfel.

Seine Fähigkeiten waren anders gelagert, er musste sie bloß aufspüren.

Seit er letzten Sommer nach zwanzigjähriger Diaspora wieder nach Garmisch gekommen und in die elterliche Pension zurückgekehrt war, hatte er sich Mühe gegeben, von seiner Schwester Lissy und der Mutter nicht zum nutzlosen Fresser abgestempelt zu werden, den man durchfüttert wie ein altersschwaches Muli. Anpacken wurde großgeschrieben, der Gürtel war eng geschnallt, und fähiges Personal stand auf der Liste der gefährdeten Spezies.

Seine Artikel für den Garmischer Kurier und andere mickrige Lokalblättchen warfen gerade so viel ab, dass er sich ohne allzu schlechtes Gewissen als Journalist bezeichnen konnte – körperliche Höchstleistungen waren dabei nicht inkludiert. Aber wenn es darauf ankam, konnte er die wilde Bestie in sich wachrufen. Hatte er nicht letzten Sommer um ein Haar den Jubiläumsgrat gemeistert und war, um Laura zu retten, aus einem Helikopter gesprungen? Noch Fragen?

»Erstens trägt der Parka auf, und zweitens nennt man das Bodyshaming, und zwar auf die hinterlistige Tour«, knurrte er und warf dem Hund einen finsteren Blick zu, als hätte der sich in Joggingschuhe verwandelt.

»Das ist nur ein ärztlicher Rat.«

»Aha, und den Sauen verordnest du Schrittzähler und Laufband gegen die Speckröllchen?«

»Dass du so ein Sensibelchen bist, sollt man gar nicht meinen.«

»Ich bin halt empfindsam. Magst du einen Kaffee?«
»Nicht ›-sam‹ sondern ›-lich‹.« Laura zwinkerte ihm zu.
Ben stapfte auf die Haustür zu. »Kaffee«, wiederholte er nur. Beppo lief an ihrer Seite.

In der Küche schälte sich Laura aus ihrer schwarzen Daunenjacke und zog sich einen Stuhl heran. Beppo ließ sich zu ihren Füßen nieder und bettete die Schnauze auf die Vorderpfoten.

Ben angelte sich eine Scheibe Schinken aus dem Kühlschrank, die er dem Hund zuwarf. Der schaute auf, schnappte aber nicht zu.

»Die nimmt er nicht einfach so«, bemerkte Laura, während Ben zwei Haferl mit Kaffee füllte und auf dem Esstisch platzierte.

»Problemhund?«, wollte er wissen und sah Laura dabei zu, wie sie am Kaffee nippte.

Im Gegensatz zu ihm sah sie hellwach und munter aus. Ihre blauen Augen blitzten ihn an, allein die Art und Weise, wie sie mit wippenden Beinen auf dem Stuhl saß, strahlte Tatkraft aus. Es blieb ihm ein ewiges Rätsel, wie sie jeden Morgen, ob Sturm, ob Schnee, die Energie aufbrachte, zu den Viechern aufzubrechen, Diagnosen zu stellen und sich mit den Bauern in den Ställen zu tummeln. Was war ihr Geheimnis? Er betrachtete ihr Gesicht.

Einmal, bei Pizza Funghi und ordentlich Primitivo, hatte er ihr gesagt, mit den aufgeworfenen Lippen und ihrer Nase erinnerte sie ihn an eine französische Schauspielerin, deren Name ihm momentan nicht einfiel. Überraschenderweise hatte sie sein Kompliment mit stirnrunzelnder Missachtung bedacht. Ob er wohl den Wein nicht vertrage? Er wusste, dass ihr Nasenrücken einst von einem vogelwilden Ziegenbock geknickt worden war, aber das Perfekte ist ja seit jeher öde wie ein Frotteepyjama.

»Der Beppo«, begann sie jetzt, »hat dem alten Wanninger gehört. Der hat ihn zur Jagd mitgenommen.«

»Aha, und der Wanninger hat das Zeitliche gesegnet?«

»Ja, so in etwa. Beppo hat ihn erschossen.«

Ben verschluckte sich am Kaffee. »Der Hund?«, brachte er hustend hervor.

»Der Wanninger hat sich beim Ansitzen mit ordentlich Obstler aufgewärmt. Später hat er nicht aufgepasst, die geladene Flinte an einen Baum angelehnt und Beppo gerufen. Der ist munter auf ihn zugesprungen und an die Flinte gekommen … den Rest kannst du dir ausmalen. Die Ladung ist ihm durchs Kinn bis ins Hirn. Muss eine schöne Sauerei gewesen sein. Brauchst du es genauer?«

»Heiliger Hubertus«, brach es aus Ben heraus. »Du schleppst mir einen Killer daher.«

Laura tätschelte Beppos Flanke.

»Und keiner wollt den Beppo jetzt nehmen. Ich hab's überall versucht. Im Tierheim sehen sie auch keine Chance auf Vermittlung. Der bringt Unglück, sagen die Leut. Aber das ist natürlich Schmarrn, der Wanninger hat sich das selbst eingeschenkt.«

»Und du hast dir gedacht, der Wiesegger Ben kennt sich aus mit Totschlag. Der Hund passt original zu ihm.«

Er konnte sich das Gerede im Ort vorstellen, falls er mit Beppo unterwegs wäre. Er traf auf genügend Einheimische, die überzeugt davon waren, er habe seinen Spezl Toni im Streit vor mehr als zwanzig Jahren vom Jubiläumsgrat gestoßen. Keine Beweise bedeuteten in den Augen der Leut lange nicht, dass du unschuldig warst. Was half es, wenn er beteuerte, dass es so nicht gewesen war? Die verstrichene Zeit half nur marginal. Die Alten gaben es weiter an die Jungen, wie eine heimatliche Sage. Wenn sich eine Meinung in den Schädeln festgekrallt hat, lässt sie sich mit Wahrheit kaum losreißen. Am liebsten hätte Ben sie mit Fäusten herausgeschlagen. Die Realität war aber, dass er die schrägen Blicke und das Getuschel schlucken musste – mutmaßlich bis zum Jüngsten Tag.

Er nippte vom Kaffee und runzelte die Stirn. »Schau her, da kommt der Mörder mit seinem Mörderhund«, murmelte er.

Er warf Beppo einen forschenden Blick zu. Unglück sollte der bringen? Ja, womöglich waren sie sich darin ähnlich. Eine Schicksalsgemeinschaft.

»Scheiß drauf«, sagte er, »ich nehme ihn. Den Vater wird es freuen. Der wollt unbedingt wieder einen Hund, der aufpasst, dass der Fuchs nicht die Hühner rupft.«

Beppo hob den Kopf und sah Ben mit großen Augen an, als hätte er die Botschaft verstanden. Nur den Schinken schien er zu verschmähen.

Laura beugte sich hinunter und strich ihm durchs Fell. »Ich glaub, du bringst deinem Herrchen Glück.«

»Da hätte Wanninger, wenn man ihn noch befragen könnt, wohl eine alternative Meinung dazu«, brummte Ben.

2

Dass sie Beppo vermittelt hatte, steigerte Lauras Laune. Ihr Tag hatte damit angefangen, dass sie Eis von den Scheiben des Allrads kratzen musste, während die Sonne noch darüber nachdachte, ob sie aufgehen wollte. Nichts, was den Morgen versüßt. Im Dezember wurde Garmisch-Partenkirchen von besonderem Fieber gepackt. Die Wintersaison mit ihren ganzen Unwägbarkeiten war ein Überraschungspaket. Sowohl Frust als auch Begeisterung konnte es beinhalten. Würden genügend Gäste aufschlagen? Welche Kapriolen hatte das Wetter auf Lager? Lauras Arbeit änderte sich kaum, außer dass sich ihr Tun dann weniger im Freien abspielte.

Während sie vom Hof der Pension Wiesegger auf die Straße rollte, gelang ihr das erste Schmunzeln des Tages. Sie hatte das Gefühl, sowohl Beppo als auch Ben einen Gefallen getan zu haben. Die beiden würden sich gewiss einspielen. Sie hauchte erst in ihre Hände und massierte dann die klammen Finger.

Beim Losfahren ließ sie sich von Ida Marias »Bad Karma« beschallen. Musikalisches Feuer, um den frostigen Morgen aufzutauen. Beim Vorbeiziehen an einem der emsigen Schneeräumvehikel der Gemeinde winkte sie dem bärtigen, rotbäckigen Fahrer zu. Frühe Vögel unter sich. Der eine schabte Schneematsch vom Asphalt, die andere brach auf zur Visite bei Schafen.

Die Winterlandschaft rund um Garmisch-Partenkirchen verband Laura mit rohem, archaischem Leben. Der Schnee war von Frau Holle über die Äcker, Felder und Häuser gestreut worden, wie Puderzucker auf den Apfelstrudel. Das Bild strahlte verträumte Ruhe aus. Die Menschen, versammelt ums Herdfeuer, bevor sie ihr Tagwerk begannen. So oder ähnlich dürfte das anno dazumal gewesen sein im Werdenfelser Land.

Heutzutage hatte niemand mehr Sauerkrautfässer im Keller, ein Griff am Heizungsthermostat wärmte die Stube, und ins

Schwitzen kam man höchstens in den Fitness- und Wellnessbereichen der Hotels und kaum mehr durch die winterliche Plackerei auf den Höfen und in undurchdringlichen Wäldern.

Und was die Natur anbetraf, nach der alle Welt gierte, die war in etwa so unberührt wie die Prachtsau vom Bauern Grieser, mit ihren mittlerweile hundertfünfundzwanzig geworfenen Ferkeln in den letzten vier Jahren. Ein fünftes Lebensjahr wurde ihr trotz ihrer Verdienste um den Schinkennachschub nicht gewährt. Ja, Ausbeutung war eine menschliche Leidenschaft, bei der Sau sowie der gesamten Natur. Laura verschob den Gedanken in ein hinteres Eck ihres Hirnstüberls, die Griesers behandelten ihre Nutztiere artgerecht, und Pragmatismus gehörte zu ihrer Jobbeschreibung. Der Kosten-Nutzen-Faktor war das Leitmotiv, das sie bei ihrer Arbeit einberechnen musste, wenn auch nicht immer nachvollziehen konnte.

Der Grieserhof war heute ihre zweite Station.

Ihr erster tierärztlicher Auftritt galt den Boderbecks, die sich am nördlichen Rand von Untergrainau in einem feschen Anwesen niedergelassen hatten. Sie hatte Frau Boderbeck versprochen, gleich am Morgen bei ihr vorbeizuschauen. Drei Coburger Fuchsschafe, aus Käfighaft errettete Legehühner, zig Katzen und ein stattlich-zotteliger Mischlingshund mit rumänischen Wurzeln tummelten sich dort. Sie gaben ihr Bestes, um die Sinnkrise ihrer Besitzerin zu therapieren.

Der Weg führte Laura die Loisach entlang, vorbei an weitläufigen Wiesen und Äckern. Windschiefe Holzstadel spitzten unter der Schneedecke hervor, wie Flöße inmitten eines weißen Sees. Der Schneefall hatte aufgehört, und Sonnenstrahlen griffen mit goldenen Fingern nach den Felsmassiven, die sich in der Ferne erhoben.

Herr Boderbeck grüßte mit erhobener Hand aus seinem Porsche Cayenne wie ein Großfürst aus der Kutsche, als er auf dem Zufahrtsweg zum Wohnhaus an ihr vorbeirollte. Seine Mundwinkel zogen sich nach oben, sodass sein kantiges, angespanntes Gesicht unter dem kurz rasierten Schädel die Parodie eines Lächelns zeigte. Er war der Typ Mensch, der zum Lachen nicht in den Keller ging, sondern jährlich in die Schellenberger Eishöhle. Übersteigerte Selbstbeherrschung, gepaart mit Pedanterie. Eigenschaften, die ihn zu einem erfolgreichen Industriellen gemacht hatten, Häuschen nebst Grundstück in bester Lage deuteten darauf hin, dass die Boderbecks in der Kunst der Geldvermehrung bewandert waren.

Laura nickte dem Mann zu. Mittlerweile war ein Porsche SUV ja mehr als eine Penisprothese für narzisstische Mittfünfziger. Er fand darüber hinaus als Trostpreis für die Gemahlin Verwendung, falls der Göttergatte sein bröckelndes Ego mit Seitensprüngen zu kitten versuchte. Den Gedanken hatte die Gehässigkeit ausstaffiert, Laura hätte den Subaru jederzeit gegen den Cayenne getauscht, natürlich nur der Zuverlässigkeit halber. Darüber hinaus wirkten die Ledersitze bequem.

Sie wusste nicht, welches Vehikel Camilla Boderbeck in der Garage stehen hatte und ob es ein Trostpreis war. Was Laura wusste, war, dass ihre Tiere ein Problem hatten. Und das Problem hieß Frau Boderbeck.

Ben war froh, seinem Vater einen Hund präsentieren zu können. Der lag ihm ständig damit in den Ohren.

Seit seinem Schlaganfall hauste der alte Wiesegger unter dem Dach in der Stube wie in einem Eulenhorst und beobachtete vom Ohrensessel aus wahlweise den Hof oder nachts mit dem Teleskop die Sternbilder.

»Das ist der Beppo«, stellte er ihm das Tier vor.

Die Begeisterung seines Vaters hielt sich offenbar in Grenzen. Lange sagte er nichts, schaute nur abwechselnd von Ben zum Vierbeiner. Er kratzte sich ausgiebig die Bartstoppeln, die auf seinen hohlen Wangen sprossen. Das schabende Geräusch war das einzige im Raum.

»Mei, für mich sieht der aus wie ein abgehalfterter Jagdhund«, bemerkte er schließlich und kam damit der Wahrheit recht nahe. »Meinst du, vor dem Methusalem fürchtet sich ein Fuchs? Hat der noch alle Zähne?«

»Das Äußere täuscht. Der Beppo braucht kein Gebiss, der kann hervorragend mit einer Flinte umgehen.«

Das Auflachen des Vaters mündete in einen Hustenanfall. »Ach, Bub«, keuchte er und zündete sich einen seiner geliebten Stumpen an, »red keinen Schmarrn daher.« Er sah dem Hund in die Augen und stieß den Rauch aus. »Aber ich hätte mir den vielleicht auch aufschwatzen lassen, bei dem Blick.« Er wandte sich an das Tier. »Was Besseres als den Tod findest du hier schon, schau mich an.«

»Beppo hat einen besonderen Blick, oder?«, hakte Ben nach. »Irgendwie weise, tiefgründig.«

»Dein Beppo glotzt akkurat wie ein Hund, was glaubst denn du? Der wird mit dir nicht Schach spielen. Ich meine den Blick der Schmerlingerin. Um der was abzuschlagen, bist du zu schwach, verstehst du?«

»Zefix, Vater!«, brauste Ben auf und winkte ab. »Ich hätte sehr gut Nein sagen können. Ich wollt dir eine Freude machen. Jetzt geh ich mit dem Beppo in den Wald, da wird der aufblühen.«

»Ja, mach dich ans Aufblühen. Und wenn du wieder da bist, bringst du mir bitt schön die Zeitung mit. Hast du auch was geschrieben?«

Ben seufzte kopfschüttelnd auf und schloss die Tür hinter sich und Beppo heftiger als beabsichtigt.

»Zu schwach, meint der«, maulte er den Hund an. »Ich bin halt mitfühlend, sonst würdest du dir im Tierheimzwinger die Haxn in den Bauch stehen.«

Beppo tappte stoisch vor ihm die Stiegen hinunter. Hatte der Hund aufgeseufzt, oder war es schlicht Flatulenz? Er beschloss, Laura danach zu fragen, am Ende benötigte Beppo Schonkost.

Im Haus schien keiner von ihm Notiz zu nehmen. Seine Schwester Lissy und die Mutter deckten die große Stube für das Frühstück ein, professionelle Routine, und in der Küche schnitt Frau Lamprecht Tomaten und Paprika in mundgerechte Stücke. Die Frau war weit in den Siebzigern und wackliger zu Fuß als seine Mutter nach der Hüftgelenksoperation. Sie war eine tüchtige Hilfskraft, zumindest wenn man sie nicht mit den Gästen belästigte. Ihr schroffer Ton wurde nicht von allen goutiert, und dreinreden ließ sie sich schon gar nicht. Ben schob sich an ihrer barocken, kittelgeschürzten Gestalt vorbei zum Kühlschrank und überlegte, was er Beppo Gutes tun könnte.

»Das Hundsviech hat in der Küche nix verloren, das gehört 'naus«, grollte Frau Lamprecht, ohne innezuhalten oder aufzuschauen.

Unter ihren messerschwingenden Händen wollte Ben kein Gemüse sein. Er beeilte sich, mit zwei Würstchen in der Hand ihrem Befehl nachzukommen. Lissy und die Mutter würde er später mit Beppo überraschen. Der Wald rief.

Laura hatte sich dem Fuchsschaf mit seinem rotbraunen Wollschädel in aller Gründlichkeit gewidmet, um Frau Boderbecks Bedenken zu zerstreuen. Die hatte den Eindruck, die Bindehaut wäre hellrot gefärbt, ein mögliches Anzeichen für blutsaugende Parasiten.

Laura wusste, dass die Frau den Farbkarten-Test zur Kontrolle benutzte und sich höchstens ein Schaf noch mehr in Schafhaltung einfühlen konnte. Ob es das Münchhausen-Stellvertreter-Syndrom bei Tierhaltern gab? Die Coburger jedenfalls waren pumperlgesund, und Laura freute sich, Exemplare dieser uralten Rasse über die Wiese traben zu sehen.

Frau Boderbeck hingegen harrte blass und verloren im übergroßen weißen Daunenmantel neben Laura aus und strich sich unentwegt die schwarz gefärbten Haarsträhnen aus der glatt gebügelten Stirn. Parasiten dürften dafür kaum die Ursache sein.

Als Tierärztin waren etwaige »Haltungsmängel« von Tierbesitzenden nicht ihre Baustelle. Die frühe Uhrzeit samt frostiger Brise, die über den Hang strich, machte es Laura unmöglich, sich inmitten blökender Schafe und in Anwesenheit des ausdauernd kläffenden Hundes auf Small Talk einzulassen. Sie war weder aufnahmefähig für vegane Plätzchenrezepte noch für Tipps, wo man nachhaltige Pullis aus norwegischer Bio-Wolle bekam. Zurück ließ sie eine zaghaft winkende Frau Boderbeck, im sicheren Wissen, dass eine Sprachnachricht bezüglich eines kränkelnden Huhns bald käme. Sei es drum. Solange sie die Tiere bestens umsorgt wusste, konnte Laura mit den häufigen Visiten auf dem Anwesen leben – schließlich brachte Faulenzen kein Brot ins Haus.

3

Ben verfrachtete Beppo auf den Rücksitz von Lissys betagtem Passat Kombi und rollte langsam vom Hof. Um seiner Schwester einen Gefallen zu tun, würde er Äste, Baumrindenstücke und was sonst brauchbar erschien, einsammeln. Sie mochte es, die Räume mit Natur-Accessoires zu dekorieren. Waldwanderungen standen nicht auf Bens Bucketlist, obwohl die Heilkraft des Waldbadens überall gehypt wurde. Die Krux war, dass so ein Bad nahtlos in Anstrengung mündete, da die Bäume in der Umgegend die üble Angewohnheit hatten, sich an Hängen und Hügeln zu gruppieren. Wohin also des Weges?

Als Kind hatte er die Ausflüge mit der Zugspitzbahn nach Hammersbach geliebt, schon wegen der irrsinnigen Höllentalklamm. Meist hatten er und Lissy sich im umliegenden Wald ausgetobt und auf den Kuhwiesen gebrotzeitet. In Erinnerungen schwelgend, zuckelte Ben eine Viertelstunde später die Zugspitzstraße entlang. Während er fuhr, beobachtete er immer wieder den Hund im Rückspiegel. Der hatte es sich auf der Rückbank gemütlich gemacht, Schnauze auf den Pfoten, und muckste sich nicht.

Am Hammersbacher Parkplatz stellte er den Passat ab und ließ einen freudig erregten Beppo aussteigen. Ben staffierte sich mit Mütze und Wollhandschuhen aus und sah dabei zu, wie sein Atemhauch in der Luft gefror.

»Auf geht's«, trieb er sich selbst an.

An der Leine, die Laura ihm mitgegeben hatte, führte er den Hund zur Straße. Er war ein paar Meter weit gekommen, da verharrte Beppo und knurrte.

»Wir lassen die Viecher in Ruhe«, ermahnte ihn Ben. »Wir sind Sammler, keine Jäger.« Er rüttelte zur Bekräftigung mit einer Aldi-Plastiktüte.

Das tiefe Grollen eines großen Hundes ertönte.

»Vertragt euch, ihr stammt beide vom Wolf ab.«

Ben erkannte dessen Herrchen, einen massigen, grauhaarigen Mann im schwarzen Mantel, sofort. Diese Begegnung hätte er gern vermieden.

»Na, Wiesegger, ist das Ihr Nebenjob, Altenpfleger fürs Viecherl?«, fragte Schimmelpfennig II.

»Komm, Beppo, wir gehen weiter.«

Auf ein Gespräch mit dem zwielichtigen Bauunternehmer legte Ben keinen Wert. Schimmelpfennig II. bückte sich und löste die Leine vom Halsband seines Hundes. Boshaftigkeit oder Gewohnheit?

Der Schäferhund sprang auf sie zu. Beppo verharrte unerschütterlich, kalt wie Hundeschnauze. Sein Vetter könnte ihn mit einem Happs erlegen.

Plötzlich bellte Beppo, und sein Kopf schnellte nach vorn. Es war nur ein heißeres »Wuff«, das sich wie ein Befehl oder eine Drohung anhörte. Der Schäferhund stoppte in der Bewegung. Er machte kehrt, nicht mit eingezogener Rute, aber der Tatendrang schien verebbt.

»Lass ihn in Ruhe, Beppo. Der wollte nur spielen«, sagte Ben. Wenn es bei Hunden natürliche Autorität gab, Beppo hatte sie.

»Sie sollten Ihr Zamperl im Wald anleinen«, sagte er, »nicht dass ihm was passiert.«

Sein Gegenüber starrte ihn mit düsterer Miene an. Wie sein Vierbeiner wirkte er, als könnte er Ben mit einem Biss den Garaus machen. Die Kiefer mahlten. Er wandte sich ab und stapfte an Ben vorbei, zu seinem Jeep. Er öffnete die Heckklappe.

»Rein mit dir, Rufus«, befahl er. Mit einem Satz sprang der Hund in den Wagen. Schimmelpfennig II. knallte schweigend die Klappe zu und riss die Fahrertür auf.

Wer hat den Größeren?, sinnierte Ben. Offenbar war das nicht nur bei Pubertierenden, sondern auch bei Hundebesitzern Thema. Er streckte den Rücken durch, die Macht war mit ihm. Beppo war der geborene *leader of the pack*.

»Das ist der Köter vom alten Wanninger, stimmt's?«, rief

Schimmelpfennig II. ihm zu. »Ich wünsch Ihnen, dass Sie nicht genauso viel Pech haben.«

»Ich wünsch Ihnen besinnliche Weihnachten, falls wir uns vorher nicht mehr über den Weg laufen. Denn das wär Pech genug.«

»Garmisch ist nicht groß, das hängt ganz von Ihnen ab.«

Nicht groß genug für uns beide?, fragte sich Ben. Er wandte sich schweigend zum Gehen.

Schimmelpfennig II. zog die Tür zu und rauschte ab.

Ben tätschelte Beppos Kopf. »Das hast du fein gemacht«, lobte er ihn. Der Hund bewegte leicht die Rute. Er schien zufrieden mit sich.

In Gedanken schlenderte Ben weiter die Straße entlang. Letztes Jahr hatte er mit den Brüdern Schimmelpfennig mehr Kontakt gehabt, als ihm lieb gewesen war. Er hatte die Intriganz und Verschlagenheit von Schimmelpfennig II., über dessen halblegale Machenschaften als Bauunternehmer Ben gestolpert war, am eigenen Leib erfahren. Dazu Schimmelpfennig I., leidenschaftlich engagierter Naturschützer und immer darauf erpicht, seinem Bruder in die Suppe zu spucken. Beide auf ihre Art schwer verdauliche Kost. Besser, man ging ihnen aus dem Weg. Ersparte Magendrücken.

Durch ein rostiges Weidegatter zu seiner Rechten gelangte er auf den Weg in den Wald.

Bens Schritte knirschten auf dem verschneiten Boden, Beppo war an seiner Seite, frische Luft, winterliche Ruhe und Frieden in beschaulicher Natur, warum nicht?

Er stapfte bergan und überließ Beppo die Auswahl der Route. Offenbar wollte er nicht den »Bärenweg« nehmen, sondern geradeaus einen kümmerlichen, kaum gespurten Pfad, der sich zwischen den Bäumen verlor. Auch gut.

Ben folgte ihm immer weiter hinauf. In geruhsamem Tempo stapfte er voran, vorbei an windschiefen Stadeln und imposanten Baumriesen. Er nahm ein Vollbad unter schneebemützten Wipfeln.

Als Beppo jäh an der Leine zog, war es vorbei mit der Gelassenheit. Die Kraft, die er entwickelte, riss Ben nach vorne.

»Da gibt's doch nix«, rief er ihm zu und stemmte die Fersen seiner Sneakers in den Boden. Umsonst.

Beppo ließ nicht nach. Die Vorderpfoten in der Luft, bäumte er sich am Ende der gestrafften Leine auf. Er hätte das Tier an einen Schlitten hängen sollen. Widerwillig folgte er dem schnüffelnden Hund vom Pfad ab zwischen die Büsche. Er sollte ihm etwas Ablenkung gönnen, da er ja den Verlust seines Herrchens zu verkraften hatte.

Ben trabte ein paar Meter hinter Beppo her, während er mit der freien Hand Ästchen und Zweige abwehrte, die es auf sein Gesicht abgesehen hatten. Unvermittelt stoppte der Hund ab und verharrte reglos. Ben kam ins Stolpern und umarmte Halt suchend den Stamm einer zwergwüchsigen Fichte. Ein Ast schrammte ihm die Wange auf.

»Zefix, was hast du …?«, keuchte er, dann versagte ihm die Stimme.

Da lag ein menschlicher Körper bäuchlings vor ihnen zwischen den Sträuchern. Offenbar schon einige Zeit, denn er war von Schneeflocken bedeckt.

Ben löste sich vom Baum und griff sich an die brennende Wange, ohne die Gestalt aus den Augen zu lassen. Er brauchte einige tiefe Atemzüge lang, bis er begreifen konnte, was er vor sich sah. Es regte sich nichts. Kein Geräusch war zu hören, außer Beppos Hecheln. Ein Toter, durchfuhr es Ben. Die Hundeleine rutschte ihm aus der Hand. Unter seiner Schädeldecke pochte es.

Kruzifix, wer immer da lag, war nicht mehr am Leben! Der Schnee um ihn herum wies eine schmutzig braune Farbe auf. Der Waldboden zu seinen Füßen war aufgewühlt, als hätte der Tote zuletzt noch gestrampelt.

Ben schluckte und zwang sich, näher an den Körper heranzutreten. Wenn das Blut war, handelte es sich um eine beträchtliche Menge. Ein Herzkasper hatte den Mann kaum ereilt.

Beppo setzte sich auf seine Hinterläufe und blickte zu ihm

hoch, so als wollte er fragen: War ich gut? Ein Bluthund bist du, dachte Ben, die Schweinerei hast du gewittert. Aber das war kein waidwundes Reh. Als Glücksbringer bist du eine Niete.

Er schob überhängende Zweige zur Seite und ging schwer atmend in die Hocke. Die Schulter des Toten fühlte sich hart an unter seinem Griff, als wäre es eine gefrorene Lammkeule. Beidhändig zupackend, wuchtete er den Körper auf die linke Seite. Er erkannte den Mann sofort!

Es war Herbie Schranz, und etwas hatte ihn angegriffen! Ben ließ den Toten zurückfallen und fuhr in die Höhe. Er drehte sich um die eigene Achse und spähte umher. Nichts Ungewöhnliches. Die Stille beruhigte ihn nicht. Im Gegenteil. Wie schnell durfte sein Herzschlag werden, bis es gefährlich wurde?

Es war ein Splattermovie! Grundgütiger! Hier lag sein Journalistenkollege, hingemetzgert wie ein Ferkel! Ja, er hatte ihm die Pest an den Hals gewünscht, letztes Jahr, als Herbie versucht hatte, ihn als Schreiberling zu diskreditieren und im Netz der Lächerlichkeit preiszugeben. Offenkundig war Eifersucht auf seine journalistischen Fähigkeiten der Grund. Herbie galt als unumstrittener Liebling von Chefredakteur Vogel, bevor Ben in Garmisch aufgetaucht war. Aber er lag hier vor ihm in seinem Blut, das wünschte Ben niemandem – zumindest fiel ihm ad hoc keiner ein. Sein Magen wurde zum Epizentrum von Übelkeit und Schwäche, die sich in ihm ausbreiteten bis unter die Haarspitzen.

Herumstehen und schlottern wie nackt im Schneesturm war keine Lösung! Er riss sich die Handschuhe herunter und grapschte sich sein Smartphone aus der Parkatasche. Die Polizei musste her! Sein Notruf war eine ordnungsgemäße Meldung, die drei »Ws« in Erinnerung. Danach fixierte er unschlüssig sein Handydisplay. Der nächste Anruf galt Chefredakteur Vogel. Als er ihm verkündete, unter welchen Umständen Herbie das Zeitliche gesegnet hatte, folgte Schweigen am anderen Ende der Leitung. Er hatte schon gemutmaßt, die Verbindung wäre abgebrochen, bis Vogel sich äußerte.

»Ich melde mich später bei Ihnen«, verkündete er und beendete das Gespräch.

Ben zuckte mit den Schultern und schob das Smartphone in die Tasche. Was hatte er erwartet? Eventuell ein Pfund mehr an schockierter Anteilnahme. Was, wenn er hier auf dem Waldboden läge? Vogel und Empathie begegneten sich so oft wie Eisbär und Pinguin.

Es dauerte zehn Minuten, in denen Ben mit Beppo den Pfad auf und ab schritt, bis Polizisten auftauchten. Schon von Weitem erkannte er, wer da auf ihn zukam. Er hatte es befürchtet, natürlich war es Poschinger in ganzer polizeilicher Herrlichkeit, samt Filzhut, obligatorischer Lederjacke und groben Wandertretern. Er stapfte voran, den Schädel gesenkt, die Schultern in Richtung Ohren gezogen, als Oberhaupt eines illustren Trupps. Ihm folgten im Gänsemarsch mehrere Uniformierte und eine rothaarige Frau in pinker Funktionsjacke und Jeans. Die Nachhut bildeten zwei hagere Gestalten, deren sandfarbene Parkas und lederne Umhängetaschen sie Zwillingen gleich wirken ließen. Beide rot bemützt über hoher gefurchter Stirn, dafür mit angesagtem Vollbart. Das mussten die Spurensicherer sein.

»Wo liegt er?«, wurde er vom Hauptkommissar angeraunzt, kaum dass der vor ihm zu stehen kam. Er schnaufte, als wäre er von der Garmischer Inspektion hergetrabt.

Ben wies auf die Büsche.

»Hast du was angefasst, Wiesegger?«

Ein Abwinken musste genügen. Mehr war nicht drin.

Die Gesellschaft bahnte sich einen Weg zur Leiche.

»Was zum Teufel …?«, hörte er Poschinger ausrufen.

Ben machte ein paar Schritte auf die Truppe zu, wurde aber von einem Uniformierten mit ausgestreckter Hand aufgehalten.

»Bleiben Sie bitt schön hier stehen.«

»Das schaut aus, als hätt ein Tier …«, hörte er die Rothaarige zu ihrem Chef sagen, als sie zurückkamen.

Der Hauptkommissar baute sich mit gestrenger Miene vor Ben auf. So nah, dass ihm dessen geplatzte Äderchen im Auge auffielen. Hoher Blutdruck oder wenig Schlaf? Der Mann roch nach einer Mischung aus Zigaretten und nassem Leder. Der Brechreiz meldete sich hartnäckig.

Ben und Poschinger waren schon in ihrer gemeinsamen Schulzeit wie Hund und Katz gewesen. Und seit er wieder in Garmisch hauste, hatte der Hauptkommissar sich an ihm festgebissen. Dass Poschingers Angetraute, Josefa, sich wundersamerweise zu Ben hingezogen fühlte und der Polizist ihn für einen gemeinen Mörder hielt, befeuerte die gegenseitige Abneigung.

»Erzähl's mir!«, forderte Poschinger ihn auf. »Du weißt schon, wer das ist, oder? Was hast du hier gemacht und gesehen? Lass nichts aus.«

»Spaziergang mit meinem Hund«, sagte Ben und schob die Hände in die Parkataschen. »Sonst nix. Der hat ihn aufgestöbert, vor vielleicht einer Viertelstunde. Er ist da gelegen und ...«

»Warum bist du ausgerechnet hier spazieren gewesen?«

»Weil's hier ein ruhiges Platzerl ist – war.«

»Da schau her.« Poschinger runzelte die Stirn und starrte ihn an.

»Was heißt ›da schau her‹? Was willst du mir damit sagen?«, knurrte Ben.

»Gar nichts. Ich stell die Fragen, du antwortest, das ist doch ganz einfach.«

Ben schloss für einen Moment die Augen. Seine Fingernägel gruben sich in die Handballen. »Ja, ganz einfach«, stieß er hervor.

Ob etwas ungewöhnlich gewesen sei, wollte Poschinger von ihm wissen, oder ob ihm wer begegnet sei.

Ben schüttelte den Kopf. Dann erinnerte er sich an Schimmelpfennig II. »Den hab ich getroffen, er ist gerade weggefahren, mit einem Mordstrumm von Schäferhund.«

»Da schau her«, wiederholte der Ermittler. »Ihr beiden Lichtgestalten habt euch also im Wald getroffen, wo du dann einen Toten findest ... schon merkwürdig.«

»Du hast ihn angeschaut? Der ist doch nicht einfach blöd hingefallen. Das ist merkwürdig.«

»Was ist das da für ein Kratzer in deiner Visage? Schaut frisch aus.«

»Das war ein Zweig. Ich hab nicht aufgepasst.«

»Soso, ein Zweig war's.«

»Genau. Schau dich um, die gibt's hier im Überfluss, da geizt der Wald nicht.«

Poschinger wandte sich ohne ein Wort von ihm ab.

Die Taschenträger wühlten sich aus den Büschen. Aus ihrem bedeutungsschwangeren Habitus konnte man nichts herauslesen. Sie steckten die Köpfe zusammen. Was brüteten die aus? Der mahnende Blick des Uniformierten ließ Ben auf seinem Platz verharren. Er trat von einem Fuß auf den anderen und schlug sich auf die Oberarme. Die feuchte Kälte kroch ihm in die Knochen. Er fühlte seine Zehen nicht mehr. Wenn er noch länger ausharren musste, könnte er sie vermutlich abbrechen wie morsche Ästchen.

»Kaffee haben Sie nicht zufällig mit?«, wollte er vom Uniformierten wissen.

»So einen Service gibt's nur in miesen Krimis«, meinte der grinsend.

»Genau so komm ich mir grad vor«, murmelte Ben und nickte seinem Gegenüber zu.

»Für uns alle kein Vergnügen«, floskelte der daher und faltete seine Stirn auf. Ob er das fehlende Heißgetränk oder die Leiche im Gebüsch meinte, blieb im Dunkeln.

»Wir müssen sofort handeln«, hörte Ben einen der Bärtigen raunen. »Da brauchen wir geschwind Erkenntnisse. Das bringt uns sonst in Teufels Küche.«

Poschinger nickte und wandte den Kopf in Richtung Ben. »Halt dich zur Verfügung. Du und dein Zamperl, ihr könnt euch jetzt zupfen.«

Du mich auch mit deiner Verfügung, dachte Ben, zog es aber vor, zu schweigen.

»Wir bräuchten bitt schön Ihre Nummer, Herr Wiesegger, wegen der Aussage und falls noch was zu klären wär.«

Ben wandte sich der Polizistin zu, die ihn angesprochen hatte.

Ihre vollmondigen Backen waren zart gerötet. Im Zusammenhang mit ihrem unablässigen Zupfen am Jackenreißverschluss vermutete Ben, dass Leichen für sie kein täglich Brot waren. Der Sprache nach war sie eine Hiesige. Ihr Blick war klar und direkt. Sie wirkte auf ihn mit ihrer roten Lockenpracht und der Energie, die sie ausstrahlte, wie der personifizierte, strahlend sonnige Wintermorgen. Er hoffte, das würde unter Poschingers Fuchtel nicht bald zu nächtlichem Eisregen.

»Gern«, platzte es aus ihm heraus, »äh, und wer sind Sie, wenn ich fragen darf?«

»Wieseggers Nummer liegt uns vor, Frau Ganghofer«, grätschte der Hauptkommissar dazwischen, »ist ja nicht das erste Mal. Das Freunderl ist aktenkundig.«

Für das »Freunderl« hätte Ben die passende Antwort locker aus dem Ärmel schütteln können, Poschingers Mops-Visage wäre Inspiration genug gewesen.

»Zupfen wir uns«, verkündete er Beppo. »Du hast hier schon ganze Arbeit geleistet.«

4

Dass Hauptkommissar Poschinger nach ihr verlangte, verblüffte Laura. Am Handy hatte er sich kryptisch ausgedrückt, wollte nicht raus mit der Sprache.
»Sie werden es sehen.« Es gehe um eine Tierbeteiligung an einem Fall, bei dem er ihr Urteil einholen wolle.
»Warum ich?«, war die erste Frage, die ihr einfiel.
Sie war beileibe nicht die einzige Tierärztin in der Gegend und verspürte keine Lust, ihre vierbeinigen Patienten warten zu lassen. Dass sie ihm als Erste eingefallen war, sollte ihr schmeicheln, machte sie jedoch misstrauisch. Und absolut niemand hatte ihr zu sagen, dass sie sich sputen sollte. Sie war, verdammt noch mal, keine von Poschingers Untergebenen, die er hopphopp herumkommandieren konnte.
Im Gegenteil.
Nach dem handfesten Ärger, den ihr seine Josefa letztes Jahr in unberechtigter Eifersucht bezüglich Ben Wiesegger beschert hatte, sollte ihr Göttergatte sie demütig mit einer Rikscha abholen, anstatt sie mitten in den Wald zu zitieren. Die Einschätzung für den Herrn Hauptkommissar konnte sie bestimmt nicht abrechnen.
Warum tu ich das?, fragte sie sich mantraartig. Weil du voller Neugier bist, Laura, welches Viech mit Ermittlungen in Zusammenhang steht. Die Selbsterkenntnis fütterte ihre hundsmiserable Laune an, statt sie zu verscheuchen. Poschingers Beschreibung folgend, fuhr sie das kurze Stück Richtung Hammersbach.

Ben wollte Beppo in den Wagen verfrachten, als er Lauras Subaru ankommen sah. Zufälle gibt es, die sind keine. Was hatte sie hergeführt? Hier gab es keine maladen Viecher, nur den Tod. Er wartete mit dem Hund neben dem Kombi, bis sie geparkt hatte. Sie schien ebenso verblüfft wie er.

»Ben, was machst du denn hier?«, wollte sie wissen, kaum dass sie ausgestiegen war.

Ehe er antworten konnte, spielte sein Smartphone die »Ace of Spades«-Riffs.

»Wiesegger, Sie müssen kommen«, hörte er seinen Chef keuchen.

»Ben, ich red mit dir!«, insistierte Laura.

»Wo sind Sie, Vogel?«, wollte Ben wissen.

»Bei Herbie daheim, jemand hat mich … jemand, niedergeschlagen.«

Das Gespräch war beendet. Ben starrte sein Smartphone an. Eine neue Nachricht. Vogel sandte ihm Straße und Hausnummer. Die Fingerchen konnte er also bewegen. Herbie hatte im hintersten Eck von Partenkirchen gehaust.

»Ben?«, wollte Laura wissen. »Könntest du mir vielleicht mal sagen, was –«

»Später«, unterbrach er sie und wandte ihr den Rücken zu. Er klopfte sich den Matsch von den Sneakers, bugsierte Beppo ins Auto und wuchtete sich hinters Lenkrad.

Beim Gasgeben drehten die Reifen durch. Im Rückspiegel sah er eine gestikulierende Laura. Ihm schwante, dass sie ihn bei ihrem nächsten Aufeinandertreffen nicht billig davonkommen lassen würde. Aber auch sie war ihm Antworten schuldig.

Er musste sich ermahnen, nicht alles aus dem Wagen herauszuholen, sonst wäre er auf dem nass-glatten Asphalt ruckzuck im Straßengraben.

Vogel hatte kläglich geklungen. Was zum Teufel hatte er in Herbies Wohnung zu suchen? Seit der versucht hatte, Ben letztes Jahr zu schaden, waren sie sich weitestgehend aus dem Weg gegangen. Jeder hatte in der Redaktion seinen Kram erledigt, ohne vom anderen Notiz zu nehmen. Es gab nichts zu klären. Ben hatte den Verdacht, dass seinem Chefredakteur die Konkurrenz ganz recht war, womöglich dachte er, das würde den Ehrgeiz der beiden Journalisten befördern. Was Ben betraf, Rachsucht zählte er nicht zu seinen zahlreichen Fehlern, und Ehrgeiz musste er in all den Jahren verschmissen haben.

Fluchend trat er auf die Bremse, als ihm ein UPS-Gefährt entgegenkam. Kaum Platz für beide. Er spürte, wie die Reifen ins Rutschen kamen, konnte den Passat zum Glück abfangen und zum Stehen bringen. Er pustete durch. Selbst Beppo hatte die Ohren angehoben.

Der Fahrer des Transporters hob lässig die Hand zum Gruß, während er mit unverminderter Geschwindigkeit an Bens stehendem Vehikel vorbeibretterte.

Er kannte die Visage. Der Typ mit dem Schnauzbart und der Kippe zwischen den Lefzen hatte in der Pizzeria seines Kumpels Luigi drei Wochen die Küchenhilfe gegeben und war dann ohne ein Wort verschwunden. Sollte er beim braunen Paketdienst sein Glück finden und bei seiner Raserei vor allem den Winter überleben.

Ähnlich wie die Wieseggers hatte Luigi mit Frau Öztürk eine Seniorin in der Küche am Start, mit der er großartig auskam. Win-win-Situation bei vierzehn Euro die Stunde.

Luigi kam wenig zu Wort, da Frau Öztürk viel zu erzählen hatte, von ihren zahlreichen Enkelkindern. Er hatte immer beklagt, dass er mit Paolo nur einen Sohn hatte, der leider unbedingt Braumeister werden wollte. Luigis Monika war auf und davon, als der Filius drei war, und betrieb jetzt mit einem Chris-Hemsworth-Verschnitt eine Tauchschule auf Ibiza.

»Auf und davon« war die Formulierung in Luigis Version der Beziehungsgeschichte. Ben war sich sicher, dass der alles andere als das arme Opferlämmchen war.

Er dachte über seinen eigenen Sohn Steff nach. Ein sperriger Gedanke. Während er zwanzig Jahre lang in Texas sein Dasein gefristet hatte und nichts von dessen Existenz geahnt hatte, war der hier in Garmisch aufgewachsen, und ihm war all die Jahre eingebläut worden, Ben hätte Steffs Vater in den Tod gestürzt. Seine Vaterschaft war noch immer ein Geheimnis zwischen Steff, Ben und wenigen Eingeweihten.

Wen willst du dafür verantwortlich machen? Etwa das Schicksal? Nein, nur dich.

Hätte sich Ben anders entschieden und wäre damals nicht

Hals über Kopf aus dem Ort geflüchtet, wie wäre die Geschichte verlaufen?

Er schüttelte den Kopf, als könnten dadurch die schrägen Gedanken herauspurzeln. Besser war es, sich auf die Gegenwart zu konzentrieren, die war krass genug.

Das Bild von Herbies geschundener Leiche wollte nicht aus seinem Kopf. All das Blut und die Wunden. Augen, die ins Leere starrten.

Er umkrallte das Lenkrad, bis die Fingerknöchel weiß wurden, und trieb mit flauem Magen den Kombi die Straße entlang. Vom Rücksitz kam ein »Pfff«, Beppo hatte gefurzt. Ein passender Kommentar zum Wert von Bens Vergangenheit.

Er musste bis in den Osten Partenkirchens. Er biss sich auf die Lippen – was immer seinem Chef widerfahren war, eine Viertelstunde galt es für ihn durchzuhalten.

5

Laura hatte wenig Zeit, sich über Ben und seinen plötzlichen Abgang zu wundern. Neben ihr hielt ein moosgrüner Lada Allrad. Es dauerte, bis sich sein betagter Fahrer aus dem Vehikel gearbeitet hatte.

Mit einem »Guten Morgen, Schmerlingerin« griff er sich einen Stock vom Beifahrersitz und stellte sich mit dessen Hilfe vor ihr auf. »Wir haben, glaube ich, denselben Weg«, meinte er, um forsch loszumarschieren. Wen hatte Poschinger alles zum Stelldichein in den Wald beordert?

Der bärtige Alte, der da in seiner Lederbundhose und dem wollenen Trachtenjanker vor ihr herging, war der ehemalige Revierförster, besser Revierjagdmeister, Kreuzeder, eine Jagdlegende im Staatsforst und ausgewiesene Koryphäe, längst pensioniert, aber umtriebig wie eh und je. Er musste in den Achtzigern sein, vermutete Laura.

»Auf zur Leich«, tönte er munter, und ihr schwante, was ihnen blühte.

Ein Déjà-vu erfasste sie, als sie auf die ersten Uniformierten trafen, die den Weg weisen sollten. Bilder tauchten auf, vom Stier Attila und dem totgetrampelten Kerl, den sie letztes Jahr aufgefunden hatte. Was wäre diesmal im Angebot?

Hinter dem Alten schritt Laura bergan. Energisch trieb der seinen Stock in den Boden.

»Müssen wir heut noch zu den Waxensteinen 'nauf, oder was?«, fragte Laura ob seines Tempos.

Kreuzeder winkte schweigend ab. Offenbar wollte er zeigen, dass er agil war, männliches Aufplustern.

Plötzlich knackten Äste, und Hauptkommissar Poschinger brach aus dem Unterholz, Marke aggressiver Keiler.

Sie schlugen sich mit ihm durchs Dickicht, bis zu einer toten Gestalt, die ausgestreckt auf dem Boden flackte.

»Herrgott, Poschinger!«, brauste Laura auf und wandte sich

von dem grausigen Anblick ab. »Hätten Sie das nicht früher sagen können!«

Kreuzeder neben ihr stopfte sich in aller Seelenruhe eine Pfeife. Der Tote lag auf dem Rücken. Sie vermutete, als polizeilicher Laie, die Spurensicherung hatte schon gewerkelt, weil sie sich frei bewegen konnten. Sie kannte den Mann vom Sehen. Er war einer aus Bens Journalistentruppe, die öfter im Gasthof zum Wilden Hirschen zusammenglückten. War der deshalb hier gewesen?

Sie zwang sich, genauer hinzuschauen. Er musste ordentlich Blut verloren haben, sein Mund war verzogen, als hätte er im Todeskampf gegrient. Sein blauer Anorak war an den Ärmeln zerfetzt, und um den Unterleib hatte sich das meiste Blut verteilt.

Kreuzeder neben ihr stieß eine Wolke Tabakrauch aus. »Was genau willst du wissen, Poschinger?«, fragte er.

Der Hauptkommissar zündete sich eine Zigarette an. Seine Augen wurden zu Schlitzen, als er hastig daran zog.

»Eine fixe Meinung, was da passiert sein könnte«, sagte er. »Obduktion und Untersuchung werden sich hinziehen. Ich will wissen, ob da Gefahr im Verzug ist.«

»Gefahr?« Laura stieß geräuschvoll die Luft aus. »Wieso ich, Poschinger?«

»Sie sind die einzige Tierärztin, die ich persönlich kenn«, der Polizist zuckte mit den Schultern, »und Sie haben ein bisserl Erfahrungen sammeln dürfen mit polizeilichen Ermittlungen.«

Deine damische Josefa wollte mir an den Kragen, hätte sie gern hinzugefügt, und den Mordfall haben damals Ben und ich geklärt, Depp, tragischer.

»Zur Sach«, mischte sich Kreuzeder ein, »es ist sakrisch kalt.«

Mit einem Ächzen beugte er sich über den Toten. Ein Hustenanfall schüttelte ihn durch. Laura befürchtete schon, er könnte über der Leiche zusammensacken. Sie griff nach seinem Arm, da hatte er sich gefasst. Wieder bei Atem richtete er sich gerade auf und warf Poschinger einen langen Blick zu.

»Ich sag amal so: Wenn dich eine Neunzig-Kilo-Wildsau

rammt, gehen dir die Lichter aus. Und die Hauer richten dich so zam, dass dich deine Mutter für ein Fleischpflanzerl hält. Der Frohwein junior, der Sohn vom alten Frohwein, der in Farchant die Metzgerei gehabt hat und jetzt ja auch schon unter der Erde ist – also dessen Sohn hat vorletzten Herbst geglaubt, er hat einen Keiler mit Blattschuss weggeputzt und ist unvorsichtig geworden. Der Keiler hat partout nicht verrecken wollen. Er hat die Kugel weggesteckt und ist hochgekommen. Resultat: Sechs Stunden Notoperation, der Frohwein junior geht immer noch unrund.«

»Ja, reizende Geschichte«, knurrte Poschinger, »aber war das hier ein Keiler?«

Der Förster stieß eine Rauchwolke aus und deutete auf die zerrissenen Anorakärmel.

»Eher nicht. Ich stell's mir so vor«, meinte der Alte und deutete hinter sich: »Auf dem Pfad ist ein Viech auf ihn los. Er wollte abhauen, ab in die Büsche. Hier hat er sich umgedreht und …«

»… versucht, es mit den Armen abzuwehren«, ergänzte Laura. »Eine Sau hätte ihn so was von weggeräumt.«

»Was war's denn dann?«, wollte Poschinger wissen und trampelte seine Kippe mit der Schuhsohle in den Waldboden, als wäre die schuld an dem Schlamassel.

»Vor vier Wochen war ich im Münchner Zoo«, bemerkte eine propere Rothaarige, die sich von hinten genähert hatte.

Laura grübelte einen Moment, bis ihr ein Licht aufging. Das war die Ganghofer Sandra, die Nichte der Mayer! Zuletzt hatte sie die vor Jahren gesehen. Sie hatte keine Ahnung gehabt, dass die wieder in Garmisch und sogar in Poschingers Team war. Sie nickte der Polizistin mit einem Augenzwinkern zu.

Sandra hob die Hand und wackelte mit den Fingern, dann fuhr sie eifrig fort: »Da stand bei den Hyänen, dass sie sich gern in die Weichteile ihrer Beute verbeißen.«

Das Gesicht des Hauptkommissars verzog sich, als hätte eine Hyäne just ihre Zähne in seine Kronjuwelen geschlagen. Die Visage färbte sich puterrot.

»Na«, meinte der alte Förster und schüttelte das weiß bekränzte Haupt, »Hyänen sind für Garmisch eher untypisch.«
»Ich mein, wegen der Verletzung«, sagte die Polizistin, »das machen die Hundeartigen gern so und –«
»Ja, die Hundeartigen«, fiel Poschinger ihr ins Wort. »Ben Wiesegger hat einen Hund dabeigehabt. Sobald ich weiß, wann der Mann gestorben ist –«
»Der Beppo?«, lachte Laura auf. »Bestimmt nicht.«
»Na, bis zu den Klöten wird er noch schnappen können, der Köter, oder?«, polterte Poschinger los.
»Die Schmerlingerin redet von Beißkraft«, erläuterte Kreuzeder und legt dem Hauptkommissar die Hand auf die Schulter. »Und jetzt zieh ihm die Hose aus.«
»Das können wir nicht machen!«, beschied ihm Sandra. »Die Gerichtsmediziner, die husten uns was. Und was ist mit dem staatlichen Veterinäramt? Das widerspricht jeder vorgeschriebenen Verfahrensweise.«
»Passen Sie auf«, fuhr Poschinger sie an. »Sie fahren geschwind zur Wohnung vom Toten und schauen sich dort gründlich um, nach vorgeschriebener Verfahrensweise. Es könnt ja sein, jemand hat seinen Hund auf Schranz gehetzt! Mir würde einer einfallen.«
Die Frau klappte den Mund auf, um etwas zu erwidern, entschied sich dann aber anders. Sie wandte sich wortlos um und schlug sich durch die Büsche. Ein grober Klotz, der Poschinger, dachte Laura. Kein Wunder, dass seiner Josefa der Sinn nach anderen Mannsbildern stand.
»Vom Weilheimer Amt und dem LFU kriegt ihr die Untersuchungsergebnisse frühestens in zwei Wochen auf den Tisch. Sollen wir eine Einschätzung abgeben, ja oder nein?«, wollte sie wissen. Genug geplänkelt. »Sonst hätte ich mir den Weg sparen können.«
»Wir verschwenden unsere Zeit mit dem Schmarrn. Kruzifix, runter mit der Malefiz-Hosn«, unterstützte sie der Jägersmann.
Die Uniformierten schauen betreten zu Boden. Poschinger

blickte gen Himmel, als hätte der neben Schneeflocken Rat und Beistand zu bieten.

Mit einem Stoßseufzer zupfte der Hauptkommissar Latexhandschuhe aus der Jackentasche und zog sie sich über. Er beugte sich schnaufend über den Toten, öffnete ihm Hosenknopf und Reißverschluss. Tief Luft holend, drehte er seinen Kopf zur Seite und zog dem Mann mit einem Ruck die Hose nach unten. Blutgetränkte graue Feinrippwäsche kam zum Vorschein.

»Alles«, brummte Kreuzeder.

Poschinger nestelte an der Unterhose. Als er sich aufrichtete, rannen Schweißtropfen seine Schläfen hinunter.

»Was meinst du?«, wandte sich der Alte an Laura. »Die Arterie sauber zamgebissen, und das …«, er warf ihr einen verhuschten Blick zu, »Gemächt hat's auch grausam erwischt.«

»Und durch den Riss in der Oberschenkelarterie wird er verblutet sein«, ergänzte Laura. »Keine Chance ohne Hilfe.«

»Und was war's?«, wollte Poschinger wissen. »Seids jetzt schlauer?«

»Wisst ihr noch, das Theater, als der Bär die Schafe gerissen hat?«

»Mir reißt auch bald was«, kläffte Poschinger, »nämlich der Geduldsfaden! Liegt da ein Schaf, oder was?«

»Du brauchst nicht so rumzublöken, wir sind weder taub noch blind!«, schnappte der Förster zurück.

»Karnivore, hundeartiger«, meinte Laura, »da leg ich mich fest.«

Der Alte nickte. »Beutegreifer, auf den ersten Blick imponierende Größe. Sicher kein Bär.«

»Ja und jetzt?« Poschingers Blick wanderte zu den Bäumen. »Glaubt ihr, der lauert im Wald und metzgert die Leut? Was machen wir dagegen?«

»Wenn du Glauben suchst, hättest du den Pfarrer rufen sollen, Poschinger«, stellte der Alte fest, während er sich bückte, um die Bissspuren genauer zu mustern. »Ich sag's ungern, aber ein Wolf käme in Frage. Normalerweise ist der menschenscheu, aber kein ›Normal‹ ohne Ausnahme.«

Poschinger rieb sich über die Augen. »Wolf? Ja, spinnst du? Da unten sind Gästehäuser, da spielen Kinder, du hast Langlaufloipen, Winterwandern et cetera pp.«
»Ratsam wär Vorsicht«, meinte Kreuzeder.
»Ich würde es nicht herumposaunen«, ergänzte Laura.
»Und wenn wieder wer angefallen wird?«, wollte Poschinger wissen. »Wer ist verantwortlich? Dann bin ich der Depp vom Dienst.«
Ein Uniformierter, Prädikat: bärtiger Riese, griente mit strahlendem Gebiss in sich hinein. Poschingers vernichtender Blick ließ ihn um zwanzig Zentimeter schrumpfen.
»Ja, wenn. Ein Viech hat den Kerl gerissen«, sagte Kreuzeder. »Das spricht sich rum, schneller, als du ›Der Wolf ist da‹ plärren kannst.«
Der Wolf ist da? Das konnte Laura sich beim besten Willen nicht vorstellen, ihr Verdacht richtete sich gegen einen Hund, der herzhaft zubeißen konnte.
»Wölfe fallen keinen Menschen an«, sagte sie bestimmt.
»Das kannst du also ausschließen? Ich tu's nicht«, knurrte der Alte. »Ich sag's immer, Wölfe gehören nicht hierher. Und wundern tät mich nix. Das ist nicht meine erste Rissbeschau – und deine?«
Laura schwieg. Sie hatte den Jägersmann in Verdacht, dass er seine Abneigung gegen den Wolf liebend gern mit einem Toten unterfüttern würde. Poschinger sah mit offenem Mund von ihr zum Alten und wieder zurück. Ob er jetzt schlauer war?

Sie ließ Kreuzeder den Vortritt, als sie sich wieder einen Weg zum Pfad bahnten.
»Wie geht's mit Ihnen und Josefa?«, fragte sie Poschinger mit gedämpfter Stimme. Ihre letzte Information war, dass er mit seiner Angetrauten in den Urlaub aufgebrochen war. Dazwischen war viel Zeit ins Land gegangen.
»Sie wohnt grad in Murnau bei ihrer Schwester«, presste Poschinger zwischen den Zähnen heraus, »räumliche Trennung hat ihr Therapeut empfohlen. Ich …«

Er unterbrach sich, und seine Gestalt straffte sich. Der Polizist in ihm verlangte sein Recht. Auf dem Pfad ging es zu wie auf dem Bahnsteig vom Garmischer Bahnhof. Drei Männer und eine Frau stapften mit ernster Miene auf sie zu. Zwei davon schleiften silberne Alu-Rollkoffer hinter sich her. Von Laura und dem Jägermeister nahmen sie keine Notiz und wandten sich direkt an Poschinger.

Das Amt war gekommen.

6

Nachdem er sich im zäh fließenden Verkehr ungeduldig durch Garmisch gearbeitet hatte, überquerte Ben schließlich die Partnach und den Kankerbach, bis er zwei Seitensträßchen weiter fand, wonach er suchte. Er stellte den Wagen direkt hinter Vogels SUV und blickte zu Herbies Behausung. Ein bescheidenes Häuserl aus den Sechzigern, das hölzerne Schrägdach verwittert, auch der Putz schien sich bereits zu verabschieden. Die strahlend weiße Nachbarschaft bestand aus sanierten Feriendomizilen. Ein altersschwacher Jägerzaun umgrenzte das Grundstück. Offensichtlich geerbt, Herbie war sonst eher der Typ armer Schlucker gewesen, abgetragene Sachen, vom Friseur ganz zu schweigen.

»Du bleibst da«, verkündete er Beppo und schwang sich aus der Karosse.

Ben schaute ins Rund, einem Verschwörer gleich, bevor er das quietschende Gartentürl aufschob und zum Haus marschierte. Die Tür war verschlossen. Klingeln war umsonst. Nichts. Auf irgendeine Weise musste er in die Bude gelangen. Ihm schoss ein Bild von Vogel in den Kopf, wie er dort drinnen in seinem Blut lag und mit dem Tode rang. Verdammt!

Er umrundete das Häuschen auf von Unkraut überwucherten Steinfliesen, bis er auf die Terrassentür stieß. Die war angelehnt. Die Verblendung sah aufgebrochen aus, grobe Gewalt statt filigraner Handwerksarbeit. Vorsichtig schob Ben die Tür mit dem Ellenbogen auf. Er räusperte sich.

»Vogel?«, flüsterte er. »Wo sind Sie?«

In Herbies Wohnzimmer sah er sich um. Eichene Wohnwand aus den Achtzigern, fleckiges, cognacfarbenes Cordsofa und der Tisch übersät mit Chipskrümeln und was auch immer. Dazu ein Flaschenensemble, diverse niedrigpreisige Hochprozentige nebst verdreckten Gläsern. Herbies Henkersmahlzeit schien eine Dose Hering mit Tomatensoße gewesen zu sein.

Ben durchschritt den Raum und schlich durch den Flur. Aus dem Obergeschoss hörte er ein Husten. Bedächtig machte er sich an den Treppenaufstieg. Nichts überstürzen! War Vogel allein im Haus? Wer hatte ihn niedergeschlagen? Kruzifix, die eichene Stiege knarzte bei jedem Schritt. Genauso gut hätte er »Achtung, ich komme!« plärren können. Wer immer sich im ersten Stock aufhielt, musste längst erlauscht haben, dass er auf dem Weg war. Den Ninja zu spielen war sinnlos.

»Vogel?«, trompetete er. »Sind Sie das?«

Im Obergeschoss schob er die erste erreichbare Tür mit dem Ellbogen auf. Niemand zu erblicken. Zögerlich lugte er in den Raum. Aus den Augenwinkeln nahm er eine Bewegung wahr und zog den Kopf blitzartig zurück.

»Wiesegger«, hörte er Vogel keuchen. »Fast hätt ich ...« Der Chefredakteur trat schwer schnaufend neben der Tür hervor. Er hielt einen Pokal in der erhobenen Hand, bereit, ihn auf einen Schädel niedersausen zu lassen. Der Mann sah elender aus, als Ben sich morgens um sechs gefühlt hatte. Seine Schläfe war voller Blut, und Schweiß strömte ihm über die Pausbacken. Ben hatte ihn nie im Jogginganzug gesehen. Der saß eng, wie die Pelle an der Lyoner. Das Outfit in Aubergine war wohl der Eile geschuldet, mit der Vogel zu Herbies Haus gerast war. Sonst liebte sein Chef Hemd und Weste.

Jetzt ließ er die »Waffe« sinken. Er plumpste in einen abgewetzten Kunstledersessel. Offenbar handelte es sich um Herbies Arbeitszimmer.

Der Gestank nach alten Kippen und schweißigen Socken hätte selbst einer verstopften Nase kein Pardon gewährt. Durch den Mund atmend, machte Ben einen Schritt in die Zimmermitte.

»Warum sind Sie noch hier?«, wandte er sich an Vogel.

»Weil halt.« Der Mann sah ihn mit zusammengekniffenen Augen an.

»Was ist passiert?«, fragte er.

»Jemand hat mir einen Scheitel gezogen.« Vogel drehte den Kopf zur Seite, und Ben registrierte die blutverkrustete Wunde.

»Mit dem hier«, jammerte er und drosch den Pokal auf den Tisch.

Ben entzifferte die blutbespritzte Gravur: dritter Platz, 1998, Garmischer SV, dazu zwei sich kreuzende Tischtennisschläger.

»Und mir ist schwindlig, ich schaff allein die Treppe nicht runter«, fügte Bens Chef hinzu, »und ich hab noch nicht alles …«, er schnaubte auf und griff sich an die Stirn, »… gesehen.«

»Was gesehen?« Ben starrte ihn verständnislos an.

»Schauen Sie sich gründlich um, Wiesegger.«

»Und was suche ich?«

»Was Sie spannend finden.«

»Spannend fände ich es, von hier ruckzuck zu verschwinden. Die Polizei wird sich umschauen wollen. Niemand weiß ja, wie es Herbie erwischt hat.«

»Sie haben ihn doch gefunden, Wiesegger.«

»Jaja, aber bin ich ein fährtenlesender Trapper?«

»Ich wollt unbedingt wissen, an was er gearbeitet hat. Er hat gesagt, er wär an was Großem dran, aber na ja, er war ja ein Dampfplauderer.«

»Haben Sie die Terrassentür aufgebrochen?«

»Natürlich nicht!«, brauste Vogel auf. »Herbie hatte einen Ersatzschlüssel im Büroschreibtisch, falls er sich mal aussperren tät.«

»Und Sie wollten hier schauen – nach was genau?«

»Ja, nach seinem Laptop, bevor die Polizei alles einsackelt. Dann wär es vorbei mit der Story.«

»Apropos Polizei, wir sollten dringend los.«

Vogel blieb in seinen Gedanken, so er nach der Begegnung mit dem Pokal dazu in der Lage war.

»Der Misthund, der mich zamgehauen hat, hat den Laptop mitgenommen. Bestimmt hat der mit Herbies Tod was zu tun.«

»… oder er beziehungsweise sie hat ihn vor mir tot aufgefunden. Oder mitbekommen, dass er tot ist. Oder ein Allerweltseinbrecher? Oder jemand, der gewusst hat, dass Herbie um die Zeit nicht zu Hause sein würde. Oder er wollte Herbie einen Besuch abstatten, oder –«

»Ist ja schon gut, Wiesegger, seien Sie nicht so ein Gscheithaferl, helfen Sie mir lieber auf.«

Ben war selbst überrascht, dass sein Hirnstüberl auf Hochtouren lief. Bestimmt das Adrenalin. Er malte sich aus, Poschinger würde ihn jetzt erwischen. Worst Case. Neben Herbies Schreibtisch, auf dem sich ein überquellender Aschenbecher, diverse Erdnussdosen und sonstiger Müll zum Stelldichein versammelt hatten, hing eine Pinnwand, auf der diverse Zettel aufgespießt waren. Ben zückte sein Smartphone und fotografierte jedes Detail des Boards.

Mit einem »Pack ma's« griff er dann nach Vogels Oberarm. Der Mann erhob sich mühsam. Ben ließ ihn jäh wieder los, und er sank mit einem Schrei zurück in den Stuhl.

»Was soll das?«, maulte er. »Ich bin schwer verletzt!«

Ohne auf das Gejammer einzugehen, starrte Ben zur Wand neben der Zimmertür, an der eine DIN-A5-große Karte mit Klebeband festgepappt war. Ein detaillierter Plan vom Zugspitzmassiv, wie man ihn vor dem Gebrauch von digitalen Wanderkarten und GPS-Ortung verwendet hatte. Der Jubiläumsgrat war mit Filzstift markiert, bis zu der Stelle, an der Ben einst mit seinem Spezl Toni die schicksalhafte Rauferei ausgetragen hatte. War das etwa ein W? W wie Wiesegger? Und davor war ein Kreuz eingezeichnet. Für wen oder was stand es? Was hatte das zu bedeuten? Hatte Herbie zu der Geschichte recherchiert? Und wenn ja, warum? Sicher nur, weil er beweisen wollte, dass Ben ein mieser Killer war. Er riss die Karte von der Wand und faltete sie zusammen.

»Hätte ein Foto nicht genügt? Was zum Kuckuck machen Sie denn da?«, blökte Vogel.

»Was Sie gesagt haben. Spannendes finden.«

»Und was genau?«

»Auf geht's«, wich Ben der Frage aus und griff erneut nach Vogels Arm.

Er ärgerte sich, dass er die Fäustlinge im Wagen gelassen hatte, und zog sich den Sweatshirtärmel über die Finger, um sich am Geländer abstützen zu können. Besser als nix. Wer wusste schon, ob die Polizei später nach Einbruchsspuren suchte?

Vogel stützte sich ächzend auf ihn, während sie sich die Stiegen hinunterarbeiteten. Für Bens Gefühl dauerte es ewig. Jeden Schritt bedachte Vogel mit einem theatralischen »Ach!«, dem er ein »Vorsichtig!« folgen ließ. Sie waren bis zum Fuß der Treppe gelangt, als Ben ein schabendes Geräusch vernahm. Die Haustür wurde aufgesperrt.

»Herrschaftszeiten, bestimmt Polizei!«

Bitte nicht jetzt! Flugs schob er sich die Karte unter den Hosenbund, drängte Vogel ins Wohnzimmer und schloss die Tür. Sein Chef torkelte neben ihm her, als hätte er einen in der Krone. Sie waren bis zur Terrassentür angelangt, als sich der Griff der Wohnzimmertür zeitlupenhaft bewegte. Ben gab Vogel einen Stoß, sodass der mit einem Aufschrei in den Garten segelte. Er selbst wandte sich der Tür zu, dem Unvermeidlichen. Es war zu spät für Firlefanz. Wenn er Vogel in den Garten nacheilen würde, wären sie beide geliefert. Er schaffte es, mit einem Satz zur Zimmermitte zu gelangen. Die Tür wurde aufgerissen.

Die rothaarige Polizistin starrte ihn an wie ein Gespenst oder einen Deppen, der schlichtweg nicht in Herbies Wohnzimmer herumstehen sollte, ohne plausiblen Grund. Punkt. Ihre Hand schob sich unter die Funktionsjacke. Eine der Funktionen bestand sicher darin, die Dienstpistole oder einen Teaser zu verdecken.

Ben hob reflexartig die Hände und versuchte, ihr den Blick nach draußen zu versperren. Die Frau widmete ihre ganze Aufmerksamkeit ihm. Gut so! Offenbar war der Chefredakteur nicht in ihrem Blickfeld. Hoffentlich war der fähig, ungesehen davonzurobben.

»Wie sind Sie reingekommen, Herr Wiesegger?«, wollte Frau Ganghofer wissen.

Er war das Mäuslein, sie die Katze, die auf jede seiner Bewegungen lauerte. Damit sollte er sparsam sein. Sie konnte zupacken, da war er sich sicher. Aus ihren Gesichtszügen las er Entschlossenheit. Er wurde zur Statue.

»Gerade eben durch die Terrassentür. Die war aufgebrochen«, erstattete er beinahe wahrheitsgemäß Bericht.
»Von Ihnen, oder?«
»Nein – kann ich die Hände runternehmen?«
»Bestimmt nicht. Die bleiben oben.«
Grundgütiger, kein glücklicher Start.
»Moment«, versuchte es Ben, »Sie können mich durchsuchen, ich hab nichts stibitzt. Ja, ich bin Journalist. Um eine vernünftige Story über Herbies Tod zu schreiben, benötige ich Hintergründe und Eindrücke. Wie hat der arme Kerl gelebt, was hat ihn ausgemacht? Wie soll man ihn sonst in Erinnerung behalten? Ich bin zum Haus, die Terrassentür war aufgebrochen, und ich hab reingespitzt. Ich hätte Sie eh verständigt wegen des Einbruchs.«
»Und das soll ich glauben? Sie waren hier wegen des Nachrufs? Und wer hätte Ihnen die Tür aufmachen sollen?« Sie warf einen Blick umher. »Und dann schreiben Sie über Dosenfutter und Cognac? Die Spurensicherung wird ja feststellen, wo Sie Ihre Pfoten gehabt haben. Ist das Blut, da an Ihrer Hand?«
Aber nein, Frau Kommissarin Ganghofer, das ist Blut vom Dickschädel meines Chefs, den jemand einschlagen wollte. Die Wahrheit war manchmal fehl am Platz. Frag nach bei TikTok.
Ben zuckte resigniert mit den Schultern. Er sah sich schon im Verhör bei Poschinger. Dessen feiste Visage vor sich, die Augen geblendet von einer grellen Lampe.
»Gut beobachtet!«, lobte er Frau Ganghofer. »Aber wenn ich der Einbrecher wäre, hätte ich doch Handschuhe übergezogen, um keine Spuren zu hinterlassen.«
»Nicht, wenn der Einbrecher strunzdumm ist.«
»Dank schön. Sagt das Ihre Menschenkenntnis? Okay, es war eine saublöde Idee von mir. Aber Kruzifix, jemand war vor mir da. Ich habe nur zwei Schritte ins Wohnzimmer gemacht. Erschießen Sie mich eiskalt, wenn ich jetzt geh?«
»Nein, ich lass Sie zur Fahndung ausschreiben mit der Bemerkung: ›Äußerste Vorsicht, der Mann ist bewaffnet und sehr gefährlich.‹ Dann haben Sie die Gaudi.«

Ben schüttelte den Kopf. »Wollen wir uns setzen und die Geschichte durchsprechen?«, probierte er es und deutete auf zwei fleckige Cordsessel. »Klärt sich alles.«
»Bessere Idee: Wir beide gehen jetzt, und ich verständige die Kollegen«, meinte Frau Ganghofer unbarmherzig. Ihre Gesichtszüge schienen sich zu entspannen. War das ein Lächeln? Sie hatte die Oberhand. Und er war kein unbeschriebenes Blatt, eben ein aktenkundiges Bürscherl.
Ben schluckte und setzte sich in Bewegung. In was war er da geraten? Vogel war ihm etwas schuldig, und das war mehr als eine Halbe vom Fass beim Wilden Hirschen.
»Sie haben den Vortritt«, meinte die Polizistin. »Wir nehmen die Haustür.«
»Macht's was aus, wenn wir Beppo mitnehmen?«
»Ihren Hund? Sie fahren mir einfach nach.«
»Keine Handschellen?«
»Dafür sind Sie bestimmt nicht wichtig genug, Herr Wiesegger.«

Laura war spät dran, als sie beim Grieserbauern in Farchant aufschlug. Das Intermezzo mit Poschinger hatte ihren Zeitplan durcheinandergewirbelt. Sie hoffte, dass keine Notfälle hereinkamen.
Grieser stand mit verschränkten Armen über dem Latz des verwaschen blauen Arbeitskittels in der Haustür des Wohngebäudes. Er trug Filzschlappen und war wohl just aus den Stiefeln geschlüpft. Schweinezucht in vierter Generation. Es war kein Geheimnis, dass Grieser drauf und dran war, den Hof aufzugeben. Die beiden Söhne, Maximilian und Moritz, verdienten sich im Winter ihr Brot als Skilehrer und Ticketverkäufer rund um die Garmisch-Classic und brachten mehr Geld nach Hause als die Ferkelei des Grieserbauern. Kotelett und Schinken waren nicht mehr unverzichtbar auf dem Teller. Um wirtschaftlich zu arbeiten, war Masse entscheidend. Mit den Großschweinereien konnte Grieser nicht mithalten, ein Pfund Schweinebraten war im Discounter fürs gleiche Geld zu haben

wie eine Dose seines Schmalzlers. Neues Label fürs Schweinefleisch hin oder her.

Laura hatte sich an seine wütenden Tiraden gewöhnt. Bei Kaffee und selbst gebackenem Apfelstrudel hatte er mit der Faust auf den Tisch gedroschen und die geschmierten Politikerkasperl verflucht, die dafür sorgten, dass nur die gigantischen Agrarfabriken an die Fleischtöpfe kamen. Jeder konnte sich einen Reim darauf machen. Und weil Griesers Sorgen kein Schwein interessierte, hatte er die Schnauze gestrichen voll. Zum Abschluss betete er immer seinen Spruch herunter, von der Flinte, die er sich nehmen und mit der er ein Ende setzen würde. Wem, das stand nicht fest. Auf Lauras Nachfrage hatte sein Sohn Max ihr versichert, sein Vater habe nie einen Schießprügel besessen und den Satz kenne er schon aus Kindertagen, als die Sau noch etwas wert gewesen war, aber Frau Grieser sich einen feschen Vertreter für Landmaschinen angelacht hatte.

Das grollende Bellen eines Hundes riss Laura aus ihren Gedanken. Ein Berner Sennenhund trabte auf ihren Subaru zu und begann, neben der Fahrertür angelangt, aufgeregt auf und ab zu springen. Sie kannte den langhaarigen Burschen und drückte die Tür auf. Sofort hatte sie eine Schnauze auf dem Schoß.

Der könnte eine Oberschenkelarterie locker zerfetzen, der hätte das passende Gebiss. Reiß dich zusammen Laura! Ob sie in nächster Zeit Hunde vorbehaltlos betrachten könnte, stand in den Sternen. Wenn du einen zerfleischten Toten vor Augen hast und einen Tümpel aus Blut drum herum, schadet das der Objektivität.

Beidhändig schob sie den massigen Hundeschädel beiseite und stieg aus. Von Bilbo wusste sie, dass er eine Aversion gegen Briefträger hatte. Man muss nicht alle mögen, da war sie sich mit dem Tier einig.

Was die Ferkelei anging, war Grieser einer ihrer Lieblingsbauern. Hatte er sich in der Vergangenheit mit Virenerkrankungen und mangelnder Milchleistung der Muttersauen herumgeschlagen, so war er nun bemüht, alle Hygiene- und Futterverbesserungen und Lauras Vorschläge umzusetzen. Impfungen und die Schweinewohl-App taten ein Übriges. Laura nahm sich nach der Routinekontrolle im Stall die Zeit, eine Tasse Schwarztee mit ihm zu trinken, und machte sich rechtzeitig vom Hof, bevor Griesers Stimmung ins Depressive kippte.

7

»Wiesegger, wir können uns nicht riechen, aber ich werde dich vorurteilsfrei befragen.« Poschinger stellte sein Smartphone auf Aufnahmefunktion und platzierte es in der Mitte eines betagten Resopaltisches. Der kleine Raum war kärglich eingerichtet, sie saßen auf abgewetzten Holzstühlen, und die fleckig moosgrünen Wände konnten einen neuen Anstrich vertragen.

Ben erzählte. Er hielt sich exakt an das Drehbuch, das er für die sympathische Kollegin des Hauptkommissars verwendet hatte.

»Was ist mit dem Laptop?«, überraschte ihn Poschinger. Er ruckte mit dem Stuhl nach vorn und legte den Schädel schief, als würde er gleich auf ihn einhacken wie der Geier aufs Aas.

»Welcher Laptop?«, fragte Ben, lehnte sich zurück und verschränkte die Arme. Die gute alte Praxis, um sich von Emotionen nicht mitreißen zu lassen.

Poschingers Äuglein waren auf Wandertag. Er schien nervös zu sein.

»Der im Haus fehlt«, polterte er los. »Na, was ist? Ladekabel war da, Drucker, nur das Teil ist weg, in der Redaktion war er auch nicht.«

Ben zuckte mit den Schultern. »Wo hätte ich ihn denn hinschaffen können, Poschinger? In mein Hosensackerl? Deine Kollegin hat mich doch im Wohnzimmer verhaftet.«

»Du bist nicht verhaftet. Das ist nur eine Befragung.«

»Aha, da schau her. Die Gerechtigkeit siegt.«

Poschinger rieb sich die Nasenwurzel. »Vorläufig.«

»Woher der Sinneswandel?«

Poschinger schaltete die Aufnahme ab. »Ich hab's dir gesagt – ich kann dich nicht ausstehen. Aber an der Balkontür waren keine Fingerabdrücke, dort, wo sie hätten sein sollen. Die Spusi geht von Handschuhen aus. Und Werkzeug hast du auch keines dabeigehabt.«

»Sag ich doch.«

»Da war Blut im ersten Stock auf dem Boden, an einem Pokal und an deinen Fingern. Wie erklärst du mir das?«

»Vielleicht hab ich zufällig wo hingefasst. Keine Ahnung, du wirst es mir schon sagen.«

Poschinger pumpte sich die geröteten Backen auf. Er fixierte eine Stelle an der Wand, wo ein dunkler Fleck zu sehen war. Eine Reminiszenz an frühere, intensivere Verhörtechniken? Ob Poschinger gern eine Zeitreise in die dreißiger Jahre mit ihm unternommen hätte, so nach dem Motto »Eine gescheite Tracht Prügel ist besser als eine dumme Frage«? Sein Ärger zeichnete sich als Kerbe über der Nasenwurzel ab. Er hatte die rechte Hand zur Faust geballt und starrte an Ben vorbei.

»Verschwind. Raus hier!«, blaffte er ihn an. »Aber halt dich –«

»Ich muss meine Brötchen verdienen, ich hau schon nicht ab.«

»Wär doch nix Neues – bist du doch schon mal.«

Ben sprang auf. Über den Tisch langen, ihn am Kragen packen und eine Watschn links und rechts. Das wär wohltuend wie eine Hot-Stone-Massage. Aber besser schweigend aus dem Raum als die Goschen aufreißen oder zupacken. Wegen Deppen wie dem Poschinger war er damals weg, weil er es als junger Bursch nicht mehr ausgehalten hatte, die Anfeindungen, üblen Verdächtigungen und das Gerede. Das sitzt du nicht aus, da reicht das dickste Fell nicht. Leut, die du ewig kennst, trauen dir plötzlich das Schlimmste zu!

Er ärgerte sich über sich selbst, Poschinger hatte es mit ein paar hingeworfenen Bemerkungen geschafft, ihm den Gleichmut abzuziehen wie einem erjagten Karnickel das Winterfell. Blanke Wut lag darunter, eine Wut, für die er kein Ventil hatte. Minutenlang rauschte sie vogelwild durch seinen Schädel, bevor er sie einfangen konnte.

Wie in Trance schaffte er es zu seinem Wagen auf den Parkplatz der Polizeiinspektion. Er horchte auf das Glockenläuten der nahen Partenkirchener Friedhofskapelle. Ob jemand zu

Grabe getragen wurde? Der Klang erdete ihn, weckte Assoziationen an seine Kindheit.

Tagsüber beschwerten sich die Touristen und ihre Gastgeber noch nicht wegen unerträglicher Lärmbelästigung. Nachts wurde das Bimbam im Ort ja abgestellt, bevor es den gepeinigten Urlaubern einen Tinnitus anhexte. Um auf Nummer sicher zu gehen, könntest du Eulen und anderes nachtaktives Getier ausrotten und das Tragen hochhackiger Schuhe ab neunzehn Uhr unter Strafe stellen. *The best for the guest.*

Der Gedanke an Gäste ließ Ben zum Smartphone greifen. Lissy hatte sich zweifelsohne gefragt, wo er abgeblieben war – und wenn nicht er, dann ihr Passat. Der stand in ihrem Prioritätenranking hoch über ihrem Bruder.

Bevor der Tag so weiterging, sollte er am besten ins Bett und sich die Decke über den Kopf ziehen. Aber erst würde er Vogel einen Besuch abstatten. Sie waren noch nicht fertig. Die Karte in seiner Hose kratzte ihn. Hatte Herbie tatsächlich etwas herausgefunden von damals? Bens Schädel begann zu glühen, seine Handflächen schwitzen. Was barg der Laptop für Geheimnisse? Er musste Gewissheit haben!

Laura war vom Grieserhof nicht weit gekommen. An einem Feldweg hatte sie angehalten. Ihre Augen verfolgten die emsigen Scheibenwischer, Gabriella Climi sang ihr »Sweet About Me«. Sie summte den Refrain. Musik half ihr, ins Hier und Jetzt zu finden. Achtsamkeitsübung für Hyperaktive. Von zerfleischter Leiche direkt zu den Ferkeln, Respekt, Laura. Sie hatte das Bild vor Augen, wie die Erschöpfung ihren Restverstand mit Schweinehack umschloss, jeder Gedanke musste sich wie eine Made durch klebrige Masse fressen.

Was würden Poschinger sowie der Rattenschwanz an Ämtern unternehmen? Offenkundig Verantwortungsmikado. Wer sich als Erster bewegte, hatte verloren und stand im Fokus. Das konnte sich hinziehen. Falls jemand seinen Hund auf Herbie gehetzt hatte, war eine Wiederholung unwahrscheinlich. Dann wäre es persönlich, es sei denn, ein Serienkiller samt bissiger

Bestie würde im Wald sein Unwesen treiben. Das entlockte ihr ein Stirnrunzeln. Zu viele schlechte Serien konsumiert? Könnten verwilderte Viecher über Herbie hergefallen sein oder gar Kreuzeders Phantasie-Wolf? Ja, wenn man Märchen Glauben schenkte. Herbie ging nicht als Rotkäppchens Großmutter durch.

Bei Ben sprang die Mailbox an, der sie nichts zu verkünden hatte. Warum hatte sich der am Tatort herumgetrieben?

Sie beschloss, sich ohne weiteren Stopp nach Hause zu trollen. Der Bürokram fragte nie nach ihrem Energielevel. In einer Stunde würde die Mayer bei ihr vorbeikommen und sich wie immer voller Elan an den PC setzen, um den Berg an administrativem Kram zu erkraxeln. Ohne die Frau an ihrer Seite würde sie sich im Wust der digitalen Aufgaben verirren und keinen Cent verdienen. Noch Zeit für eine Dusche – sofern kein Notfall hereinkam oder Poschinger ihr die nächste Leichenbeschau aufs Auge drückte.

Sie war gerade aus dem Auto gestiegen und hatte ihr Inventar aus dem Kofferraum geräumt, da rief Ben zurück.

»Hallo, Laura, sag amal, was hat Poschinger von dir gewollt?«

»Fragst du als Journalist?« Sie hörte ein Räuspern. Zu viel Kreide gefressen?

»Na ja«, meinte er.

»Ich konnte ihm nicht weiterhelfen. Da musst du auf die offizielle Stellungnahme warten.«

»Also ... ich hab ihn gefunden. Und ich als ... blutiger Laie ... hätte gesagt, über den Mann ist ein wildes Viech hergefallen. Und deswegen warst du ja da, oder?«

Laura seufzte. »Ja, das könnte ein Tier gewesen sein. Ich hab Poschinger versichert, Beppo war's nicht. Da kannst du dich bei mir bedanken.«

»Wer hat noch gleich gesagt, ich sollt raus in die Natur, das tät mir nicht schaden?«

»Wenn ich mal so richtig vollgewinselt werden will, meld ich mich bei dir – versprochen. Jetzt passt es grad nicht zu meiner Stimmung.«

Sie beendete das Gespräch. Bestimmt hatte Beppo den Toten aufgespürt und Ben an der Leine hinterhergezerrt – gelernt war gelernt. Was immer er darüber schreiben wollte, sie hielt sich da besser raus.

Für das, was sie zusammen schon mitgemacht hatten, war das Gespräch unbefriedigend gewesen, sinnierte Ben. Aber er hätte es sich denken können, so tickte sie halt, die Laura Schmerlinger. Spontane unwirsche Abgrenzung war bei ihr inkludiert.

Er traf Vogel zu Hause in seinem Partenkirchener Reihenhäuschen an. Dass dessen Lebensgefährtin in der IT-Branche ihre Brötchen verdiente, war am funktionell-modernen Interieur abzulesen. Schwarz-Weiß dominierte. Der Bildschirm im Wohnzimmer hatte Kinoleinwand-Dimensionen. Mehr Einrichtungskatalog denn Behaglichkeit. Ben erschnupperte Vanille, ein Aroma-Diffuser verrichtete ganze Arbeit.

Vogel hatte den Jogginganzug gegen rosa Hemd und Jeans getauscht. Der Verband um die Stirn sah nach schlampiger Eigenarbeit aus. Turban für Arme. Er deutete auf eine Sitzgarnitur, blieb selbst jedoch stehen. Ben sank in den Ledersessel ein wie die Kirsche in den Pudding und schilderte dem Chefredakteur sein Tête-à-Tête mit der Polizei.

»Hör ich da einen Vorwurf raus?«, wollte Vogel wissen, während er von einer Zimmerecke zur anderen marschierte. »Recherchieren ist hartes Brot, das wissen Sie doch.« Er deutete auf seinen Kopf. »Beschwer ich mich?« Er sah Ben scharf an. »Nein«, gab er sich die Antwort. »Und jetzt frisch ans Werk.«

»Wie meinen?«

»Erst mal die Meute zufriedenstellen. Wer oder was könnte Herbie so zugerichtet haben? Ein Hund? Ein Wolf wär noch faszinierender.«

»Wenn wir ignorieren, dass es ein menschliches Interesse an Herbies Tod und seinem Laptop gegeben haben könnte – dann ja.«

Vogel blieb stehen und strich sich übers Doppelkinn. »Ziehen Sie die Wolfskarte aus dem Ärmel, Wiesegger. Lenken Sie die

Leut ab, geben Sie ihnen Futter. Wir strecken derweil unsere Fühler aus, ob noch was im Busch ist. Solang der Wolf eine Rolle spielt, wähnt sich der Täter sicher.«

Ben schüttelte den Kopf. »Fühler, aha. Sie wissen schon, was das bedeutet? Der Ort wird beben. Es könnte rundgehen. Seit wann geht ein Wolf auf Menschen los? Das ist Gebrüder Grimm pur.«

Vogel winkte ab. »Und der Garmischer Kurier ist in aller Munde. Wer hat die alleinigen Fakten? Sie haben die Leiche gefunden, schreiben Sie. Spekulieren Sie.«

Er rieb sich die Hände, als wäre er Rumpelstilzchen am Feuer. Heut back ich, morgen brau ich, und übermorgen bring ich Garmisch-Partenkirchen zum Überkochen.

»Als Erstes reden Sie mit jemandem aus Ehrwald. Da kam der Wolf bis in den Ort und hat Schafe zamgefressen. Ich gebe Ihnen einen Kontakt und fahr Sie zum Bahnhof.«

Ben nickte und gehorchte. Spekulieren konnte er herausragend. Immerhin hatte er in Texas für einschlägige Blätter über Entführungen durch Aliens und diverse Monster geschrieben. Skurrile Figuren befragt, die eine Begegnung mit Bigfoot, einem Werwolf oder Reptiloiden überlebt hatten, inklusive. Da wäre eine Story über Isegrim, den Menschenfresser, eine leichte Aufwärmübung.

8

Als er den Kombi im Hof der Pension abstellte, überkam ihn unversehens Erleichterung. Zu Hause, dachte er sich und wunderte sich gleichzeitig über das Gefühl, das ihn umflauschte wie eine Heizdecke. So hatte er das noch nie wahrgenommen. Musste die Wintermelancholie sein, gepaart mit einem bissigen Morgen, der die Hauer unvermittelt in ihn geschlagen hatte. Seine schützende Höhle wartete auf ihn. Ihm war nach Ausruhen in der warmen Stube und Nichtstun, außer durchs Fenster die im Wind taumelnden Schneeflocken zu beobachten. Vogel, Wolf und andere Kreaturen konnten bleiben, wo der Pfeffer wuchs.

Der Empfang, den ihm Lissy bereitete, war weniger warm. Seine Schwester erwartete ihn im Flur und beäugte mit zusammengepressten Lippen, wie er die durchweichten Sneaker abstreifte und aus dem Parka schlüpfte.

Ihr Schweigen war beredsamer, als wenn sie ihn mit Vorwürfen eingedeckt hätte.

»Kruzifix«, brummte er, »es tut mir leid.«

»Nix Neues, leid tut dir immer was hinterher.« Sie sah an ihm vorbei nach unten. »Und was ist das?«

»Das ist der Beppo. Den hab ich adoptiert.«

»Aha. Du armer, erbarmungswürdiger Hund. Vom Ben adoptiert – herbes Schicksal.« Lissy kniete sich auf den Boden und strich ihm über den Schädel. Er reckte ihr die Schnauze entgegen, schnalzte mit der Rute auf den Boden und umgarnte sie mit amtlichem Hundeblick.

Ben erklärte Lissy die Umstände, unter denen er zu Beppo gekommen war. Währenddessen strich seine Schwester dem Tier samt Standard-Hundeblabla – »Ja, du bist ein Braver« – durchs Drahthaar. Ben war klar, Beppo hatte ihr Herz erobert. Vermutlich benötigten sie alle aus unterschiedlichen Gründen ein Viecherl um sich. Ein Wesen, dem es wurscht war, wie du aussiehst, dich präsentierst oder wie die Vergangenheit dich zerrupft hat. Damals in San Antonio hatte Ben mit einem Golden Retriever im Trailerpark gehaust. Ihr Nachbar hatte sich mit einer Smith & Wesson ein Loch ins Hirnstüberl gestanzt, depperter Unfall oder lang gehegte Absicht, nach zwei Sixpacks billigster Plörre.

Ben war durch den Knall aus dem Schlaf gerissen worden, und ihm war sofort klar gewesen, dass Ted einen Schlussstrich gezogen hatte.

Der ehemalige Navy-Soldat war einer gewesen, dem das Unglück seit jeher auf den Schultern gesessen und jeden Funken Hoffnung weggeblasen hatte.

Jedenfalls hatte Ben nebst Frau sich seines Waisenhunds Rusty angenommen. Als sie sich vom Acker gemacht hatte, mit unmoralischem Beistand eines knackigen Football-Rookies, hatte sie sich nicht nur die Karre, sondern auch Rusty gekrallt. Bessere Karten für den Hund.

Wie er vermutet hatte, war seine Schwester von Bens Ausflug mit der Familienkutsche nicht begeistert gewesen. Er sollte sich ein eigenes Auto anschaffen, aber sein Kontostand enthüllte die nackte, grausame Wahrheit: keine Chance. Aber wie hatte seine Großmutter immer gesagt: »Wenn du wissen willst, ob der Herrgott Geld liebt, schau dir die Haderlumpen an, die es sich ungestraft ergaunert haben.« Sich mit dem betagten E-Bike seines Vaters im Schnee und Eis fortzubewegen wäre Harakiri, quasi Genickbrechen für Dummies. Zwar gab es mehr und mehr Leute, die wegen der Parkplatzmisere und der hohen Gebühren ihre Ski und Snowboards abenteuerlich auf zwei Rädern zu den Gondeln chauffierten, aber für Ben gehörten zur winterlichen Fortbewegung Heizung und Scheibenwischer.

Während Lissy im Flur vor Beppo buckelte und ihn weiter für seine bloße Hundeexistenz lobte, fiel ihr Urteil über Ben negativer aus. Er war keiner von den Guten und Braven.

»Ich, also eher der Beppo, habe heut einen Toten entdeckt«, sagte er, als er seinen Parka aufhängte.

»Geht des wieder los«, stöhnte Lissy.

»Was geht los? Ich hab nix damit zu schaffen. Nur im Wald gefunden.«
»Was heißt ›gefunden‹? Wie einen verlorenen Geldbeutel, oder was? Wer war das denn?«
»Der Herbie von der Zeitung hinten bei –«
»Ach du grüne Neune. Weiß man, wie das passiert is?«
»Scheint, als ob ein Viech ihn angefallen hätte. Hund, Wolf, keine Ahnung. Poschinger hat wohl die Laura hinzugezogen.«
»Was? Wolf? Spinn dich aus, is das dein Ernst?«
Ben nickte bloß.
»Was redets ihr da von einem Wolf?« Seine Mutter kam aus der Stube und schaute ihre Kinder fragend an.
»Nix, Mama«, meinten die unisono.
Frau Lamprecht kam hinter der Mutter her mit ihrem Gang, als liefe sie an Deck eines Dampfers bei rauer See. Vor Ben blieb sie stehen und warf einen forschenden Blick auf Beppo. Dessen Schwanz hörte auf sich zu bewegen. Er stand still wie eine marmorne Hundestatue vom Tierfriedhof.
»Mein Bub hat einen gesehen«, vermeldete sie im Verschwörerton und sah von einem zum anderen, wohl um die Wirkung ihrer Worte abzuschätzen.
»Wo?«, hauchte Ben.
»In der Schweiz, im Appenzeller Land, am helllichten Tag. Der hat sich um nix geschissen. Er ist dagestanden, der Geifer ist ihm aus dem Maul getropft, und er hat meinen Bub angestarrt mit seinen roten Augen, wie der Leibhaftige selbst.«
»Waren die nicht gelb?«, fragte Ben nach.
»Schmarrn«, fauchte Frau Lamprecht. »Rot, hat der Bub gesagt, feuerrot und das Fell pechschwarz wie die Nacht.«
»Ja, die Schweizer halt, nix als Käse«, meinte Ben abwinkend.
»Weißt du noch, wie der Papa uns Märchen vorgelesen hat? Du wolltest immer zu mir unter die Bettdecke, weil du so Schiss gehabt hast«, sagte Lissy.
»Aber nicht vor dem Wolf, sondern vor der bösen Hex«, stellte Ben klar, und sein Blick streifte Frau Lamprecht.
»Der Herrgott mög uns bewahren!«, rief die aus.

»Eine jede Kreatur soll der bewahren, am besten vor uns Menschen«, murmelte Lissy und wandte sich zum Gehen.

Ben hörte einen Wagen auf den Hof rollen und sah aus dem Fenster. Es war Vogels BMW.

Zehn Minuten später rauschte Ben mit dem Chefredakteur zum Bahnhof. Vogel war aufgekratzt. Den Schlag auf den Schädel schien er weggesteckt zu haben, oder aber Ben hatte seine Auswirkungen auszubaden. Nach Ehrwald sollte er und einen Hans Vetterl treffen, der ihm vom »Wolfsüberfall« im Ort berichten würde. Seinen Einwand, ob nicht Google oder ein Telefonat gereicht hätte, wischte sein Chef beiseite.

»Sie brauchen Eindrücke, Wiesegger, O-Töne, so wird es überzeugend.«

Ben sagte ihm nicht, dass er in Texas packende Storys über Außerirdische verfasst hatte, ohne sich auf O-Töne der Aliens zu verlassen.

»Und Sie glauben nicht, Eindrücke hatte ich genug?«

Vogel spitzte die Lippen und pfiff die »Kill Bill«-Melodie.

»Herbies Tod geht Ihnen ja so richtig ans Herzerl«, brummte Ben.

Vogel verstummte und warf ihm einen Blick zu. »Er soll nicht umsonst gestorben sein«, rief er pathetisch aus, während er hupte, um eine Schlafmütze im E-Mobil über die Kreuzung zu treiben. »Wir finden raus, wer oder was hinter seinem Ableben steckt, Wiesegger.«

»Ein Wolf wohl kaum«, brummte Ben.

»Wir wiegen den Täter in Sicherheit, Wiesegger, und dann rollen wir die Sache auf – und ich erwarte, dass Sie dabei alles geben.«

Ben war sich sicher, in Tirol keine Antworten zu bekommen, vornehmlich nicht auf die brennende Frage, was Herbie mit der ominösen Landkarte vorhatte.

Vogel irrte, es gab nichts aufzurollen. Sie hatten, anders als die Polizei mit Verbindungsnachweisen, Tatortspuren oder Zeugenaussagen, keinerlei Anhaltspunkte.

Rechnete Poschinger überhaupt mit der Möglichkeit, dass es eine geplante Tat gewesen war?

Der Bahnhof glich mit seinem Gewusel einem Termitenbau. Teure Funktions- und Skijacken dominierten. Bens verhauter Parka wirkte wie aus der Zeit gefallen, aber bestimmt war er der Mode nur ein Jährchen voraus, alles wiederholte sich, in erster Linie gruselige Vorlieben. Er hatte von Vogel ein Ticket nebst Schulterklopfen und besten Wünschen mit auf den Weg bekommen.

Zwanzig Minuten blieben ihm bis zur Abfahrt des Zugs. Gedankenverloren schlenderte er durch die wohnzimmergroße Schalterhalle. Ein Bärtiger fiel ihm auf, um die sechzig, mit grauem Mantel und Nickelbrille. Mit geübt beiläufigem Blick lugte der in die Abfallbehälter, um Pfandflaschen zu ergattern. Nicht jeder und jede waren zur Gaudi und zum Spaß in der Vorweihnachtszeit unterwegs.

»Benjamin Wiesegger!«

Er schrak zusammen. Ein Sheriff? Durfte er Garmisch nicht verlassen? Er schritt aus und zog die Schultern hoch. Auf Ignoranz verstand er sich bestens.

»Wiesegger, du bist es doch!«

Na gut. Ben blieb stehen und drehte sich suchend nach der Stimme um. Sie gehörte einem Burschen in seinem Alter. Bei passender Gelegenheit könnte der mit seiner Statur die Sonne verdunkeln. Grüne Arbeitslatzhose über zerschlissenem Wollpulli bedeutete kräftiges Zupacken und der zerzauste Vollbart samt strähnigem Haar, dass eine bessere Hälfte, so denn vorhanden, keinen Wert auf Äußerlichkeiten legte. Mit ausgestreckten Armen marschierte er auf Ben zu. Seine Arbeitsstiefel verliehen ihm den Gang eines Cowboys ohne Pferd. Eine gewaltige Pranke krachte auf Bens Schulter nieder.

»Mensch, Wiesegger, kennst du mich nimmer? Ich bin's, der Schorsch.«

Ben wühlte im staubigsten Winkel seines Gedächtnisses, bis er ihn zuordnen konnte. Der Grainer Schorsch! Die Grundschule hatte er mit ihm besucht. Das Lesen-und-Schreiben-Lernen war ein Mysterium für ihn gewesen.

»Alter Falter!«, rief Schorsch, sodass sich einige Leute nach ihm umsahen. »Hab dich gleich erkannt.« Er stupste Ben mit dem Finger in den Magen. »Obwohl du ein bisserl anders ausschaust.«

»Du hast früher auch keinen Vollbart gehabt, soweit ich mich erinner«, meinte Ben und trat einen Schritt zurück, um weiteren körperlichen Attacken zu entgehen.

Schorsch lachte dröhnend auf. »Mensch, du«, sagte er, »das waren Zeiten.«

Ben nickte bloß, er hatte seine Grundschulzeit in keiner besonderen Erinnerung – falls überhaupt.

»Weißt du noch, wie wir den Frosch …?«

»Nicht wir. Du hast ihn runtergeschluckt, für einen Zwickel.«

Schorsch lachte, und Ben stieg das volle Kebabaroma in die Nase. Kulinarisch hatte er sich verbessert.

»Ach, der Wiesegger Ben«, wiederholte er überschwänglich. Der war auf der Hut, lehnte sich zurück, und die Pranke rutschte über den Parka.

»Na, wie hast du es, Schorsch?«, fragte Ben. Nicht dass es ihn brennend interessierte, aber er hoffte, Schorsch würde es bei Floskeln belassen.

Doch Schorsch hielt sich damit nicht auf. »Wiesegger, man sagt, du hast heut Morgen eine Leiche im Wald gefunden. Wie hat die ausgeschaut?«

»Wer ist ›man‹, wo wohnt der?«, wollte Ben wissen.

»Der Huber Lucky ist ja Polizist. Der war am Tatort. Und seine Tante, die Irmi, macht den Bürokram, dort, wo ich schaff, beim Sägewerk Angermayer. Die hat erzählt, der Tote wär schon halb aufgefressen gewesen. Gruselig muss das gewesen sein. Das war wohl ein riesiges Viech, oder?«

»Ich lass meine Töchter nicht mehr in den Wald«, meinte ein Zweiter, der hinter Schorschs mächtigem Rücken herangekommen war. Er trug eine identische Latzhose. Dazu gesellte sich ein schmächtiges Kerlchen mit grauem Ziegenbärtchen in der blauen Uniform der Bahnbegleiter.

»Dort, wo ich herkomm«, meinte der, »in Neuharting, da steht ein Marterl für zwei Madln, die hat der Wolf geholt.«

»Ja, achtzehnhundert schlag mich tot«, meinte Ben. »Ist schon eine Weile her.« Er schaute in die Runde und senkte die Stimme zum Flüstern. »Ich glaub …«, er legte eine Kunstpause ein, »… es war ein Werwolf. Das liegt am Vollmond.«

Wütendes Knurren rundherum.

»Kein Spaß! Im Harz soll ein Wolfsmensch in den Wäldern hausen«, sagte der Uniformierte.

»Und jetzt ist er in Garmisch zum Skiurlaub?«, wollte Ben wissen.

»Mach dich nur lustig. In Ehrwald drüben waren es Schafe. Da ist er gemütlich durch den Ort strawanzt«, fügte Schorsch hinzu.

»Und in Sibirien, haben sie mal im Fernsehen gebracht, verfolgen die Wolfsmeuten im Winter die Schlitten, der Hunger treibt sie an«, meinte eine Seniorin im violetten Wanderoutfit, die ihren Rollkoffer abstellte, um sich dazuzugesellen.

»Garmisch ist nicht die Taiga«, meldete sich ein schnauzbärtiger Jungspund neben ihr zu Wort, offenbar ihr Sohn, »bei der Schlittenabfahrt wird keiner lauern. Wölfe haben das gleiche Recht, zu leben, wie wir.«

»Verkündest du das auch noch, wenn er dich packt, der Wolf, der verreckte? Der scheißt nämlich auf dein Recht«, meinte der Bahnbedienstete.

Ben lugte auf sein Smartphone und gab den Unbeteiligten.

»Der hat die zerrissene Leiche gefunden!«, rief Schorsch aus und deutete mit dem Finger auf ihn, als wäre der eine Attraktion wie die Frau ohne Unterleib oder Goliath, der stärkste Mann der Welt. Er schob die Schultern nach oben. Höchste Zeit, wegzukommen von dem aufgekratzten Rudel.

»Aufpassen müssen wir alle«, rief ihnen ein Mann im Trachtenanzug zu, der bisher an einer Butterbrezn kauend auf der Holzbank hinter ihnen gesessen hatte.

»Einen Scheiß müssen wir!«, blökte ihn Schnauzbart an.
»Wie redest denn du mit mir, du versifftes Bürscherl?«
»Sich immer gleich vor allem in die Hose machen«, heizte der Angesprochene das Feuer an, »da seid ihr groß. Huhu, ein böser Wolf!«
»Dir zeig ich, wer der Hosnbiesler ist!« Der Mann schnellte hoch wie eine Sprungfeder.
Ben sah sich eng umringt von Menschen, die aufgeputscht aufeinander einplärrten.
Schorsch stand breitbeinig, die Hände in den Latztaschen, unbewegt in der Mitte, wie ein Turm in der Schlacht. Dem Schnauzbart wurde fäustlings gezeigt, wo der Bartl den Most holt. Der machte sich nicht in die Hosen, sondern verpasste dem Trachtler mit einem lauten »Huuuaah!« einen Schlag mit dem Handballen auf den Solarplexus.
Der Getroffene ruderte wild mit den Armen, stürzte zwischen die Diskutanten, und Ben bekam seine Faust voll aufs Auge. Er ging zu Boden und hielt sich schützend die Hände über den Kopf, um nicht von der Meute zerrissen zu werden. Hungrige Wölfe waren ein Dreck dagegen.
Aus dem gaffenden Kreis der Umstehenden kamen gebrüllte Diskussionsbeiträge, offenbar hatte es niemand eilig, zum Zug zu kommen. Was ist schon eine Bahnfahrt gegen eine Live-Show?
»Komm her, du Hosenscheißer!«, vernahm Ben, und: »Du gehörst weggesperrt.« – »Was willst, ha?«
»Aufhören!«, hörte er eine Frauenstimme schreien. »Sofort aufhören mit der Gaudi! Seids ganz verblödet?«
Es war die Polizistin Ganghofer, die mit ihrem Dienstausweis wedelte. Sie packte den Jungspund bei der Schulter und zog ihn nach hinten. Aus dem wilden Pulk wurden ruckzuck unbeteiligte Reisende. Hände in den Taschen, den Blick auf die Anzeigetafel gerichtet, trollten sie sich vom Schlachtfeld.
»Hätte der nicht so einen Schmarrn erzählt …«, machte der Bahnbedienstete sich wichtig und zeigte auf Ben. »Der hat die Leut verrückt gemacht.«

»Ja genau«, maulte der vom verdreckten Steinboden aus, »übrigens, das mit dem Klimawandel, das war auch ich.«
»Wir wissen, was wir davon zu halten haben, gerade weil niemand Klartext spricht«, bekräftigte der Trachtler. »Die verharmlosen und lügen uns an!«
»Wer ist ›wir‹ und ›uns‹?«, wollte Schnauzbart wissen. »Pluralis Majestatis?«
»Deine Schweinereien kannst du für dich behalten, du neunmalkluges Würschtl!« Der Empörungsfetischist reckte das Kinn, offenbar bereit für Runde zwei.
»Jetzt ist Ruhe im Karton!«, befahl die Rothaarige. »Sie wollen Klartext?«, herrschte sie ihn an. »Schleich dich zu deinem Zug, oder ich erlasse ein Aufenthaltsverbot – hast mi?«
Ben nahm Schorschs ausgestreckte Pratze und ließ sich vom Boden hochziehen. Diesmal kam er ihm zuvor und klopfte ihm auf die kernige Schulter. Er musste sich auf die Zehenspitzen stellen.
»Mach's gut, Schorsch.«
»Aber wir trinken mal ein Bier zusammen, oder?«, meinte der. »Ich nehm immer ein Stück rohes Fleisch.«
»Freilich«, bestätigte Ben, der sich in Gedenken an das Frosch-Event nicht wunderte, »aber gebraten ist es auch nicht zu verachten.«
Grainer schüttelte bedächtig das mähnige Haupt. »Nein, ich mein, leg's auf dein Aug, das hilft«, erklärte er zwinkernd und zog einen Zettel und einen Stift aus seiner Brusttasche. Er notierte eine Nummer und streckte Ben das Papier hin. »Auf der Nummer kannst du mich anrufen, und wir treffen uns, oder? Morgen Abend hätt ich Zeit!«
Ben schob den Zettel kommentarlos in seine Hosentasche, während Schorsch bereits Richtung Ausgang trabte.
»Der Wiesegger Ben«, brummte er munter.
»Hau rein, Schorschi.« Oder was sagte man bei Holzfällern und Sägewerkern? Gut Holz?
Bens verschleierter Blick wanderte zur Polizistin, die ihn stumm beäugte, bevor sie sich abwandte und Richtung Bäcke-

rei strebte. Er klapperte ein paarmal mit den Augendeckeln, es schmerzte zwar, aber größeren Schaden schien er nicht davongetragen zu haben. Er hätte gern gewusst, warum sie sich hier aufgehalten hatte. War sie ihm etwa gefolgt? So wichtig bist du nicht, Wiesegger. Wahrscheinlich wollte sie sich nur einen Burger vom Imbiss einverleiben.

9

Laura hatte geduscht und saß im flauschigen Wohlfühloutfit mit der Mayer vor dem Monitor in ihrem Büro. Sie konnte sich nicht auf den Datenfirlefanz konzentrieren. Es erschien ihr belanglos und überflüssig. Du kümmerst dich um dein bisserl Dasein, werkelst und schaffst, gibst dir professionelle Zahnreinigung, hast eine Haftpflichtversicherung, trennst deinen Müll, und dann liegst du zerfetzt im Wald. Ruckzuck weg.

Sie musste über sich selbst lächeln. Carpe diem? Den existenziellen Schmarrn sollte sie fix abschütteln. Ein süffiger Wein am Nachmittag würde helfen.

»Schön, dass du Freud hast«, meinte die Mayer, ihr Lächeln missdeutend. »Das Leben ist zu kurz für miese Laune.«

Gedankenleserin?

»Auch ein Glas Rioja?«, fragte Laura.

»Von Rotwein bekomm ich Quaddeln«, brummte die Mayer. Sie stöhnte auf und vertiefte sich in die Zahlen. So viel zum Thema »Feier dein Leben«.

Es ging nicht so voran, wie ihre Digitalfee es sich vorstellte. Das lag daran, dass sich ihr Veit eine »Männergrippe« eingefangen hatte und alle naslang eine Whatsapp schickte, mit Updates zur gesundheitlichen Verfassung. Aus seinen halbstündlichen Temperaturwerten hätte sie eine ganztägige Fieberkurve erstellen können.

Bald hielt Laura es nicht mehr aus, und sie schlug der Mayer vor, sich gemeinsam Christkindlatmosphäre in der Garmischer Fußgängerzone zu geben. Durchatmen, nur angenehme Dinge im Sinn, Glühwein, Crêpes und sich mit »Rudolph, the Red-Nosed Reindeer« beschallen lassen. Sie beschloss, den Vorfall um den Toten im Wald ad acta zu legen, auch wenn das Bild des massakrierten Leichnams sie noch eine Weile verfolgen würde. Es war an Poschinger und den Ämtern, sich zu kümmern. Irgendein Hundsviech wird's gewesen sein, dessen Besitzer sich verantworten müssten, und die Aufregung im Ort würde nach dem ersten Aufflackern unter der Schneedecke erstickt werden.

Die Vorweihnachtszeit wartete mit Vanillekipferln samt Kerzenschein und »Kommet, ihr Hirten«. Die Kinder bastelten Sterne und träumten von der neuen Xbox, die das Christkind gefälligst heranschaffen sollte.

Schon lange vor dem bevorstehenden zweiten Adventssonntag hatte sich der Ort opulent herausgeputzt, allüberall standen Konzerte von Chören und Blaskapellen auf dem Programm, die Läden und Tandler überboten sich mit dekorativem Glitter und Geflitter. An Glühwein und süßem Futter auf die Hand herrschte kein Mangel. Trotz all des X-Mas-Trubels – die historisch-malerischen Gassen, samt lüftlbemalten Gemäuern, vereint mit den verschneiten Berggipfeln rundherum, schafften es so gerade, ein bisserl Flair der »staden Zeit« zu retten, sofern man dem Innehalten etwas abgewinnen konnte.

Laura hoffte, dass sie sich in die Arbeit versenken konnte, Feiertage kannten die Viecherl nicht – Ochs und Esel natürlich ausgenommen. Sie lauschte, wie die Mayer ihrem Veit einschärfte, dass er den Notarzt oder seine Schwester verständigen sollte, falls die Erkältungssymptome ausuferten, aber fürs Erste würden eine Kanne Kamillentee und Tiger Balm ausreichen.

Zehn Minuten später war sie, gedresst mit Jeans und übergroßem Wollpulli, startbereit, sich mit der Mayer durch den Weihnachtsrummel treiben zu lassen.

Die Zugfahrt nach Ehrwald war das Entspannteste, was Ben an diesem Tag bisher widerfahren war. Es verschlug ihn nicht zum ersten Mal auf die andere Seite der Zugspitze. Wie immer hatte er das Gefühl, die zerklüfteten Berge würden näher an ihn heranrücken. Solange er sie nicht erkraxeln musste, konnte er die Erhabenheit, mit der sie vor ihm aufragten, genießen. Das Schneeweiß stand ihnen ausgezeichnet, sie wirkten rau, eisig und unbezwingbar. Eine Illusion. An ihren gespurten und gelifteten Hängen würden bald Massen auf Skiern, Schlitten und

Snowboards herunterrutschen oder mit Steigeisen und Schneeschuhen auf ihnen herumtrampeln.

Dampfplauderer oder Informationsquelle? Ben war sich noch nicht sicher. Vogels »Kontaktmann« hatte ihn mit einem VW-Bus vom Ehrwalder Bahnhof abgeholt. Was Hans Vetterl genau für eine Funktion hatte, wusste Ben nicht, Ranger oder Journalist, Hauptsache, er kannte sich aus. Er war ein drahtiger Vollbärtiger, gut in den Vierzigern, mit jeder Menge Lachfältchen und dick geäderten Pranken, die zuzupacken wussten. Zu Jeans und gefüttertem Karohemd trug er stilvoll einen schmal gekrempten Tirolerhut aus schwarzem Filz. Mit Ben im Schlepptau steuerte er ein Café mit Blick auf das Ehrwalder Kirchlein an.

Ben schätzte den beschaulichen Ort. Wenn du einstmals im Gebirge dein Auskommen haben wolltest, wurde dir nix geschenkt, außer der gewaltigen und gewalttätigen Natur. Allein das Holzschlagen für deine Häuserlbalken war ein gefährliches Unterfangen, und die Felsen verziehen keine Ausrutscher. In der Stadt findest du all den Kram, den du glaubst zu brauchen, hier musstest du es der Landschaft abtrotzen. Karg und hart muss das gewesen sein, vor der Erfindung des Skilifts und des Wellnessurlaubs. Vielleicht hatte das über die Generationen die Menschen geprägt. Freundlich, zäh und besonnen wirkten die Leut hier auf ihn und von einer geschäftigen Energie, als hätten sie noch eine Extrabatterie im Leib.

»Da, schau's dir an!« Sein Gegenüber patschte zwei Bilder vor Ben auf den Tisch. Stillleben: in maulgerechte Stücke gerissenes Schaf auf der Wiese, im Hintergrund ein Häuserensemble. Dazu eine Nahaufnahme vom verendeten Tier, die Wolle blutgetränkt.

Wenn er von Herbie ein Foto geschossen hätte, könnte er jetzt dagegenhalten. Meine Leich, deine Leich. Bens Bedarf an Blut war gedeckt. Er schob die Bilder über den Tisch.

»Arg nah bei der Siedlung«, kommentierte er.

»Wir haben gedacht, da wär's sicher, aber der Bursche –«

»Ein Bekannter?«
»Ja, der macht sich nicht davon, wenn du ›Buh‹ rufst.«
»Hattet ihr Angst?«
»Ja eh, um die Tiere. Nicht nur, dass er ein Schaf reißt, die andern vierzig bekommen Panik und nehmen Reißaus. Wenn du Pech hast, auf Nimmerwiedersehen.«
»Du meinst, besser wär's, Wölfe zu schießen?«
»Na, nicht die Wölfe abschießen, sondern den einen Wolf.«
»Schadwolf heißt das, glaub ich.«
»Den kannst du nennen, wie du magst. Die Wölfe bekommst du nimmer los, und das passt eh. Ein gescheiter Beutegreifer ist die beste Medizin für die Waldgesundheit. Den brauchst du fürs Aufforsten. Aber du hast keine Freud mehr, wenn einer im Ort rumschleicht. Dann gibt's Proteste und Geschrei, die Politik mischt mit, aber du merkst, jeder kocht sein Süppchen, will halt wiedergewählt werden, sonst nix.«

Ben nickte erneut. So hatte sich Vogel die O-Töne nicht vorgestellt. Der dachte an so etwas wie: »Ein Ort in Angst und Schrecken. Killerwölfe greifen an.« Aber von Panik war nichts zu spüren, da war nur Zorn und Entschlossenheit.

»Als Vogel mich angerufen hat, hat er gemeint, in Garmisch könnte ein Wolf einen Mann zerrissen haben«, meinte Vetterl und kratzte sich am Kinn.

»Könnte«, betonte Ben.

»Wenn du mich fragst, das ist ein ausgemachter Kas. Wölfe sind menschenscheu. Jeder Hund kann zur Bestie werden, das is eh so. Die werden bösartig, wenn sie von einem Saukerl gehalten werden. Da tät ich nachforschen.« Er lachte auf, sein makelloses Gebiss blitzte. »Und der Wolf frisst eh lieber zartes Lamm. Der ist ein Gourmet. Apropos, den Kirschschmarrn solltest du nicht auslassen, wenn du schon hier bist.«

Ben winkte der Bedienung. Klang nach einer vernünftigen Idee, der ersten seit dem Aufwachen. Sein Magen klatschte Beifall, der wollte verwöhnt worden.

Ein Saukerl mit Hund? Bauunternehmer Schimmelpfennig II. würde in diese Kategorie passen. Aber Ben fiel partout kein Grund ein, warum der Herbie um die Ecke bringen sollte, außer angeborene Boshaftigkeit.

Ben und sein Tiroler Gegenüber ließen sich den Kirschschmarrn schmecken, bevor er sich wieder auf die Heimreise machte.

Letztendlich unterschieden sich die »Bergvölker« hier und jenseits der Grenze nicht sonderlich voneinander. Das Leben war vom Gebirgsmassiv, der Viecherei und dem Tourismus geprägt. Und nicht immer passten alle Rädchen ineinander, bei der Tradition, der Natur und dem heiligen Fortschritt, und dann knirschte und knackte es im Getriebe. Und wo fügst du einen gefräßigen Wolf ein?

Ben war das letzte Stück von der Bushaltestelle zu Fuß zur Pension gehatscht. Es hatte ihn wenig überrascht, dass er bei Vogel nur die Mailbox erreicht und der ihn nicht vom Bahnhof abgeholt hatte. Immerhin Freitag. Da konntest du noch über den Bahnhofsvorplatz schlendern, ohne dich zu fühlen wie ein Footballspieler im Stadion. An Wochenenden bestand die Defense aus einem vielbeinigen Gewusel, durch das du dir unerschrocken deinen Weg in die Endzone bahnen musstest. Bus erreicht – Touchdown.

Das Auslüften des Schädels hatte ihm gutgetan, die nassen Füße weniger. Und was hast du heute erlebt Wiesegger? Eine Leiche gefunden, in ein Haus eingebrochen und ein blaues Auge bei einer Prügelei kassiert. Fehlte noch das Sahnehäubchen? Der Tag war noch nicht zu Ende.

Jetzt kauerte er in Lissys handgestrickten blauen Geburtstagssocken vor dem Laptop und grübelte über dem Artikel. Spaßeshalber hatte er wissen wollen, was ein KI-Programm ihm zum Wolf abliefern könnte, aber die künstliche Intelligenzbestie war trocken wie eine tagealte Brezn gewesen, für dramatische Effekte ungeeignet. Ashley Sherlock sang in Bens Kopfhörer von »Trouble«, der ideale Soundtrack, während er in die Tasten haute.

Vor Kurzem hatte ihm Vogel einen Vortrag über ihr Blatt

gehalten. Sie seien nur der Appendix, die mickrige Beilage eines massigen Zeitungskörpers, die einzige Stimme des Werdenfelser Landes – und ruckzuck sei so ein Wurmfortsatz wegoperiert. Blätter wurden jeden Tag eingestampft, kein Hahn krähte danach – und Papier wurde zur exotischen Liebhaberei für Exzentriker, es sei denn auf dem Scheißhaus. Ihre Existenz verdankten sie einzig der Werbekundschaft und dem Onlineauftritt. Letztendlich war Vogel Chefredakteur einer Handvoll verhaltensorigineller Sonderlinge, von denen jetzt einer tot war – und die wichtigste Person war die hyperaktive, nimmermüde Christl mit ihrer Anzeigenakquise. Ohne sie läge das Blatt unter dem Skalpell. Mit Halbgarem oder Weichgespültem durfte Ben gar nicht aufwarten, besser *right between the eyes*.

Ben hatte ein mulmiges Gefühl dabei, Garmisch-Partenkirchen dem Wolf auszuliefern, aber genug Routine, reißerisches Geschehen mit O-Tönen zu verbinden. »Tödliche Gefahr aus den Wäldern« oder gar »Garmisch-Partenkirchen in den Fängen des Wolfes?«. Das brächte Vogel zum Tirilieren.

Von Gang her drang Kinderlachen zu ihm. Das mussten die beiden Kurzen der Familie aus Stuttgart sein, die justament angereist waren. Wochenendtrip ins Schneevergnügen. Und wenn tatsächlich ein mörderisches Tier im Wald lauerte? Ein Viech, das Geschmack an Menschenfleisch gefunden hatte, oder feierte seine Phantasie eine ausschweifende Orgie?

Er warf einen stirnrunzelnden Blick durchs Fenster auf den stillen, verschneiten Hof, wie um sicherzugehen. Ja, es war Garmisch-Partenkirchen und nicht die Serengeti. Aber war es nicht, verdammt noch mal, besser, vorsichtig zu sein?

Ben wusste nicht, was Vogel damit meinte, einen Täter in Sicherheit zu wiegen. Wenn es denn einen gab, war der safe wie ein Bankkonto auf den Caymans. Sie hatten, im Gegensatz zum Viech, kein Fleisch in den Fängen, außer dass ein Unbekannter am Schädel des Chefredakteurs angeklopft hatte und einen Laptop mitgehen ließ. Er dachte an Schimmelpfennigs Schäferhund Rufus, wusste der Kuckuck, wie sich das mit DNA-Proben und tierischen Beweismitteln verhielt. Was trieb das Veterinäramt?

Er beschloss, sich bei Laura danach zu erkundigen – sobald sich das mit ihrer Laune vertrug. Morgen hatte der Garmischer Kurier Isegrim als Aufmacher: »Lasst mich rein, ihr Schweinchen!«

10

Sie hätte es wissen müssen. Um auf positive Gedanken zu kommen, wäre es besser gewesen, statt durch die Fußgängerzone zu schlendern, sich ins entseelte, weil unzugängliche Höllental zu verziehen. Schneelawine statt Menschenlawine? Auch keine Option, doch hier kam sie nicht aus. Der eine oder die andere nickte ihr zu, wie sie mit der Mayer den Glühweinstand am Beginn der wuseligen Fußgängerzone ansteuerte, aber es dauerte nicht lange, bis sie sich der Neugier ausgesetzt fühlte.

Mit einem einleitenden »Ich hab gehört« versuchte der jungdynamische Glühweinverkäufer, sie ins Gespräch zu ziehen.

Sie konnte sich nicht erinnern, mit ihm bekannt zu sein, geschweige denn, mit ihm gesprochen zu haben. Egal, er kannte offenbar Laura. Dass Kreuzeder eine Plaudertasche war, hatte sie geahnt. Vielleicht hatte er sich vor dem Kongresshaus aufgestellt: »Hört her, ihr Leut, und lasst euch sagen!« Eine gruselige Wolfsgeschichte war genau das, was sich Kreuzeder und die vorlauten Politkasperln als Argument wünschten, um sich aufzuplustern.

»Sie haben ihn untersucht, den Toten im Wald?«, meinte der Mann. »Und was war's?«

Laura schaute durch ihn hindurch, während sie den Melodien von Bing Crosbys Weihnachtsschmonzetten lauschte.

Dass sie auch gern eine »Silent Night« hätten, mengte sich die Mayer ein. »Liest du eh in der Zeitung oder als aufgebauschten Schmarrn auf TikTok.«

Laura ließ sich von ihr zum nächsten Stehtisch bugsieren und nahm einen Schluck aus der Tasse.

»Blöde Idee«, brummte die Mayer und sah auf ihr Smartphonedisplay. »Nix geschrieben.« Sie seufzte auf.

Veit konnte es ihr nicht recht machen.

»Der is ruckzuck geschossen«, hörte Laura einen stämmigen, rotbäckigen Kerl in gefütterter Lederjacke dem Standlbetreiber zurufen. Seine fahrigen Bewegungen ließen darauf schließen, dass er dem Glühwein ordentlich zugesprochen hatte.

»Wer?«

»Na, wenn's ein Wolf war oder ein Bär.«

»Von dir oder wem?«

»Warum nicht?« Der Mann nahm seine Mütze ab und fuhr sich über den Igelhaarschnitt.

»Da brauchts gescheite Jäger und keine Luftpumpen«, kam es hinter dem Stand hervor.

»Und dann zieh ich ihm das Fell ab und mach einen Bettvorleger für dich draus«, säuselte er dem Madl mit schweinchenrosa Daunenjäckchen zu, das sich mit andächtigem Augenaufschlag beidhändig an seinen Arm klammerte, als wär der ein Rettungsring, der sie vor dem Ertrinken bewahrte. Zumindest bot er Halt gegen das Umkippen.

»Ach, Schatzi, du bist so ein Depp!«, kicherte sie los und umhalste ihn vehement, sodass er den Glühwein verschüttete.

»Werdet ihr schon sehen, und dann werdet ihr deppert schauen!«, gab der Bursch zum Besten, bevor er mit seiner trippelnden Begleiterin abzog.

»... sagte der Bettvorleger«, brummte der Standlwirt.

Ben schickte den Text an Vogel und klappte den Laptop zu. Es klopfte an seiner Tür. Sie öffnete sich auf sein »Ja«, und Lissys Kopf erschien im Türrahmen.

»Jemand hat einen Brief für dich eingeworfen«, meinte sie und streckte ihm ein Kuvert entgegen.

Ben stand auf und zog fragend die Augenbrauen nach oben.

»Keine Briefmarke, keine Adresse?«

Seine Schwester schüttelte den Kopf. »Wenn du die Hühner noch in den Stall bringst ...«, ergänzte sie, bevor sie wieder verschwand.

Ben betrachtete das Kuvert von allen Seiten, als könne er ihm etwas über den Absender entlocken. Nichts, nicht einmal ein schmutziger Fingerabdruck. Laura wäre vermutlich mit Mikroskop und Näschen ans Werk gegangen, er zuckte nur mit den

Schultern und riss das Kuvert auf. Ein Zettel. Parfümiert war der nicht.

»Morgen um zehn bei der Partnachklamm. Es ist lebenswichtig für Sie. Ein Freund«, las er.

Ben war sich sicher, keine Freunde zu haben, die morgens Zeit und Lust hatten, durch die Klamm zu spazieren. Er seufzte und schob den Zettel in die Hosentasche. Die Hühner warteten auf ihn und seinen vierbeinigen Gefährten.

Nachdem er die sieben Hennen, mit Beppos stimmlicher Unterstützung, in den Stall gescheucht hatte, stapfte er los in Richtung Bushaltestelle. Sein Ziel war die Pizzeria von Luigi, sein Sohn Steff würde da sein, sie versuchten, sich jede Woche einmal zu treffen. Es war kompliziert, fast so, als hätte er ein heimliches Verhältnis. Steff wohnte noch bei seinem Großonkel, besser gesagt, bei dem Mann, der annahm, sein Großonkel zu sein. Und der war im unerschütterlichen Glauben, sein Neffe wäre durch Bens Verschulden ums Leben gekommen. Steff und er hatten bisher nicht den Mumm aufgebracht, die Dinge geradezurücken. Vielleicht war es besser so. Ben hatte den Menschen in seiner Umgebung nicht gerade Glück beschert.

Der Bus kam pünktlich. Auf nach Partenkirchen, dem gemächlicheren Teil des Doppelortes. Dass dort die Uhren anders gingen, wäre zu viel gesagt, aber zumindest fehlte ihnen der hektische Sekundenzeiger. Mit Holzschindeln gedeckte Häuser, Schutzheilige an die Fassaden gepinselt, als Kind hatte das Wandeln durch die Partenkirchner Gassen für Ben immer Märchenhaftes bedeutet. Er hatte andächtig seinem Vater gelauscht, der zu jedem Motiv etwas zu erzählen wusste. Vielleicht war da schon Bens Faible für Geschichten geweckt worden. Statt Heiligen waren es für ihn eben Aliens geworden. Jeder, wie er konnte.

Im Bus hing er seinen Gedanken nach. Steffs Kindheit hatte er verpasst. Wie es wohl gewesen wäre, ihn aufwachsen zu sehen? Welche Sagen hätte er ihm erzählt?

Für Laura hatte der Restabend ein Glas Rioja samt Fläzen auf der Couch im Gepäck. Sie hatte vorgehabt, den historischen

Sechshundert-Seiten-Wälzer anzufangen, den ihr die Mayer zum Geburtstag geschenkt hatte, aber sie merkte schnell, dass sie zu unkonzentriert war. Von ihrer Freundin Hannah hatte sie einen Umweltthriller bekommen, immer noch ungelesen. Warum alle Welt annahm, sie habe die Muße, sich wochenlang in derartige Schmöker zu vertiefen, war ihr ein Mysterium. Außerdem konnte sie die Ereignisse nicht einfach ausblenden und zur Tagesordnung übergehen.

Die Mayer hatte versucht, sie mit Klatsch und Tratsch aus dem Ort auf andere Gedanken zu bringen, war aber selbst vom maladen Veit in Anspruch genommen worden. Stade Zeit. Von wegen. Wenn du morgens schon einer zerbissenen Leiche begegnest, liegen die Kipferl schwer wie Blei auf der Zunge. Weihnachtsstimmung der besonderen Art. Hätte es nicht gereicht, wenn der See still und starr ruht? Müssen es unbedingt zerrissene Leut im weihnachtlich glänzenden Wald sein?

Sie sollte eine Kerze anzünden.

Von draußen hörte sie ein gedämpftes Klirren, so als wäre jemand gegen einen Blumentopf gestoßen. Ein Tier? Sie stand auf und spähte durchs Fenster in ihr Gärtchen. War da eine Bewegung, ein Schatten?

Sie konnte es nicht mit Sicherheit sagen. Katzen strolchten in der Nachbarschaft genug durch die Gegend, auch der Fuchs ließ sich ab und an blicken.

»Ach, Kruzifix.« Sie zog sich die Sneakers an und trat vors Haus. Nichts. Alles ruhig.

Bis auf ... da waren Fußspuren im Schnee. Sie führten von den verschneiten Steinplatten hin bis unter ihr Wohnzimmerfenster und wieder zurück. Der Abdruck war der eines Mannes – oder einer Frau auf großem Fuß. Wenig Profil. Ein Spanner? Herrgott noch mal!

Laura rekapitulierte, was er im Raum beobachtet haben konnte. Sie, im blauen Jogginganzug, weintrinkend, eingemummelt unter karierter Wolldecke. Kein Anblick, der das Herzerl oder andere Körperteile erfreut. Sie sah sich einmal um, bevor sie ins Haus zurückging.

»Hallo?«, rief sie in die Nacht hinaus, wohl wissend, dass sie darauf keine Antwort bekommen würde. Drinnen marschierte sie von Raum zu Raum und ließ die Rollläden herunter, bevor sie wieder die Couch ansteuerte.

Letzten Freitag hatte sie bei einem ihrer seltenen Trips in ihre alte Heimatstadt Rosenheim Tom wiedergetroffen, der ihr das Häuschen in Garmisch vermittelt hatte. Ein sympathischer Bursch, der etwas zu intensiv seine Fitness-Apps vergötterte.

Sie hatten sich erst auf der Couch heftig geliebt, bevor sie das Event ins Schlafzimmer verlagert hatten. Dabei hatte sie dem feschen Jungspund nahegebracht, dass sportliche Höchstleistung nur ein klitzekleines Puzzleteil des großen Ganzen war.

Das wäre ein lohnenswerter Abend für einen Spanner gewesen, sofern sie dessen Motiv überhaupt nachvollziehen konnte.

Laura hätte wetten können, dass Tom hinterher seine Werte auf der Fitness-Watch überprüft hatte. Sie streckte auf der Couch alle viere von sich und lächelte. Kalorien durfte er ordentlich verbrannt haben, und für eine heftige Pulsfrequenz hatte das prickelnde Work-out samt Happy End allemal gesorgt.

Wer immer heut da draußen vor ihrem Fenster gelurt hatte, sollte das keinesfalls wiederholen. Trink nie mehrmals vom selben Wasserloch, wie die Australier sagen, sonst schnappt dich ... in diesem Fall Laura. Ein Krokodil wäre ein Dreck dagegen, wenn sie den Kerl erwischte.

Es war ein gemütlicher Abend gewesen. Natürlich hatten Steff und Luigi erfahren wollen, wie, warum und was. Über eine Leiche stolperst du ja nicht täglich in den Werdenfelser Wäldern. Ben hatte von Beppo berichtet und dem Aufeinandertreffen mit Schimmelpfennig II., nur seine Stippvisite in Herbies Behausung und die Befragung durch Poschinger hatte er ausgelassen. Sein blaues Auge wurde mit herzlicher Schadenfreude quittiert. Er wollte jedoch nicht zum abendfüllenden Thema werden. Die Wolf-Theorie hatten sie ausgeklammert. Lieber Pizza schlemmen, Bier genießen und an der Vater-Sohn-Beziehung basteln. Was immer man darunter verstehen mochte.

Ben war sich nicht sicher, wie sich ein gelungenes Verhältnis anfühlte. Es war ein Annäherungsprozess. Wobei ihn ab und an klassische väterliche Sorgen am Wickel hatten, zum Beispiel letzten Winter, als Steff nach dem Eisklettern am Ettaler Mühlenfall nicht auf seine Nachricht geantwortet hatte. Erst Tage später war er ihm, mit von Schrammen verzierter Visage, über den Weg gelaufen.

Ben ertappte sich oft dabei, wie er drüber grübelte, ob bei Steff alles in Ordnung war und es ihm gut ging.

Sein Sohn hatte vom Werkeln in der Autowerkstatt erzählt, von seiner bevorstehenden Skitour auf die Alpspitz, und Luigi war mit Grappa spendabel gewesen. Ben hatte sich wohlgefühlt mit Kumpel und Sohn. Was brauchte man mehr? Als die beiden sich vertieft hatten in ein Getriebeproblem bei Luigis musealem Alfa GTV, hatte er sie schweigend beobachtet. Er hatte Wärme in sich aufsteigen gefühlt, am liebsten hätte er die beiden geherzt und gedrückt. Vielleicht der Grappa. Dass Steff ihn nach Hause fahren wollte, war ungewöhnlich.

»Du würdest mir sagen, wenn du in Problemen steckst?«, wollte sein Sohn von ihm wissen, während er im Auto weiter geradeaus blickte. Beiläufig hatte das geklungen, aber so gut kannte er Steff, dass er wusste, sein Sohn war besorgt.

Herbie war ein Kollege gewesen, und Steff bildete sich einen Reim darauf. Ben hätte gerne mitgereimt. Steckte er in Kalamitäten? Woher zum Teufel sollte er das wissen? Wer sollte das wissen? Vielleicht sein »Freund«, mit dem er sich morgen früh in der Klamm treffen sollte.

»Klar«, erwiderte er. »Aber da ist nix.«

Noch nichts.

Rote Augen starrten ihn an. Er hatte nur eine Chance. Abseilen, runter vom Berg. Das Tier fletschte monströse Zähne und machte sich bereit zum Sprung. Ben sah vom Grat hinunter in die Tiefe. Warum war hier, im Fels, ein Wolf? Panik stieg in ihm auf.

»Pass auf!«, wollte er rufen, aber die Kehle war wie verschnürt. Er spürte, da war jemand in der Nähe, er konnte ihn aber nicht erblicken. Stand er hinter ihm? Seine Hände packten das Seil. Er versuchte mit aller Gewalt, sich zu bewegen, aber die Beine gehorchten ihm nicht. Dann eben kriechen, wegrollen!
Der Wolf sprang auf ihn zu. Er bellte.
Mit einem Schrei fuhr Ben hoch. Er war nass geschwitzt, die Finger waren in den Rand der Bettdecke verkrallt. Beppo bellte noch immer.
»Sei leis!«, herrschte ihn Ben an. »Du weckst ja das ganze Haus auf mit dem Lärm.«
Zumindest ihn hatte er aus dem Schlaf gerissen, bevor der Wolf ihn schnappte. Braver Hund. Was hatte er da für einen Schmarrn geträumt?
Ben schwang sich aus dem Bett.
Er knipste das Licht an und breitete Herbies Karte auf dem Tisch aus. Der Jubiläumsgrat. Er hatte von ihm geträumt, Wolf hin oder her. Das erste Mal seit Langem. Das W könnte ihn zeigen, daneben das Zeichen Toni. Doch wen symbolisierte das Kreuz davor? Eine Person? War die nahe genug gestanden, um ihre Rauferei gesehen zu haben? Nahe genug, um gesehen zu haben, dass Toni weitergelaufen war und er ihn nicht gestoßen hatte?
Gab es doch einen Zeugen? Was hatte Herbie zusammengetragen? Sollte sich die Geschichte nach all den Jahren endlich aufklären? Vielleicht hatten die Kreuze auf der Karte aber eine gänzlich andere Bedeutung. Scheißdreck!
Er fegte die Karte vom Tisch. Ohne Laptop würde er kaum weiterkommen. Er zückte sein Smartphone und zoomte die Fotos von Herbies Pinnwand. Telefonnummern konnte er erkennen. Das wäre morgen seine Aufgabe. Der Anfang des Fadens? Er hatte die vage Hoffnung, sein toter Kollege war nicht nur am Pizzaservice oder an diversen Handwerkern interessiert gewesen. Als seine gereizten Augen zu brennen begannen, löschte er das Licht und legte sich zurück ins Bett. Beppo würde über seine Träume wachen.

11

Laura erwachte mit rumorendem Magen. Vielleicht die Crêpes, gepaart mit dem Glühwein gestern. Sie hatte einen proppenvollen Arbeitstag vor sich. Kein Gedanke, sich zu räkeln und sich in den Vormittag treiben zu lassen, wie es Leib und Seele gerne gehabt hätten. Wenigstens versprach die Wetter-App einen sonnigen Tag. Im Werdenfelser Land sollte es laut Statistik zwölf Schneetage im Dezember geben. Acht hatten sie bereits hinter sich. So wie es aussah, käme heute kein weiterer dazu. Um zu den Höfen zu gelangen, ein Lichtblick.

Im Halbschlaf schlappte sie in die Küche und warf die Espressomaschine an. Siebzehn Nachrichten auf ihrem Smartphone. Wer immer nach ihr verlangte, musste sich gedulden, bis das Koffein seine Wirkung entfaltet hatte. Nach den ersten Schlucken Cappuccino begann sie, die Anrufer abzuarbeiten. Die Mayer wollte, dass sie sich mit den News beschäftigte. Ben habe einen Artikel über Wölfe in Garmisch verfasst. Sie griff sich in düsterer Vorahnung ans Hirn.

Poschinger war kaum zu verstehen, er brüllte etwas von Verantwortung, der Rest war besorgte Kundschaft, die Näheres von ihr über den gestrigen Leichenfund erfahren wollte. Kein Notfall, kein ärztlicher Rat, nichts, was ihre Heilkunst erfordert hätte.

Sie forschte nach Bens Artikel. Nach den ersten Sätzen war ihre Morgenmüdigkeit weggeblasen, als hätte sie statt Kaffee eine Nase Koks intus. Sie konnte sich gerade noch kontrollieren, nicht die leere Tasse an die Wand zu schmettern. Dieser verblödete Volltrottel! Was hatte er sich dabei gedacht? Nichts, sein Verstand reichte nur von der Wand bis zur Tapete! Angst hatte er geschürt. Auch wenn der Artikel mit Fragezeichen und Spekulationen gespickt war, er reichte aus, um den Ort in den Fokus zu stellen. Trieb in Hammersbach ein menschenfressender Wolf sein Unwesen? Bullshit! Laura sprang auf und ließ

einen Schrei. Es musste heraus. An Bens Anschluss plapperte nur die Mailbox.
»Du bist ein Schwachkopf!«, fauchte sie bloß.
Unter der Dusche trachtete sie danach, einen klaren Kopf zu bekommen. Herbinger erwartete sie bei seinen Kühen, und eine Herde Ziegen wollte beschaut werden – am besten war es, mit dem Tagwerk zu beginnen, business as usual, der Tag würde noch genug Überraschungen bereithalten. Warum sollte sie sich vorher verrückt machen? Nur Ben würde sie schlachten, ausnehmen, rupfen und garen, bis er eine Klarstellung verfasst hätte. Garmisch-Partenkirchen brauchte alles, nur kein Märchen vom blutrünstigen Wolf.

Geschrei und Gepolter ließen Ben im Bett hochfahren. Der Lärm kam näher. Aufgeregte Stimmen, dazwischen das Wutgebrüll eines Mannes. War das Poschingers Stimme? Was, zum Teufel, wollte der hier?
Ben schaffte es gerade noch, sich die Jeans anzuziehen, da wurde seine Tür aufgerissen. Er erstarrte. Poschinger war blutüberströmt, sein Gesicht zur wütenden Fratze entstellt. Der Kerl zitterte vor Wut. Er schien schwer verletzt zu sein.
»Ach du Scheiße!«, blökte Ben und wich zurück, als der Hauptkommissar ins Zimmer sprang wie ein entfesseltes Viech.
»Ich reiß dir den Kopf ab«, schrie er, »und stopf ihn dir in den Hals!«
»Niemandem reißt du was ab, Poschinger!«, krächzte Bens Vater. Er hatte sein brüchiges Gestell vom Dachgeschoss nach unten geschafft. Im blau gestreiften Schlafanzug lehnte er, schwer atmend, hinter dem Polizisten im Türrahmen, die doppelläufige Flinte in der Armbeuge.
Poschinger drehte sich verblüfft um. »Den Schießprügel hab ich nicht gesehen, sonst müsst ich dich verhaften«, knurrte er. »Euch alle, wegsperren!«
»Du ... du musst ins Krankenhaus«, stotterte Ben und streckte die Hände beruhigend nach ihm aus.

»In die Psychiatrische sollt der«, brummte sein Vater. Deeskalation ging anders.

»Du Misthund hast den Schmarrn geschrieben, hä?«, fragte Poschinger und wischte sich über die blutige Stirn. Er sah beinahe aus wie Herbies Leiche im Wald. Nur dass er sich rühren konnte und sein Schritt optisch unversehrt schien.

»Was ist passiert?«, erkundigte sich Ben und ließ sich in seinen Sessel plumpsen. Das Kopfabreißen schien nicht mehr pressant. Einen Sitzenden zu massakrieren erforderte Überwindung.

»Was passiert ist, will der Depp wissen?«, zeterte Poschinger. »Ich geh aus dem Haus und will gerade in mein Auto steigen, da kommt so ein Sauhund an und schüttet mir einen Eimer Blut über den Schädel – das ist passiert! Ich würde die Hände in den Schoß legen und wär verantwortlich, wenn Viecher und Menschen zerrissen würden. Und, Wiesegger, was glaubst du, warum der auf die depperte Idee kam? Weil du es nicht lassen konntest, so einen Mist zu verzapfen!«

Bens Vater nahm das Gewehr herunter und stützte sich darauf ab. Lange konnte er so nicht stehen bleiben. Lissy tauchte neben ihm auf und griff nach seinem Arm. Ihre Augen funkelten Ben an.

»Ich schwör dir, ich sperr dich weg!«, fauchte Poschinger und schüttelte die Fäuste.

Ben nahm die Hände an den Kopf. Das Blut tropfte aufs Eichenparkett. Unschön. Poschinger musste sofort zur Pension gerast sein. Keiner seiner Gedanken war aktuell vernunftgetrieben.

»Bring ihm ein Handtuch, eine Hosn und ein Hemd«, meinte der alte Wiesegger zu Ben. »So sollt niemand rumlaufen müssen. Nicht bei uns im Haus.«

Ben würde ihm keinesfalls eine seiner Hosen überlassen, geschweige denn würde sie dem »Überstattlichen« passen. Eine Kittelschürze von Frau Lamprecht wäre das Ideale.

Poschinger stierte den Alten an. »Braucht's nicht«, knurrte er. »Ein Handtuch tut's.«

»Und du«, er ging mit ausgestreckten Zeigefinger auf Ben zu, »stellst das klar. Wir arbeiten auf Hochtouren, wir tun, was wir können – das wirst du schreiben!«

»Und wenn nicht?«

»Dann nehm ich dich mit, sperr dich ein und werf den Schlüssel weg. Ich find einen Grund, verlass dich drauf. Das schwör ich dir beim Leben von …«, er schnappte nach Luft, »ach, du kannst schon mal deine Tasche packen. Packen tust du eh am liebsten, oder?« Er drehte sich um und konnte gerade noch das Handtuch auffangen, das Lissy in Richtung seines Kopfs geworfen hatte.

»Geschenk des Hauses«, sagte sie und zog eine Grimasse.

»Pass auf, dass du nicht in deinem Blut schwimmst!«, zischte Poschinger.

Wenn Beppo nach dem mahnend wedelnden Wurstfinger geschnappt hätte, wäre sein Herrchen stolz auf ihn gewesen.

Der blutrote Hauptkommissar stapfte aus dem Zimmer, und Ben hörte, wie er die Treppen hinunterpolterte.

»Und wieso ham wir einen Hund, wenn der bloß zuschaut, wenn dich wer abfieseln will?«, fragte Bens Vater.

»Im Ernstfall wär der präsent«, seufzte Ben, »hättest ihm nur die Flinte überlassen sollen.«

Er warf einen Blick auf Beppo, der ungerührt neben dem Bett kauerte, als ginge ihn das Ganze nichts an. Aber hätte er nicht die Leiche aufgestöbert … Du brauchst nicht den unschuldigen Hundeblick auszupacken, wir sitzen alle im selben Kahn, und hoffentlich saufen wir nicht ab.

»Im ganzen Haus hat der Poschinger rumgesaut«, murrte Lissy, »das putzt du auf, Ben! Bin bloß froh, dass die Gäste fast alle beim Frühstück saßen. Was hast du uns wieder eingebrockt, Ben?«

»Wahrscheinlich gibt's noch mehr aufzuputzen«, brummte sein Vater. »Wenn du was bereden willst, weißt du ja, wo ich bin.« Von Lissy und der hoffentlich ungeladenen Flinte gestützt, machte er sich wieder auf den Weg in sein Domizil unter dem Dach.

Ben blieb allein zurück. Er schlug mit den Fäusten auf die Matratze. Kruzifix! Auf wen bist du wütend? Dich, Vogel oder Poschinger? Letztendlich konnte der Hauptkommissar ausnahmsweise nichts dafür, auch wenn Ben kein Mitleid für ihn aufbringen konnte. Ein erquickender Eimer Schweineblut tat dem gut.

Während Ben den Flur und die Treppen von Poschingers Spuren reinigte, überdachte er seine Lage. Lauras Nachricht war eindeutig gewesen. Das Schlamassel war perfekt. Hatte er eine andere Wahl gehabt? Jetzt hatte er mehr als einen Grund, herauszufinden, wer oder was hinter Herbies Tod steckte. Er ahnte, wer ihn in der Klamm treffen wollte, und fragte sich, ob ihn das weiterbrachte. Schon einmal hatte der ihn in die Irre geleitet. »Pass auf, dass du nicht in deinem Blut schwimmst.« First class! Er wischte gerade Tropfen von der Stiege, als eine Stimme ihn aus den Gedanken riss.

»Guten Morgen, Herr Wiesegger, ist was passiert?«

Er richtete sich auf und drehte sich um. Vor ihm stand ein sehniger Blondschopf etwa in seinem Alter, gewandet in ein weißes Hemd und eine beigefarbene Strickweste, und besah mit zusammengekniffenen Augen die Treppenstufe. Entweder forschende Neugier oder Brille vergessen. Er hatte Ben beim Namen genannt. Logische Schlussfolgerung wegen des Putzlappens, oder müsste er den Mann kennen? Das Gesicht erinnerte Ben an jemanden, er konnte es aber nicht zuordnen.

»Nein, nein«, beeilte er sich zu sagen, während er seine Lippen lächeln ließ und die Stimme mit Frohsinn unterfütterte. »Alles gut, Frühstück gibt's bis halb zehn. Und es wird ein sonniger Tag werden.«

»Ja«, meinte sein Gegenüber, »ein richtig schöner Tag.«

Er stieg die Treppe nach unten zum Frühstücksraum, während Ben sich wieder seiner Putzarbeit zuwandte. Der klassische Skitourist schien das nicht gewesen zu sein, aber der erste Eindruck konnte in den Wald führen. Du kannst halt nicht reinschauen in die Leut – besser war es.

12

Es gibt nicht viel, was ein Rind verstören oder aus der Ruhe bringen kann, außer dem Transport zum Schlachthof. Wobei eine jede Kuh ihr eigenes Temperament mitbringt. Laura hatte es mit einem stoischen Exemplar zu tun gehabt. Während des Behandlungsprozesses am vereiterten Euter hatte sie in sich geruht, wie ein buddhistischer Meister. Die Mastitis war am Abklingen, Laura und der Bauer waren zufrieden.

Dass man sich von Tieren viel abschauen kann, ist eine Binsenweisheit, aber immerhin kannten sie zu jeder Zeit ihre Bedürfnisse und versuchten, danach zu handeln. Laura hatte das Bedürfnis, in ihre Arbeit einzutauchen und hinterher Ben links und rechts zu watschen. Leider verknoteten sich die beiden Gedankenstränge, sodass sie sich ermahnen musste, konzentriert zu bleiben. Natürlich hatte auch Bauer Herbinger sich nach dem Wolf erkundigt. Nicht aus Sorge, sondern Neugier. Letzten Endes wollte er mit ihr ein wenig bei frisch aufgerührtem Nescafé und mürbem Gebäck plaudern und hatte seinen Sohn dazugeholt. Dessen schmachtende Blicke ignorierte sie routinemäßig.

Jeder und jede, die Herbinger junior kannte, wusste, dass der nunmehr vierzigjährige »Jungbauer« auf Brautschau war. Er war ein stattlicher Bursch, aber fest entschlossen, den Bauernhof weiterzuführen. Ein Madl zu finden, das bereit war, sich darauf einzulassen, erwies sich als komplex. Die Arbeit auf dem Hof war maximal eine Woche romantisch, selbst wenn »Selbstversorgen und Aussteigen« als hipper Lebenstraum daherkam.

Und so gingen die Jahre ins Land, und auch seine Onlinedates brachten keine Ernte ein. Bens Spezl Luigi hatte erzählt, dass er ab und an bei ihm in der Pizzeria mit einer Neubekanntschaft einkehrte – so viel zu »Bauer sucht Frau«. Laura erschien den Bauersleuten als optimale Verbindung. Tierzüchter und Single-Tierärztin. Sie nahm es Herbinger junior nicht übel, weil er nie versuchte, sie offensiv zu umschmalzen oder gar auf Tuchfühlung zu gehen. Im Mittelpunkt stand immer die Gesundheit der Milchkühe. Sie war dem Bauern dankbar, dass sich das Gespräch letztlich um Phlegmone-Salbe fürs Euter drehte und nicht um Wolfsrisse oder Brautschau.

Lissy hatte nichts einzuwenden, als er den Kombi nahm. Sein optimistisches »Ich bring's in Ordnung« hatte sie mit einem skeptischen Blick quittiert.

Er brauchte nicht lang durch den Ort bis zum Parkplatz beim Skistadion.

Wunder über Wunder, er nahm es als positives Omen, inmitten der Autoreihen eine Lücke für den Passat gefunden zu haben. Im Vorbeigehen warf er einen Blick auf den Monumentalbau. Das winterliche Weiß umspielte die kantige Form und sorgte dafür, dass der Eindruck einer Festung, die es zu verteidigen galt, abgemildert wurde. Einzig den nackten, muskelbepackten Germanenskulpturen würdest du am liebsten einen Pulli über die steinerne Haut ziehen, damit sie sich nicht den Tod holten. Immerhin mussten die seit 1938 ausharren und sich Jahr für Jahr einer halben Million Leute präsentieren. Über dem steilen Hügel, der vor dem Halbrund des Stadions auslief, ragte die Skisprungschanze auf. Ben dachte daran, wie oft er sich mit Freunden das Neujahrsskispringen angeschaut hatte, in der Kälte gebibbert und den Burschen zugejubelt, die sich furchtlos in die Tiefe stürzten. Allein die Erinnerung daran, wie es war, im Sommer selbst oben am Hang zu stehen und hinunterzublicken, löste ein Grummeln im Magen aus. Nein, er war gewiss kein Vöglein. Höhenerfahrung war für Ben inzwischen Grauen pur, selbst am Turm der St. Martinskirche würde er gnadenlos scheitern.

Die Temperaturen waren wieder in die Höhe geklettert, am blauen Himmel tummelten sich Schäfchenwolken. Ben war nicht allein auf seinem Weg. Er trabte hinter einem Pärchen her, der Bursche im tarnfarbenen Army-Look samt Springerstiefeln, sie mit glänzend schwarzer Stretchhose und pelzbesetzten Stiefelchen. Es gab offenbar noch Gestalten, die vom militärischen Habitus nicht die Schnauze gestrichen voll hatten, dachte Ben, wie er hinter den beiden hermarschierte. Vielleicht ein Wochenende lang das »Wahre Männer«-Abenteuergefühl und am Montag ging es wieder an den Behördenschreibtisch. Vielleicht tat er dem Kerl bitteres Unrecht, und der war in seinem Tarnoutfit der Natur auf der Spur.

Ben zahlte an der Kasse den Eintritt und blickte sich um. Es war fünf nach zehn. Niemand trat auf ihn zu oder sprach ihn an. Nur ein depperter Scherz? Er machte sich nach Passieren des automatischen Gates auf den Weg in die Klamm. Dutzende Male hatte er sie schon durchwandert, als Bub, beeindruckt vom herunterstürzenden Fluss und von der gefährlichen Plackerei, die nötig gewesen war, einen Weg entlang des Wassers zu bahnen. Durch die eis- und schneebedeckten Ränder wirkte die Klamm noch archaischer und wilder als im Sommer. Die reißende Urgewalt des Flusses!

Langsam arbeitete er sich den Pfad entlang und warf immer wieder einen Blick übers Geländer auf das brodelnde Wasser.

Dann umfing ihn die Dunkelheit des in den Berg getriebenen Tunnels, durch den der Pfad weiter bergan führte. Ben blieb einen Moment durchatmend stehen, um die Augen an die Dunkelheit zu gewöhnen. Zum Glück trampelte gegenwärtig niemand durchs Gewölbe, der keinen finstern Meter schaffte, ohne mit der depperten Handytaschenlampe alles blenden und ausleuchten zu müssen. Diese Unsitte griff immer mehr um sich.

Großer Gott! Eine Hand auf seiner Schulter ließ Ben zusammenfahren. Er fuhr herum. Das bärtige Gesicht Schimmelpfennigs war direkt vor ihm. Der Bruder des Baulöwen griente ihn an. Der Auftritt war ihm gelungen. Ben hasste diese Geheimniskrämerei. Er hasste es, dass der Mann es schaffte, ihm den Puls in die Höhe zu treiben.

»Herrgott, Schimmelpfennig, was soll das?«, fuhr er sein Gegenüber an. »Wieso rufen Sie mich nicht einfach an oder kommen vorbei?«

»Da weißt du nie, wer was mitbekommt.«

»CIA, BND oder gar die Russen?«
»Noch machen Sie sich lustig, aber der Spaß wird Ihnen schnell vergehen. Wenn Geld im Spiel ist, zählt ein Menschenleben nix. Spüren Sie nicht, dass sich da was zusammenbraut?«
»Ich spür nur, dass es sakrisch kalt ist.« Und dass Schimmelpfennigs Hirnstube gefüllt war mit Premiumverfolgungswahn.
»Gehn wir weiter«, forderte der Mann ihn auf.

Er war wie immer in pure Tradition gewandet. Bundlederne, grobe Wollstrümpfe und gestrickter Janker. Sie ließen eine Gruppe Wanderer passieren, die ihnen entgegenkam, und strebten dann dem Ende des Tunnels entgegen. Eine Weile lang schritten sie schweigend hintereinanderher. Ein asiatischer Touristentrupp nebst rauschendem Fluss war mehr als genug Unterhaltung. Brüllen fiel für Ben aus.

Er bereute es, hier heraufgekommen zu sein. Was immer ihm Schimmelpfennig I. auftischen wollte, es ging garantiert darum, seinem Bruder die Suppe zu versalzen, wieder einmal das Werdenfelser Land, nein ganz Bayern vor dem gierigen Hunger irgendwelcher Geschäftemacher zu bewahren. Der Mann enttäuschte ihn nicht. An einer Ausbuchtung des Weges machte Schimmelpfennig I. halt.

»Stellen Sie sich vor, Wiesegger, Sie hätten einen Bub, der immer, wenn er was ausgefressen hat, mit dem Finger auf die anderen zeigt und sich rausschlawinert«, sagte er. »Da würden Sie sich fragen, was für ein schäbiges Charakterschwein Ihr Bub wär, oder? Aber wir lassen uns von solch ausgschamten Prahlhanserln seit Jahrzehnten für blöd verkaufen, mit ihrem ›Mir san mir‹, als hätten sie einen Anspruch drauf, aus Bayern eine stinkende Odelgrube zu machen, weil's ihnen eh gehört. Da willst du deinen Leberkas in die Klamm 'nunterspeien, so übel könnte es dir werden.«

Ben hatte die Tirade schweigend über sich ergehen lassen und währenddessen einen gigantischen Eiszapfen betrachtet, der von einer Felskante Richtung Boden gewachsen war und die Form eines Penisses hatte, als wär's ein eisiges Sex-Toy. Er zuckte mit den Schultern.

»Gehen Sie halt wieder in die Politik«, sagte er, »heutzutage reicht doch ein Trachtenanzug, um bejubelt zu werden.«

Die hagere, blasse Wahrheit war ein Mauerblümchen im Gegensatz zur geschminkten, üppigen Lüge. Du musst nur was vom Rausputzen verstehen, wenn du was werden willst, das siehst du an denen, die es geschafft haben. Wissen war längst lästiger Ballast.

»Ist Ihnen klar, dass in Bayern mehr als zehn Hektar pro Tag an Fläche verloren gehen?«, riss ihn Schimmelpfennig I. aus seinen Betrachtungen. »Zehn! Das Land wird zubetoniert! Mehr wie sonst überall! Eine hundsverreckte Schweinerei! Ihr Wolf wird eh bald nimmer existieren, wenn er sich kein Auto zulegt.«

Der Mann hatte sich warmgeredet.

»Daran werden Sie nix ändern, Schimmelpfennig«, gab Ben zurück. »Das könnte jedes Kind nachlesen – und Überraschung: Ihre Schweinerei juckt keine Sau.«

Mit Illusionen stand er auf Du und Du, er hatte zwanzig Jahre lang gebraucht, sich von den eigenen halbwegs zu verabschieden. Ihm stand nicht der Sinn danach, sich mit Schimmelpfennigs moralischer Brandrodung abzugeben. Es war mühsam genug, eigene Zweifel zu bekämpfen.

Da niemand ihnen entgegenkam, schritten sie nebeneinander weiter.

»Wie wär's mit etwas Handfestem?«, raunzte Ben Schimmelpfennig I. an. »Für einen Rundumschlag bin ich nicht *in the mood*. Kleben Sie sich ans Gipfelkreuz vom Wank oder treten Sie eine Schneelawine los, wenn Sie sich abregen müssen. Also, haben Sie was Lebenswichtiges?«

»Ja, was glauben Sie denn?« Der Mann blickte sich um, bevor er weitersprach. »Ich hab Herbie angesprochen, im Herbst. Kennen Sie sich aus mit Holzhandel?«

»Wir heizen mit Pellets.«

Schimmelpfennig I. lachte auf. »Den professionellen Handel mit Holz, meine ich.«

Ben schüttelte den Kopf.

»Wissen Sie, mein Bruder –«

»Mich würd's freuen, wenn Sie sich kurzfassen.«
»Holz ist grad Gold wert. Rar und deshalb sauteuer. Der Brotbaum, unsere Fichte, wird selten.«
»Wegen der gierigen Chinesen, hab ich gelesen. Da denk ich mir, wenn jeder Chinese einmal im Monat einen Zahnstocher benutzt, seh ich schwarz für unsere Wälder. Aber dafür liefern die uns billige Plastikweihnachtsbäume. Win-win-Situation.«
»Sie mögen es nicht so komplex, oder? So – und in Rumänien wird illegal geschlagen. Ein Kahlschlag ohnegleichen!«
»Fürwahr unschön. Und?«
»Jetzt stellen Sie sich vor, diese Stämme kämen nach Garmisch und würden hier verarbeitet.«
»Und wer macht so was?«
»Das Sägewerk Angermayer. Mein feiner Herr Bruder braucht Holz für seine Baustellen. Das besorgt er beim Holzgroßhändler in Österreich, und hier im Sägewerk wird es für ihn bearbeitet.«
»So unkompliziert spart man Geld? Eine nette Geschichte und das wissen Sie, weil ...?«

Schimmelpfennig I. holte tief Luft. Sie hatten inzwischen das obere Ende der Klamm erreicht und gelangten durchs metallene Gate ins Freie. Dabei erklärte ihm Schimmelpfennig I., dass er einen Taxler kenne, der sich mit ihm für die Natur einsetze. Der vom Aussterben bedrohte Alpenbock kam Ben in den Sinn, von dem ihm letztes Jahr ein Taxifahrer erzählt hatte.

Das Hirn ist ein Mysterium, den Käfer und den bärtigen Fahrer hatte er nicht vergessen. Immerhin war es sein erster Tag zurück in Garmisch gewesen.

Schimmelpfennigs Spezl hatte wohl letzten Herbst zwei betrunkene Österreicher vom Sägewerk zum Hotel gefahren. Und er hatte den BMW des Baulöwen bei Angermayer parken gesehen.

Ben blieb stehen und rieb sich die kalte Stirn. »Und das sind Ihre Indizien?«

»Nein, der Schnaps hat den beiden die Zunge gelockert. Sie haben im Taxi über Holztransporte diskutiert. Offenbar lief der letzte nicht wie geplant über die Grenze. Das ist nicht einfach. Das Holz wird getrackt und überprüft. Das hab ich Herbie erzählt, und er wollte sich reinhängen. Er fand die Materie lohnenswert.«

»Die Materie, freilich. Ihr Bruder und Angermayer haben Herbie von Hunden zerreißen lassen, wegen des Geschwätzes zweier Besoffener? Träumen Sie weiter.«

»Glauben Sie es oder nicht, aber …«

Er griff nach seinem Smartphone und hielt es Ben unter die Nase. Ben erkannte einen Holztransporter mit österreichischem Kennzeichen, der mutmaßlich auf die Zufahrt eines Sägewerks zuhielt. Offenbar nachts.

»Das hat mir Herbie geschickt.«

»Tatsächlich ein Verbrechen!« Ben riss in gespielter Bestürzung die Augen auf. »Gehen Sie, Schimmelpfennig, das beweist ja weniger als nix«, sagte er dann. »Und warum würde der Angermayer das mitmachen? Gutmütigkeit?«

»Vor zwei Jahren hat er einen Herzkasper gehabt. Und mein Bruder hat ihm das Leben gerettet. Herzdruckmassage, Mund zu Mund, das volle Programm in der Sauna seiner protzigen Almhütte. Er ist dem Tod grad so von der Schippe gesprungen. Oiso aus Dankbarkeit und einen Reibach wird er schon auch dabei machen.«

»Ihr Bruder der Lebensretter. Da schau her. Wie passt das in Ihr Weltbild?«

Schimmelpfennig I. ballte die Fäuste. Seine Mundwinkel zuckten. Das schien ein wunder Punkt zu sein. Ben fragte sich, was die Brüder zu solch einer Feindschaft gebracht hatte.

»Schauen Sie«, sagte er und seufzte auf, »wenn ich einen Baumstamm vor mir hab, seh ich bestimmt nicht, ob der illegal geschlagen worden ist, ganz zu schweigen von Frachtpapieren und Zertifikaten. Das ist für mich wie Quantenphysik. Ich bin froh, wenn ich erkenn, ob es eine Fichte oder Eiche ist. Da brauchen Sie Schlaufüchse. Forstamt, Zoll, Greenpeace oder einen Biber.«

»Die rühren keinen Finger, dazu reicht mein Verdacht nicht. Ich erklär es für einfache Geister, wie Sie.«

Ben verdrehte die Augen.

»Also«, begann Schimmelpfennig I., »wenn zum Beispiel Teakholz nach Italien geschmuggelt wird, wäre das eine Straftat, wenn es denn verfolgt werden würde. Von Italien nach Deutschland weitergeliefert, ist das Handel innerhalb der EU. Verstehen Sie, Wiesegger? Bei der Holzhandelsverordnung schauen sie nur dem a bisserl auf die Finger, der das Holz als Erster einführt. Alle nachfolgenden Händler können das Holz in der EU frei handeln. Und dann hüpfen die Zwischenhändler wie Springteufel aus dem Kasterl, und alles wird verschleiert.«

»Das heißt im Klartext, in Österreich wird das illegale Holz zu legalem gefakt und so nach Deutschland zum Angermayer transportiert? Da haben Sie also nix in der Hand?«

»Die obskure Lieferkette könnte ihm und meinem Bruder zum Verhängnis werden, falls das aufgedeckt wird. Da könnt er nicht mehr so weiterwursteln, wenn alle Welt wüsste, wie dreckig seine Holzlieferung ist – und dass mein Bruder der Auftraggeber ist.«

»Könnte. Merken Sie was?« Ben zwinkerte ihm zu.

»Da braucht es einen Whistleblower«, fuhr sein Gegenüber ungerührt fort. »Sie müssen einen Insider zum Reden bringen, jemanden, der auspackt.«

»Aha, und wie stellen Sie sich das vor? Ich spiel den lustigen Holzhackerbua?«

»Sie sind doch der Journalist, behaupten Sie zumindest.«

»*By the way* – wieso sind Sie mit dieser exklusiven Hammerstory zu Herbie?«

»Und nicht zu Ihnen?« Schimmelpfennig I. sah ihn finster an. »Was haben Sie letztes Jahr aus dem Grundstücksskandal meines Bruders gemacht? Nix. Jetzt geb ich Ihnen wieder eine Chance.«

»Wie außerordentlich großzügig von Ihnen.«

»Einen Toten gab es schon, passen Sie auf!«

»Ach ja, die mordende Holzmafia.«

»Ganz genau.«

13

Bevor Laura zur Ziegenbeschau aufbrach, erkundigte sie sich bei der Mayer, ob Veit schon wieder auf dem Damm war. Sie war sich sicher, er könnte ihr bei der Adresse vom Kreuzeder weiterhelfen. Veit war diesbezüglich eine sprudelnde Informationsquelle. Neben seinen praktischen, handwerklichen Fähigkeiten, die Laura bisweilen in Anspruch nahm, kannte er gefühlt jeden und jede im Ort oder wusste eine passende Anekdote zu erzählen. Die Adresse des alten Jägersmanns konnte er nicht ad hoc nennen, würde sie aber erfragen.

Sie hatte vor, bei Kreuzeder vorbeizuschauen und ihn um ein wenig Zurückhaltung zu bitten. Alle Welt bombardierte sie mit Fragen nach einem Wolfsangriff. Wenn sie Antworten hätte, wäre alles einfacher. Falls ein Hund Herbie angefallen hatte, gab es auch Besitzer. Und in welcher Beziehung standen die zum Toten? Alles Zufall? Er war ein Kollege von Ben gewesen. War da nichts gewesen, was Ben oder Poschinger auf eine Fährte bringen könnte? Wenn Garmisch-Partenkirchen nicht aus den Fugen geraten sollte, müssten die Umstände, die zu Herbies Ableben geführt hatten, bald geklärt werden. Sie hatte am Glühweinstand gestern einen Vorgeschmack bekommen, in welche Richtung sich das entwickeln konnte. Und sie ahnte für die nächsten Tage Böses.

Laura mochte die Ziegen von Frau Stallhuber. Die hatten Charakter, einen eigenen Kopf, manche nannten das störrisch. Das traf auch auf ihre Besitzerin zu. Es hieß ja bei Hunden, Besitzer und Tier würden sich optisch annähern. Wie verhielt sich das bei Ziegen? Zumindest den Dickschädel hatte Frau Stallhuber mit ihnen gemeinsam. Mit zusammengekniffenen Augen und einer Heugabel in der Hand stand sie breitbeinig in Stiefeln auf der Wiese vor dem Holzschuppen, als gälte es, ihre Scholle zu verteidigen. Vielleicht musste sie das auch gegen die Spekulanten.

Der langwierige Rechtsstreit mit der Farchanter Nachbarschaft wegen der bimmelnden Glöckchen um den Hals der Tiere tat ein Übriges.

Als Laura aus dem Auto stieg, stieß Frau Stallhuber die Gabel ins schneebedeckte Gras und wischte sich die Hände an ihrer Jeans ab.

Es war ein Routinebesuch, um abzuklären, ob die Futterumstellung, die Laura empfohlen hatte, den Ziegen wohltat. Die Tiere strotzten vor Gesundheit, dabei verwendete ihre Besitzerin ausschließlich Heilkräuter und Hausmittel. Laura schätzte das, da sie sich selbst mit dem althergebrachten Wissen der Sennerinnen und »Kräuterweiblein« beschäftigte. Bevor der Wolf beim Kaffee und Früchtebrot zum Thema wurde, drehte sich das Gespräch um Schweinefett, Kaffeeschnaps, Käsepappel und Meisterwurz. Wohlig warm war es in der alten Bauernstube mit der niedrigen Decke und dem knisternden Feuer im Kachelofen.

Dass ihr Bruder von einer morgigen Versammlung im Wilden Hirschen gesprochen hatte, verriet sie Laura beim Abschied. Es ging um die Frage, wie man dem Wolf beikommen wollte. Sie war sich sicher, die würden nicht nur reden. Vielleicht besser so. Der betagte Border Collie, der neben ihnen auf einem zerfledderten Teppich lag und schlief, sei als Herdenschutzhund untauglich.

Laura verließ den Hof von Frau Stallhuber mit gemischten Gefühlen. Was immer sie bei der Versammlung ausbaldowerten, es wäre ratsam, darüber Bescheid zu wissen. Demnächst würde garantiert in vielen Hinterzimmern heiß diskutiert werden, von Jagdverbänden, Viehhaltern, diversen Vereinen und dergleichen. Meistens blieb es ja beim Aufmandln und Wichtigtun, aber konnte man sich darauf verlassen?

Bens Heimweg gestaltete sich langwieriger als gedacht. Die samstäglichen Weihnachtseinkäufe trieben die Leute auf die Straßen. Dazwischen mengten sich die Massen an Schneehungrigen. Gemächliches Dahinrollen in Geduld anzunehmen war für Ben eine leichte Übung. Früheres Ankommen verband er in letzter Zeit selten mit einem Vorteil. Es vermehrte nur die mit Problemen und Grübelei angefüllte Zeit.

In der Pension angelangt, meldete er sich bei Lissy ordnungsgemäß zurück und wurde von ihr mit Aufgaben eingedeckt. Die Bettwäsche galt es einzuräumen, Müll zu entsorgen, ein Handgriff hier, ein Handgriff da. Ben versuchte, der Schufterei einen positiven Aspekt abzutrotzen. Er konnte über Schimmelpfennigs vogelwilde Geschichte sinnieren und sich über sein Vorgehen die Hirnwindungen verbiegen. Ein Masterplan musste her. Etwas zum Festhalten.

Lauras Mithilfe konnte er sich diesbezüglich abschminken. So gern er gewusst hätte, wie sie die Todesumstände von Herbie einschätzte, das Prädikat »Schwachkopf«, das sie ihm verliehen hatte, sprach nicht für einen lockeren Austausch. Poschingers blutgetränktes Theater am Morgen hatte seinen Bedarf an Kritik gedeckt. Nachdem er das Gefühl hatte, ordentlich angepackt zu haben, stieg er, Beppo an seiner Seite, die Treppen zum Zimmer seines Vaters hinauf.

Der saß in seinem Cordsessel und las. Als Ben ins Zimmer trat, legte er das Buch, eine astronomische Abhandlung aus den Sechzigern, in seinen Schoß und nahm die Brille ab. Beppo setzte sich zu seinen Füßen.

»Ich hab letztens den Stephen Hawking angefangen«, sagte Bens Vater, »aber das ist nix für mich. Wenn du dir die Planeten anschaust, willst du fasziniert sein. Das ist, wie wenn du einem Hund zuschaust, wie er rumspringt, bellt und dir die Hand ableckt. Liegt er aufgeschnitten und mit freigelegtem Gebein vor dir, weißt du, wie das Viech von innen ausschaut, aber lebendig und aufregend ist nix mehr.«

Ben lächelte und setzte sich in einen freien Sessel. »Du hättest im Mittelalter leben sollen, Vater, da war alles voller Mystik.«

»Ach geh, Mystik. Plumpsklo und Brennholz zamhacken kenn ich gut, das bräucht ich nimmer. Aber dazu hätt der Tanz vom Poschinger akkurat gepasst.«

»Und deiner.«

»Ach geh, die Flinte war ned amal geladen.« Der alte Wiesegger schmunzelte. »Aber war der umsonst grantig?«
»Wahrscheinlich nicht.«
»Wenn ich dich so anschaue, weißt du selbst nicht, ob du im Recht bist, Poschinger hin oder her.«
»Was meinst du?«
»Na ja, allein wirst du nix ausfuchsen.«
»Sondern?«
»Wozu hast du deine Spezln? Rede halt mit ihnen.«
»Nicht so einfach. Vielleicht hab ich einen grandiosen Bock geschossen – ich meine, geschrieben.«
»Ja und? Der Schmarrn löst sich nicht in Luft auf, wenn du wartest, oder? Freunde sind nicht bloß zum Lobpreisen und Hosiannasingen da, als wärst du der Herrgott selbst. Die sollen dir ruhig eine gescheite Watschn geben, wenn du eine nötig hast. Deswegen hat man Spezln. Die dürfen das, der Poschinger nicht.«

Lauras Überraschung hielt sich in Grenzen. Sie stellte den Subaru gegenüber dem Partenkirchener Häuschen ab, wo Kreuzeder wohnte. Eine Lüftlmalerei unter dem Giebel zeigte einen fröhlichen Jägersmann mit umgehängter Flinte und Pfeife im Mund, der zu seinem glückselig strahlenden Madl heimkehrte. Kreuzeders Traum. Ob es je so gewesen war? Vor dem Gartentürl parkte ein blauer VW-Bus des Bayerischen Rundfunks. Der Experte war gefragt.

Laura beobachtete ein paar Augenblicke lang das Gebäude, ohne sich zu rühren. Dann fuhr sie wieder los. Es gab nichts mehr zu besprechen. Sie konnte sich das Schlamassel im Fernsehen anschauen. Der Zug war ins Rollen gekommen. Vom Partenkirchener Ortskern fuhr sie in Richtung der Garmischer Innenstadt.

Vor Richies Fahrradverleih parkte sie ihren Wagen. Der Bursch war damit beschäftigt, Kartons draußen aufzustapeln, als er Laura bemerkte.

»Da schau her, lässt du dich auch einmal wieder blicken.«

Die sehnige Gestalt in enge Jeans und weißen Norwegerpulli gehüllt, die blonden Strähnen verstrubbelt, Richie war immer noch das wandelnde Klischee des unbekümmerten Hallodris. Grinsend präsentierte er sein strahlendes Gebiss.
»Hast du einen Moment Zeit?«, wollte Laura wissen.
»Für dich würd ich sie mir aus den Rippen schneiden, Schmerlingerin.«
»Das möcht ich erleben«, sagte sie.
Er hielt Laura die Ladentür auf und trat hinter ihr ins Innere. Sie warf einen Blick umher. Richie war in der Wintersaison als Skitourenguide unterwegs. Dergestalt hatte sich das Angebot verändert. Service rund um den Wintersport war angesagt. In einer Ecke lehnten diverse Snowboards. Bunte Farben bestimmten den Raum und Studio Shap Shap brachten mit Electro-Roots-Vibes die Bluetoothbox zum Klingen. Richies Laden vermochte die lässige Attitüde seines Besitzers eins zu eins wiederzugeben.
»Magst du einen Kaffee?«, wollte der Mann wissen.
Laura nickte und zog sich die Jacke aus. Er schnüffelte.
»Frisch aus dem Ziegenstall?«
»Depp. Ein Guter hält's aus, mein Eau de Toilette.«
»Uuh, animalisch.«
»Ein animalisches Trumm Watschn kannst du immer haben, stell dich einfach an in der Reihe.«
Er schaltete den Kaffeeautomaten ein, der mit lautem Zischen irgendein Selbstreinigungsprogramm ablaufen ließ. Sie fläzten sich auf seine Couch im Eck.
»Ich bräuchte Schneeschuhe«, verkündete Laura. »Bis Montag.«
»Freilich, kannst du haben. Magst du aussteigen? Wo soll's denn hingehen?«
»Ich weiß noch nicht, aber weg von den Leuten.«
»Ja, Leute sind manchmal extrem störend. Ich würd ja mit dir mit, aber ...«
»War wohl nix mit Aus-den-Rippen-Schneiden.« Sie grinste.
»Ich wollt eh allein.«

Er stand auf und hantierte an der Kaffeemaschine, bevor er mit zwei gefüllten Tassen wiederkam. Er stellte sie auf ein Stück Eichenholz, das den rustikalen Tisch darstellte. Dann schlappte er in einen Nebenraum.

Laura nippte vom Kaffee. »Was von Ben gehört?«, fragte sie.
»Nicht in dieser Woche«, kam seine Stimme aus dem Lager. Er erschien mit Schneeschuhen unter dem Arm. »Ben hat es nicht mehr so mit Wintergaudi«, meinte Richie und zwinkerte Laura zu. »Früher war der ein Wahnsinnsskifahrer. Wir beide haben uns überall runtergehauen, Hauptsache, Action. Heut traut er sich höchstens ins Kinderparadies am Hausberg. Warum fragst du? Ruf ihn halt an.«

»Nein, passt schon.«
»Soll ich dir eine Tour empfehlen?« Er zückte sein Smartphone und wischte über das Display.
Laura schüttelte den Kopf.

Als die Tür aufging, rief Richie, ohne aufzusehen, ein »Wir haben geschlossen« durch den Raum.
»Gut so«, sagte Ben. Er blieb unter dem Türrahmen stehen.
»Mach die Tür zu, es ist kalt«, forderte ihn Richie auf.
Ben zögerte. Hier auf Laura zu treffen, hatte er nicht erwartet. Andererseits, mit Richie als Mediator ...
»Sag dem Kasperl, er soll sich wieder schleichen«, meinte Laura an den Blondschopf gewandt. Der sah sie verblüfft an.
Ben wandte sich um und schloss die Tür hinter sich. Er war zwei Meter weit gekommen, da hörte er Richies Stimme hinter sich.
»Spinnts ihr, oder was? Komm rein und zick ned rum, Zenzi.«
Ben wandte sich um. »Ein andermal.«
»Was hast du denn der Laura getan, dass sie so einen Brass auf dich hat?«
»Frag sie selbst.«
»Ich frag aber dich.«
»Ich hab was geschrieben, das ihr nicht passt.«

»Den Wolfsschmarrn? Mei, du bist halt ein grandioser Depp, aber so ein Artikel bringt Brot ins Haus, oder?«
»So siehst du das?«
»Ja. Und jetzt komm rein, ich hab keine Jacke an.«
Steifbeinig betrat Ben hinter Richie den Laden.
Laura sah nicht auf, spielte mit der leeren Tasse.
»Kaffee oder Halbe?«, fragte Richie.
Ben zog Kaffee vor.
»Sag was«, forderte ihn sein Spezl auf.
»Was?«
»Weiß ich nicht, was dir einfällt.«
Er warf Laura einen Blick zu. Zwischen ihren Augen hatte sich eine tiefe Kerbe gebildet, klassische Zornesfalte. Mit heftiger Geste strich sie sich eine Strähne aus dem Gesicht.
»Dann fang ich an«, meinte Richie und setzte sich auf die Couch. »Heut Morgen waren Leut bei mir im Geschäft, die gefragt haben, wo die beste Location wär, um Wölfe zu beobachten. *Wolf watching*. Das könnt eine Attraktion werden.«
»Das ist ein depperter Schmarrn«, knurrte Laura. »Du weißt es, und der«, sie deutete auf Ben, »weiß das auch genau.«
»Ja, aber er ist Journalist und –«
Lauras zynisches Auflachen unterbrach ihn.
»Es langt«, sagte Ben. »Mag sein, ich bin ein Trottel.«
»Halleluja!«, bemerkte Laura. So viel zum Lobpreisen.
»Hör einfach weg, aber ich sag jetzt, was los ist.«
Laura saß unbewegt. Die Arme verschränkt, Blick ins Leere. Ihre Haltung verriet, dass er zumindest die minimale Chance hatte, sich zu erklären. Er starrte auf seine Tasse, die ein weißblaues Cannabisblatt zierte, während er loslegte. Erst stockend, dann immer hastiger, bis es eruptiv aus ihm herausbrach. Vom verschwundenen Laptop in Herbies Haus berichtete er, von Vogels Idee, den Täter in Sicherheit zu wiegen, dem illegalen Holzhandel Schimmelpfennigs, Poschingers blutigem Auftritt, der Prügelei vor der Fahrt nach Ehrwald und Herbies ominöser Karte. Er merkte, wie sich in den Details verhedderte, und war sich am Schluss unsicher, ob die beiden alles begriffen hatten.

»So, und jetzt kannst du mich ans Kreuz nageln«, schloss er mit einem Blick auf Laura.

Sie sagte nichts. Ihr Gesicht nahm einen schmerzlichen Ausdruck an, so als hätte Bens Schilderung ihren Verstand wund geschrubbt.

Alle drei nippten schweigend am Kaffee.

»Es wär nix anders, wenn du den Schwachsinn nicht geschrieben hättest«, sagte Laura endlich, »du bist deinem aufgeplusterten Vogel in den Hintern gekrochen. Der wollte eine fette Schlagzeile, wenn du mich fragst. Und jetzt hast du den Dreck – Garmisch hat den Dreck.«

Ben kratzte sich am Kopf. »Du wolltest mir ja nichts sagen«, murmelte er.

»Was?«, brauste Laura auf.

»Nix.«

»Gut.«

Sie schwiegen erneut. Richie schenkte Kaffee nach.

»Wenigstens haben wir das geklärt«, meinte er abschließend. »Ich hab noch Schneeschuhe, wenn ihr euch aussprechen wollt. So eine Wanderung ...«

Laura und Richie tauschten einen Blick aus.

»Auf keinen Fall«, protestierte Ben und starrte auf die Utensilien neben Laura.

»Warum nicht?«, fragte die zu seiner Überraschung.

Sie stand auf. »Dank schön für den Kaffee. Überleg es dir, Ben. Morgen früh. Wenn du mitwillst, rufst du an.«

Er sah ihr nach, wie sie, mit den Schneeschuhen unter dem Arm, den Laden verließ.

»Bist du komplett narrisch?«, knurrte er Richie an.

Der stand wortlos auf und schlurfte nach nebenan. Mit Schneeschuhen erschien er wieder und reichte sie grinsend Ben. Er klopfte ihm auf die Schulter.

»Hey, das wird ein Erlebnis. Die Schmerlingerin nimmt dich mit auf Tour. Manch einer würde dafür nackert in die eisige Loisach springen, das kannst du mir glauben.«

»Das wär gesünder. Weißt du, wohin Laura wandern will?«

»Vielleicht zum Wankhaus über die Estergalm. Und ich leg für dich noch eine gscheite Hosn und Grödel dazu.«
»Für was, Spikes? Bist du dammisch? Ich hatsch doch nicht sechs Stunden durch die Berge.«
»War nur Spaß. Es wird eine relaxte Wanderung werden. Aber die Hose brauchst du definitiv.«
»Klar, klingt nach Fetzengaudi. Du denkst, ich brauch ein Erlebnis? Hab ich gestern gehabt, danke, war grandios. Stundenlang im Schnee rumstapfen? Ich hab immer gedacht, du bist mein Freund.«
»Das wird dir guttun, Burschi, das kannst du mir glauben. Durchschnaufen. Gedanken ordnen. Braucht man manchmal wirklich, sonst ...«

Ben fixierte seinen Kumpel mit zusammengezogenen Brauen. Der betrachtete ein Werbeplakat von der »Seilbahn der Superlative« zur Zugspitze, das an der Wand pappte, als sähe er es zum ersten Mal. Was bedeutete »sonst«?

Aus Richies Gesicht war nichts herauszulesen. Er räusperte sich, verzog aber keine Miene.

»Ach, das ist es!«, rief Ben und patschte sich an die Stirn. »Ihr glaubt, ich brüte grad eine Paranoia aus?«

Richie lehnte sich zurück, trank einen Schluck Kaffee. Sorgfältig platzierte er die leere Tasse auf dem Tisch und holte tief Luft. »Ich sag amal so«, meinte er schleppend, »vielleicht ist nicht alles mit allem verbandelt, was dir grad so passiert. Du achtest auf Zeichen, die keine sind, stehst gewaltig unter Strom. Dein Warnlamperl blinkt. Ein Leichenfund rüttelt einen schon durch.«

»Ihr beide denkt also, ich wär gaga? Na schön, ihr werdet schon noch sehen. Zum Durchschnaufen komm ich mit Laura bestimmt nicht. Da muss ich froh sein, wenn ich nach Luft schnappen kann.«

»Das klingt, als würdest du morgen früh los. Super Entscheidung.«

»Klar, alles supi. Scheißdreck, sag mir lieber, was ich sonst machen soll?«

»Jedenfalls bist du morgen verräumt und stellst nix an, was du hinterher bereust.«

»Beim Thema Bereuen denk ich zuerst an eine Schneeschuhtour«, seufzte Ben.

Die Würfel waren gefallen.

14

Ausgestattet mit Schneeschuhen und XL-Thermo-Multifunktionshose fuhr Ben zurück zur Pension. Genialer Rat seines Vaters! Seine Freunde hielten ihn also für übergeschnappt.

Als er im Hof aus dem Auto stieg, meldete sich Vogel bei ihm. Die Journalistentruppe wollte sich am Abend beim Wilden Hirschen treffen, übliches Samstagsritual. Diesmal galt es, einen guten Schluck auf Herbie zu nehmen und seiner zu gedenken. Die erste Runde wollte Vogel spendieren. Hirschragout und Bier vom Fass, Herbie hätte das bestimmt so gewollt. Derselbe Herbie, der pikanten Heringsmatsch aus der Dose gabelte und sich Perlenbacher aus der PET-Flasche reinzog, sinnierte Ben. Ob es etwas Neues gebe, wechselte Vogel flugs das pietätlastige Thema. Ben verneinte und blieb kurz angebunden. Du hast mir den Dreck eingebrockt, Vogel, dachte er. Wäre der nicht in Herbies Haus herumgeturnt und hätte er ihm nicht die Wolfsstory ans Bein gebunden, könnte Ben gemütlich durch den Samstag treiben. Hatte Richie recht und hatten Karte, Laptop, Herbies Tod und die Holzhackerbuben nichts gemeinsam? War er zu den Verschwörungsbrüdern à la Schimmelpfennig I. konvertiert?

Nein, er spürte, hinter dem Nebel seiner Gedanken ballte sich eine Gewitterwolke zusammen. Eine düstere Ahnung, das Knochengerüst einer Idee. Solange er das nicht freigelegt hatte, würde es für ihn keine Ruhe geben, mit oder ohne Schneeschuhe.

Auf dem von Heißhunger getriebenen Weg zur Küche traf er auf Lissy. Sie blickte auf seine Ausrüstung, und ihre hochgezogenen Augenbrauen waren Kommentar genug.

»Yep«, kam er einem sarkastischen Spruch zuvor. »Ich bau meine Kondition auf, der Winter kommt.«

Seine Schwester nickte. »Das merkst du arg früh. Ich dachte schon, du willst dich im Gebirge verstecken.«

Sie schien dem Braten nicht zu trauen, dafür kannte sie ihn zu gut. Ob er schon gelesen hatte, was die ganzen »Großkopferten« zum Wolf in Garmisch zu vermelden gehabt hatten, wollte sie wissen. Vom Forstamt über den Bürgermeister und den Landrat bis zu Vertretern der bayrischen Regierung. Sie wollten die Untersuchungen abwarten, warnten vor Schnellschüssen, forderten rasche Konsequenzen, vertrauten auf Experten, würden sich beraten, waren besorgt und hatten tief empfundenes Mitgefühl – das gesamte Repertoire an aufgeblasenen Worthülsen wurde vor Kameras und Mikrofone geschmissen. Es schneite Verlautbarungen aus den Ämtern, wie Flocken vom Himmel.

Ganz zu schweigen davon, dass sie sich beim Metzger Prechtl genauso die Schädel heiß diskutiert hätten wie beim Friseur Schnittgut. Wolf hier und dort, der eine oder die andere wollte einen gesehen oder sein Heulen gehört haben. Manche hatten es schon immer geahnt, andere witterten eine Verschwörung. Es gab jedoch eine Menge vernunftbegabter Leute, die das ganze Brimborium als »ausgemachten Schmarrn« abtaten.

Lissy gehörte dieser Fraktion an.

Zwei junge Frauen einer Naturschutzgruppe hätten sich nach Ben erkundigt, meinte sie lapidar. Sie reichte ihm mit spitzen Fingern ein Visitenkärtchen und einen lindgrünen Hochglanzflyer.

Ben blies die Backen auf. »Hat der Friseur gut gemacht«, bemerkte er zu seiner Schwester, »ich find, das steht dir.«

Sie strich sich durchs Haar. »Und wie ich heut zum Bäcker bin, hat die Gruber Moni gemeint, du tätest den ganzen Ort in Verruf bringen, mit deinem nixnutzigen Geschreibsel«, sagte sie.

Ben presste die Lippen zusammen und ließ die Schultern hängen. Offenbar war von jedem und jeder alles gesagt worden. Eine Gruber Moni kannte er nicht, die Charakterisierung Nichtsnutz nahm er an. Kärtchen und Flyer wanderten in den Papierkorb. Ben hatte sich schon abgewandt in Richtung Küche, da kam ihm eine Eingebung. Er drehte sich zu Lissy um.

»Wo kommen eigentlich unsere Pellets für die Heizung

her?«, fragte er seine Schwester. Sein abrupter Themenwechsel zeichnete Furchen auf Lissys Stirn.
»Ach, woher das plötzliche Interesse?«, fragte sie zurück.
»Wenn du dich mal darum gekümmert hättest, wüsstest du das.«
»Bekommt man die auch im Sägewerk?«
»Schmarrn. Dich möcht ich sehen, wie du die Säcke auf dem Buckel daherschleppst. Wenn die angeliefert werden, flackst du noch im Bett.« Sie zuckte mit den Schultern. »Sie behaupten, es ist heimische Qualität. Wenn man sich über alles einen Kopf machen tät, könnte man ein Erdloch graben und sich reinhocken.«

Dass die Pelletheizung mit den quasi »herrenlosen« Geldbündeln eines gewaltsam zu Tode gekommenen Kriminellen bezahlt worden war, zählte Ben zu den gelungenen Transaktionen im Hause Wiesegger. Der Geldsegen war mit harten Kämpfen einhergegangen.

Lissy nannte es schlicht Entschädigung. Schließlich hatte sie wegen der turbulenten Ereignisse Bekanntschaft mit einer Gefängniszelle machen dürfen.

Pellets wären ein Grund gewesen, beim Sägewerk Angermayer unauffällig aufzuschlagen, auch wenn er nicht recht wusste, was er dabei beobachten sollte. Der Chef würde ihm kaum Cognac und Zigarre anbieten, um ihm dann illegale Geschäfte zu beichten. Schnapsidee, das Ganze, Schimmelpfennig I. und seine ganze holzköpfige Bagage konnten sich zum Teufel scheren.

Unter strengster Beobachtung einer finster dreinschauenden Frau Lamprecht bestrich Ben zwei XL-Scheiben Schwarzbrot mit Butter, belegte sie großzügig mit Leberkas und Essiggürkchen und verzierte das Ensemble mit Honigsenfkringeln. Er klappte die Brotscheiben zusammen, griff sich das vorletzte Mittenwalder Berg-Pils aus dem Kasten und machte sich mit der Brotzeit auf in seine Stube. Er war höchste Zeit, sich mit Herbies Pinnwandnotizen zu beschäftigen.

Beachtenswert erschienen ihm zwei Notizzettel mit Telefonnummern. Entweder war Herbie nicht dazu gekommen,

sie in sein Smartphone einzuspeichern, oder schlicht zu faul gewesen. Er probierte die erste Nummer.
»Pizzeria –«
»Luigi?«
»Ben? Warum rufst du nicht auf dem Handy an, sondern im Lokal? Willst du einen Tisch reservieren, oder wie?«
»Herbie hatte die Nummer notiert. Warum?«
»Warum ruft man eine Pizzeria an, eh? Weil man ein Taxi braucht oder die Telefonseelsorge? Sag's nicht weiter, ich verrat dir ein Geheimnis: Gerichte zum Mitnehmen. *Scusa*, aber ich hab jetzt keine Zeit.« Das Gespräch war beendet.
Ben biss vom Brot ab und wählte *numero due*.
»Seniorenresidenz, Sie sprechen mit Frau Kratochvilova.«
Ben schluckte hastig einen Leberkasbrocken hinunter.
»Hauptkommissar Poschinger«, nuschelte er. »Wir ermitteln im Mordfall Herbert Schrantz. Hat er bei Ihnen jemanden besucht?« Schweigen. »Sind Sie noch dran? Wir haben bei ihm die Nummer der Seniorenresidenz gefunden und fragen uns –«
»Schauen Sie, telefonisch ist das eher, äh ... ungut, kommen Sie am besten vorbei.«
»Es ist doch nur eine Auskunft.«
»Wie ich schon sagte ...«
Sie ließ sich nicht erweichen, in ihrer Stimme lag diese unerbittliche Freundlichkeit eines Türstehers, der dir nahelegt, ohne Reservierung leider kein Eintritt. Telefonisch würde er nicht weiterkommen. Mit wem könnte Herbie dort Kontakt gehabt haben und warum? Es war zum Narrischwerden, er hatte sonst keine Fährten. Sollte das in eine Sackgasse führen? Seufzend machte er sich zur Dachstube seines Vaters auf.

Frau Boderbecks Huhn fühlte sich unwohl. Sie hatte es an der Haltung ihres Kopfes bemerkt. Laura hörte der Frau eine Weile zu, bevor sie sich erweichen ließ, am Montagmorgen gleich bei ihr vorbeizuschauen. Vielleicht brauchte das Huhn auch eine Psychotherapeutin nach durchlebtem Trauma. Sie spürte die Niedergeschlagenheit hinter dem Wortschwall, mit dem Frau

Boderbeck sie überschüttete. Nicht nur ihr Geflügel fühlte sich offensichtlich malad. Bevor die Frau weiter ausholen konnte und von ihrem Dasein sprach, das an der Seite ihres Mannes nicht prickelnd schien, beendete Laura das Gespräch. Die Vorweihnachtszeit löste nicht bei allen Menschen Freude und Friede aus. Insbesondere dann, wenn du fern der Heimat in einem Anwesen ausharrst und weder bei den Landfrauen noch in der Kirchenarbeit oder dem Turnverein deine Berufung siehst.

Dabei hatte Laura ihr eigenes Weihnachtspäckchen zu schleppen. Heimelige Geselligkeit war nicht ihre Kernkompetenz, und es gab nur eine Handvoll Menschen in ihrem Leben, bei denen sie sich ausmalen wollte, mit ihnen bei Kerzenschimmer, Tannenduft und Christstollen zusammenzuglucken. Der Brauch verlangte es ja manch Tapferem ab, stoisch durchzuhalten, selbst wenn's zum Horrortrip wurde. Das war keine Option.

Sie setzte sich an den Laptop und eruierte Geschichten über das Zusammentreffen von Wolf und Mensch. Die allermeisten davon nahmen einen friedlichen Verlauf, wenn man davon absah, dass der Wolf den Kürzeren zog und ihm das Fell abgezogen wurde. Davon ausgehend, dass Herbie nicht einen Wolf in die Enge getrieben und sich auf ihn gestürzt hatte, kam für Laura nur ein Hund in Frage. Und der war mutmaßlich in Begleitung eines Menschen, der zugesehen hatte, wie sein Tier sich in Herbie verbissen hatte. Weil er nichts dagegen tun konnte oder weil es beabsichtigt hatte? War Herbie mit jemandem in Streit geraten und hatte ihn angegriffen? Nicht jedes Tier würde ihn gleich massakrieren. Was, wenn der Hundebesitzer diese Stelle für einen Treffpunkt ausgewählt hatte, weil er sie mit seinem Hund öfter beging? Einen heimtückischen Mord mittels Hund als Waffe zu planen wäre kompliziert. Du bräuchtest einen abgerichteten Vierbeiner, der auf Befehl tödlich zupackt. Und du müsstest dir sicher sein, dass dir niemand in die Quere kommt.

Laura hielt es für wahrscheinlicher, dass ein Streit eskaliert war und der Hund Herbie dabei attackiert hatte. So oder so, auch wenn das Tier ohne Befehl seines Herrchens oder Frauchens Herbie zerfleischt hatte, er hätte nicht sterben müssen, wenn er rechtzeitig Hilfe bekommen hätte. Ein Unfall war sein Tod keinesfalls.

Sie beschloss, sich die Stelle des Angriffs erneut anzusehen. Sie wollte das Bild auf sich wirken lassen. Wenn Poschinger und seine Ämterbagage es nicht bald auf die Kette brachten, mit dieser depperten Wolfsgeschichte aufzuräumen – irgendwer musste es, damit Garmisch wieder zur vorweihnachtlichen Ruhe fand. Das Image vom bösen Wolf war mies genug.

Laura ging es gegen den Strich, wenn Tiere als Todfeinde angesehen wurden, abgesehen vielleicht von Zecken, Bandwürmern und Tigermücken. Raff dich auf, ermunterte sie sich.

Bens Vater rieb sich mit Zeigefinger und Daumen über die Augen. »Natürlich kenn ich jemanden in der Seniorenresidenz. Den alten Messmer. Der wird sie alle überleben, muss jetzt bald hundert sein. Der hat mit deinem Großvater noch Schafkopf gespielt und ihm auch den Grabstein gemeißelt. Steinmetz war der. Glaub mir, das war ein Künstler vor dem Herrn. Als ich noch hatschen konnt, hab ich ihn ein paarmal besucht.«

»Apropos hatschen«, meinte Ben. Er erklärte, was es mit der Nummer der Seniorenresidenz auf sich hatte.

»Vielleicht komm ich der Geschichte mit Tonis Unfall endlich ein wenig näher«, schloss er.

»Und du bräuchtest mich als Vorwand? Ich soll den Messmer besuchen? Oh mei.«

Sein Vater starrte ihn durchdringend an. Sein Kehlkopf hüpfte auf und ab. Er steckte sich einen Stumpen an, blies den Rauch in die Luft und rieb sich über die Bartstoppeln.

»Du weißt schon, dass ich es hasse, mit dem depperten Gestell durch die Gegend zu schlürfen. Und das würd ich brauchen. Ganz zu schweigen davon, dass ich nicht weiß, ob ich es hin und zurück in einem Stück schaff.« Er hustete und beobachtete einen Rauchkringel. »Dann hol mir den Janker, Bub, bevor ich es mir anders überleg.«

Ben nickte schweigend. Was verlangte er seinem Vater ab? Und wenn nichts dabei herauskam? Er bereute es gerade schon, ihn mit diesem Schmarrn behelligt zu haben – wegen einer Telefonnummer, die nichts zu bedeuten haben musste.

»Du hoffst, dass die leidige Geschicht mit dem Unglück sich aufklären lässt? Dass jemand was Neues wissen könnt? Das würd mich arg freuen für dich«, sagte sein Vater, während Ben ihm in die Jacke half.

Ben nickte erneut. Dieser Gedanke war nicht mehr als ein kaum sichtbarer Spreißel in der Haut, der dich aber kirre macht, wenn du ihn nicht loswirst.

»Oiso, pack ma's«, brummte sein Vater und drückte den Stumpen in den Aschenbecher.

Es dauerte ein paar Minuten, bis die beiden Männer die Stiegen nach unten geschafft hatten. Ben hoffte, nicht auf Lissy oder seine Mutter zu treffen. Er wusste nicht, wie er die Situation erklären sollte. Aber kaum waren sie im Gang, da tauchte aus der Stube die Mutter auf, als hätte sie es gerochen. Sie schlug sich die Hand vor den Mund.

»Ja, was habt ihr –«, setzte sie an, aber sein Vater unterbrach sie.

»Ausflug, wird nicht lange dauern, Rosl. Zum Abendessen bin ich wieder da.«

»Wie ... Ausflug?«

»Ich will einen alten Spezl besuchen, und Ben hilft mir. Der Dr. Schaller hat eh geraten, ich sollt mobil bleiben, wenn es sich irgendwie ausgeht.«

»Der hat bestimmt nicht gemeint, du sollst herumspringen wie ein damischer Geißbock! Und draußen ist es eisig.« Sie ging nahe an ihn heran, und die beiden gaben sich ein Busserl. »Pass ja auf dich auf«, raunte sie ihm zu und zog ihm den Schal enger. »Und du pass auch auf euch auf!«, wandte sie sich mit gerecktem Zeigefinger an ihren Sohn.

Der hielt die Haustür offen, während sein Vater, auf das Gestell gestützt, in den Hof schlürfte. Den Gehbock immer wieder

anzuheben und voranzubringen war ein mühsames Unterfangen. Er atmete schwer.
»Oiso, bis später«, keuchte er, an seine Frau gewandt.
Als sie im Auto saßen, ächzten beide auf. Ben hatte die Anstrengung im verzerrten Gesicht des Vaters gesehen. Der Schweiß rann ihm über die Wangen. Willst du deinen Vater umbringen wegen der depperten Geschichte?
»Herrschaftszeiten, magst du nicht endlich losfahren, Bub?«, schnauzte ihn der an. »Sonst überleg ich mir den Schmarrn noch mal – zefix!«

Die Seniorenresidenz lag auf einer Erhebung am Rande Partenkirchens. Von Weitem erinnerte sie mit ihrem Schindeldach und den sicherlich in den neunziger Jahren gepinselten Lüftlmalereien von zünftig mit Tracht ausstaffierten Frohnaturen an eines der rustikal gehaltenen Hotels, die das Ortsbild prägten. Die schneegesprenkelte Grünfläche rund um das Gebäude war kurz getrimmt und mit farbenfrohen Holzbänkchen gespickt. Als lauschiges Plätzchen zum Verweilen diente ein weiß lackierter Pavillon. Friedlich wie eine H0-Märklin-Landschaft. Ben hätte sich nicht gewundert, wenn ein Bähnchen noch fröhlich tutend seine Runde gedreht hätte, wie in diversen Vergnügungsparks. Sie cruisten durch eine Kastanienallee die Auffahrt entlang bis zu einem Parkplatz nahe der verglasten Eingangstür. Mechanisch öffnete die sich, als die beiden Männer vor ihr angelangt waren. Eine Frau ungefähr in Bens Alter mit ausladenden Formen und einladendem Lächeln kam auf sie zu, kaum dass sie das Gebäude betreten hatten.
»Wo möchten Sie denn hin?«, erkundigte sie sich.
»Der Wiesegger Johann bin ich. Ich bin ein alter Spezl vom Herrn Messmer, den möchten wir besuchen, wenn's recht ist«, sagte sein Vater, wobei er sich durchstreckte und eine freundliche Miene vorzeigte.
»So? Aha.« Sie sah von einem zum anderen. »Der hat schon lange keinen Besuch mehr gehabt. Wenn Sie bitte schön mitkommen, schauen wir, wo er gerade ist.« Ihre »Empfangsdame«

durchschritt die Eingangshalle, und die beiden Wieseggers folgten, so gut es ging, wie Schnecken einem Kaninchen. Kein leichtes Unterfangen für Bens Vater, der immer wieder schnaufend pausieren musste.

Die Frau stoppte, à la Verkehrspolizistin, mit erhobenem Arm einen vorbeihastenden, bärtigen Jungspund und tuschelte mit ihm. Sie nickte, offenbar zufrieden mit der Auskunft.

»Im Kaminzimmer«, verkündete sie und deutete nach vorn. »Ich bring Sie.«

»Sehr liebenswürdig«, brummte Bens Vater und warf seinem Sohn einen Blick unter zusammengezogenen Augenbrauen zu, nach dem Motto: Sag amal was, du Stoffel.

Ben fiel nichts ein außer »Dank schön«.

Den Kamin, nach dem das Zimmer benannt worden war, gab es nicht. Dafür flackerte ein künstliches Feuer auf ebenso künstlichen Scheiten hinter einer in die Wand eingelassenen Plexiglasscheibe. Auf pflegeleichten Buchenholzstühlen tummelten sich die betagten Insassen, vorwiegend schweigend und mit Zeitschriften, Kugelschreibern und Teetassen ausgestattet. Jeder der Tische war mit einer LED-Kerze und einem rot beschleiften Tannenzweiggebinde versehen. Musikalisch untermalt wurde die Szenerie von weihnachtlich andächtigem Knabenchorgesang. »Vom Himmel hoch«.

Ihre Führerin steuerte auf einen der Tische zu, an dem ein weißhaariger Greis in einem Rollstuhl saß und in einen Band von »Brehms Tierleben« vertieft war. Die Seite mit Wölfen und Kojoten war aufgeschlagen. Er trug einen grobmaschigen beigefarbenen Wollpulli, und seine Beine waren in eine karierte Decke gehüllt. Als sie sich näherten, sah er auf.

»Da schau her, der junge Wiesegger. Gibt's dich auch noch!«

Ben war offensichtlich nicht gemeint.

Der Alte parkte rückwärts aus und rollte auf sie zu. Ben schob seinem Vater einen Stuhl unter den Hintern, und der ließ sich mit einem »Ah, so ist's recht« nieder.

»Ich hab gedacht, ich schau mal wieder bei dir vorbei«, sagte er, an Messmer gewandt.

Ben wartete, bis die Pflegerin enteilt war, dann machte er ein paar Schritte in den Raum hinein. Es roch nach Einreibemitteln, ätherischen Ölen und Duftzerstäubern mit Zimtaroma.

Es war ein Trugschluss, sich zu schwören, so würde man seinen Lebensabend sicher nicht verbringen. Mutmaßlich durchfuhr dieser Gedanke jedweden Besucher. Immerhin war in dieser Residenz so etwas wie beschauliche Behaglichkeit zu Hause, trotz der aussterbenden Spezies Pflegekraft.

»Es ist ein Ros entsprungen«, trillerte der Chor jetzt aus den Boxen.

Messmer und der alte Wiesegger plauschten derweil über vergangene Zeiten. Gelächter ertönte. Auf ein Winken seines Vaters trat Ben hinzu. Auf seinem Smartphone swipte er ein Foto von Herbie herbei, das ihm Vogel gesendet hatte, und zeigte es Messmer.

»Kennen Sie den zufällig?«

Der Alte sah kurz aufs Bild und dann Bens Vater an. »Deswegen seids ihr da, oder?«

»Scho«, meinte der Angesprochene. Seine Aufmerksamkeit wurde abgelenkt von einer heftig winkenden Dame, mit fuchsrot getöntem Kurzhaar und blitzendem Strassbehang, bei dem jedem Weihnachtsbaum vor Neid die Nadeln erblassen würden.

»Da schau her, die Paulinger Marlies«, brummte er, »in der Schule war die eine Wucht.«

Messmer nickte zustimmend und griff sich aus der Ledertasche, die an der Rollstuhllehne hing, eine überdimensionierte Lupe. Lange betrachtete er das Foto.

»Ja. Den hab ich schon gesehen. Hat seinen Vater, den Schranz, besucht, der ist aber im Herbst von uns gegangen. Lungenentzündung. Mehr weiß ich nicht.«

Herbies Vater war Bewohner in der Seniorenresidenz! Ben griff sich an die Stirn. Das war alles? Die kümmerliche Spur verschwand in einer Gletscherspalte.

»Na, Moment«, meinte der Alte nach einer Schweigeminute, »stimmt nicht ganz. Er ist später ein paarmal gekommen, um den Spezl seines Vater zu besuchen, den Katzbichler Schorsch, erst letzte Woche noch. Der Katzbichler und der oide Schranz haben immer zusammengegluckt und Domino getandelt, bis zum Abwinken.«

»Weißt du was über den Katzbichler Schorsch?«

»Wenig, eine saubere Tochter hat er, die ihn auch regelmäßig besucht. Sehr gepflegt und eine Parfumwolke, die dir durchs ganze Haus in die Nüstern zieht. Wenn ich fünfzig Jahre jünger wär … aber mittlerweile ist ihr Vater …«, der Alte ließ seinen Zeigefinger an der Schläfe kreisen, »… kaum über siebzig und schon gaga, schlimm ist das. Er ist grad im Krankenhaus, wegen der Blase, glaub ich. Warum interessiert euch das?«

»Der Schranz Herbie ist überraschend gestorben, und ich war ein Kollege von ihm bei der Zeitung«, sagte Ben. »Ich wollte was in Erfahrung bringen über ihn.«

»Traurig ist das. Da hat er seinen Vater nicht lang überlebt, aber besser wie andersrum, das kann ich euch flüstern«, meinte der Alte und schüttelte den Kopf. »Der Bürgermeister war im Oktober bei mir mit einem Strauß roter Tulpen zu meinem Geburtstag. Ein Zigarrenstrauß wär mir lieber gewesen. Wie es der Herrgott will, es kommt halt, wie es kommt.« Er richtete seine wässrig blauen Augen auf Ben.

»Und wie man es selten kommen sieht«, ergänzte dessen Vater.

»Komm, Vater«, meinte Ben. »Schauen wir uns um.« Und halblaut: »Ich brauch die Adresse der Tochter. Die rücken Sie bestimmt nicht so mir nix, dir nix raus. Datenschutz und so.«

»Sie könnte im Telefonbuch stehen«, meinte sein Vater.

»Vielleicht auch nicht. Wenn wir schon mal hier sind …«

»Ich hab eine Tür zum Büro gesehen, weiter den Gang runter links.« Der alte Wiesegger wies mit dem Kinn nach vorn. »Die werden tagsüber nicht zusperren, aber ertappen sollte man sich nicht lassen.«

»Ich schau rein, und du passt auf.«

15

Sie hätte es sich denken können. Der Parkplatz war gestopft voll mit Autos. Sie bemerkte diverse Kleinbusse, auch das blaue Vehikel des Bayerischen Rundfunks war wohl von Kreuzeders Häuschen direkt zum »Tatort« geprescht. Offenbar bot der alte Jägersmann Führungen an. Von wegen, es sollte sich nicht herumsprechen. Das war seine Chance, sich auf die alten Tage ins Rampenlicht zu schieben, und er schien es zu genießen. Dazu passte, dass er die Leute mit seiner Aversion gegen Wölfe füttern und Stimmung machen konnte.

Laura schaute sich um. In Sichtweite standen mehrere Häuschen, vorwiegend Pensionen. Auf die hatte sie es abgesehen. Trotz der nahen Pisten und der Loipengaudi wirkte der Ort winterlich träge wie eine Katze auf der warmen Ofenbank.

Sie brauchte eine formidable Story, wenn die Leut ihr nicht die Nase vor der Tür zuhauen sollten wie den Bibeltandlern. Beim ersten Versuch öffnete ihr ein Bub die Tür, kaum acht, und starrte sie erwartungsvoll an. Einen Lebkuchen hielt er in den schokoverschmierten Pfötchen.

»Ist deine Mama oder dein Papa zu Hause?«, wollte Laura wissen.

Der Bub glubschte sie an. Dann wandte er sich um. »Opa!«, brüllte er. »Da ist eine Frau!«

Ein grau melierter Mittsechziger im beigefarbenen Freizeitanzug erschien. »Kaufen tun wir nix, und Predigt braucht es auch nicht.«

»Ich bin die Laura Schmerlinger, Tierärztin, hier in Garmisch. Sie haben sicher von der Geschichte mit dem Toten droben im Bergwald gehört.«

Der Bub spitzte die Lauscher.

»Freilich, die Leut phantasieren daher, dass ihn ein Wolf gerissen hat, aber das glaub ich im Leben nicht.«

»Eben drum, und die Polizei sucht nach einem Hund.«

»Bei uns? Wir haben keinen, bloß drei Katzen. Und die zerreißen nix, was größer ist als eine Ratz.«

»Darf ich reinkommen?«

»Gern.« Er machte die Tür frei.

Im Wohnzimmer setzten sie sich.

»Da waren schon Beamte da«, sagte der Mann, »und haben uns befragt. Aber wir haben nix Auffälliges gesehen am Freitag, stimmt's, Julian? Deine Mama auch nicht.«

Der Bub schüttelte bestätigend den Kopf. »Die Mama kommt heut Abend wieder aus München«, verkündete er.

»Ja, die Polizei hat sich gedacht, es könnte jemand sein, der ganz früh aus Gewohnheit, jeden Tag, mit seinem Hund herkommt«, erklärte Laura. »Vielleicht fällt euch so jemand ein.«

»So ad hoc nicht«, meinte der Alte und runzelte die Stirn. »Ist ja immer ein Gewusel. Winters wie sommers.«

»Und du?«, fragte sie den Jungen.

Der Bub überlegte lange und zog die Stirn kraus.

»Die bellen halt schon ganz in der Früh, wenn ich rausmuss.«

»Das hört ihr hier?«, fragte Laura nach.

»Ja, so schaut's aus«, meinte der Senior, »ich hab mein Schlafzimmer zum Parkplatz hin. Da ist es selten leise. Immer was los. Deswegen haben sie oben bei den Wanderwegen einen Tütenspender für die Hinterlassenschaften der Viecherl montiert. Hält sich leider nicht jeder dran.«

Laura sah vom Großvater zum Enkel. »Und siehst du auch Hunde?«

»Da gibt's einen, der bellt meistens wie narrisch, grad wenn ich zur Schule gehe.«

»Auf dem Parkplatz? Was ist das für ein Hund?«

Der Junge schaute seinen Großvater an. »Ich glaub, ein Schäferhund.«

Laura griff zum Smartphone und zeigte ihm ein paar Bilder. »So einer?«

»Ja, das Fell ist dunkler, glaub ich.«

Laura wischte über das Display. Hundegebell ertönte im Raum. »Und so bellt er?«

»Ja genau«, freute sich der Bub.
Sein Großvater schüttelte lächelnd den Kopf. »Neue Polizeimethoden«, murmelte er.
Er schenkte Laura eine Tasse Tee ein.
»Kann ich auch einen Wolf hören?«, wollte der Junge wissen, und Laura tat ihm den Gefallen.
»Und jetzt einen Dackel!«, forderte der Bub.
Der Darjeeling schmeckte hervorragend, es gab Mohnkuchen mit Schlagsahne dazu, und sie ließ für den begeisterten Jungen Hütehunde, Mastiffs, Collies, Berner Sennenhunde und dergleichen um die Wette bellen. Heiseres, grollendes, durchdringendes oder abgehacktes Kläffen, Knurren und Jaulen füllten die Stube aus, als schlenderten sie an den Zwingern des Garmischer Tierheimes entlang. Nach zehn Minuten Gebell schob sie das Smartphone wieder ein.
Sie sah den Bub gespannt an. »Hast du auch das Herrchen oder Frauchen des Schäferhundes auf dem Parkplatz gesehen?«, wollte sie wissen.
Der Bub nickte mit vollen Backen und kämpfte einen großen Brocken Mohnkuchen nieder, bevor er ein Wort herausbrachte. »Freilich.«

Ben klopfte an der Bürotür, und als niemand antwortete, schlüpfte er hinein.
Sein Vater folgte ihm. »Schick dich, Bub!«, zischte er.
Diese Aufforderung hätte es nicht gebraucht. Der PC war eingeschaltet. Ben durchforstete ihn hektisch nach Adressdaten von Angehörigen. Schweiß lief ihm von der Stirn ins Auge. Verdammt, er erkannte keine Struktur bei den ganzen Excel-Dateien. Pures Chaos.
Es musste doch zu finden sein!
Die Tür öffnete sich, und der bärtige Pfleger stand im Raum. Was für ein Scheißdreck! Ben erstarrte zur Salzsäule.
»Was machen Sie denn hier?« Die Verblüffung stand dem baumlangen Burschen ins Gesicht geschrieben.
»Ich?«, fragte Ben, so als müsse er sich vergewissern, dass

er gemeint war. Es gab nichts zu erörtern. Er stand über den Computer gebeugt, die Maus in der Hand.

»Wir suchen eine Adresse«, bemerkte sein Vater wahrheitsgemäß.

»Ich ... äh ... Sie gehen sofort aus dem Raum, und ich hol die Frau Kratochvilova«, rief der Pfleger.

»Warten Sie«, insistierte Bens Vater, »mein Sohn sucht die Adresse von Herrn Katzbichlers Tochter. Das ist kompliziert. Er möcht sie halt gern näher kennenlernen, verstehen Sie?«

»Sie können doch nicht –«

»Das wissen wir doch, aber er hätt ihr gern einen Blumenstrauß geschickt, der Bub. Rote Rosen. Da muss man doch Verständnis haben?«

»Erklären Sie das alles der Frau Kratochvilova.«

Ben hatte die Maus auf dem Schreibtisch platziert. Er griente den Burschen möglichst dümmlich an, ganz verhinderter Rosenkavalier.

»Gehn wir, Vater«, sagte er, »hilft ja nix.«

Der Angesprochene griff in seine Jackentasche und holte seine Brieftasche hervor. Aus der zupfte er einen Schein und klatschte ihn auf den Tisch.

»Hundert nackerte Euro für die Adresse. Wir machen nix Unlauteres damit. Rote Rosen, verstehst, Burschi?«

Ben war sicher, der Mann hörte den Begriff »unlauter« zum ersten und letzten Mal. Er lugte abwechselnd auf den Schein und ins unbewegte, zerfurchte Gesicht des Alten.

»Gehen Sie weg da«, herrschte er Ben an. Er schob sich hinter den Schreibtisch, griff zur Maus, und ehe sich Ben versah, drückte er ihm einen Notizzettel in die Hand. Katzbichlers Tochter hieß Judith und wohnte glücklicherweise in Garmisch, ganz in der Nähe.

»Und jetzt verschwinden Sie, aber schleunigst.«

»Sie haben das Herz am rechten Fleck«, sagte Bens Vater.

Ben schwieg. Der Bursch hatte die Gier am rechten Fleck, auf die kannst du immer bauen, aufs Herzerl war meist geschissen. Das Verschwinden hätte er jetzt gerne in Angriff genommen, aber ehe er sich rühren konnte, wurde die Tür erneut aufgerissen. Alles hätte er erwartet, nur diese Frau nicht.

Laura sah dem Jungen dabei zu, wie er sich einen Klecks Sahne von der Nasenspitze wischte und sich bedächtig am blonden Schopf kratzte.

»Der Schäferhund gehört einem grünen Mann«, sagte er.

»Was meinst du mit ›grün‹? Einen Lodenmantel?«, hakte Laura nach.

Der Junge warf seinem Opa einen fragenden Blick zu.

»So einen, wie ich hab, Julian?«, fragte der nach.

Nicken.

Mehr konnte er nicht beitragen. Wie glaubwürdig war die Schilderung des Buben? Hatte sie überhaupt etwas zu bedeuten? Zumindest könnte ein grün gewandeter Bursche jeden Morgen ein Viech mit ausreichend Beißkraft in den Hammersbacher Wald geführt haben. Man sollte sich zumindest mit ihm unterhalten.

Nachdem Laura ein zweites Stück Mohnkuchen aufgedrängt worden war, verabschiedete sie sich von den beiden. Poschinger war mit dieser Mär vom grünen Mann bestimmt nicht zu überzeugen, Hohn und Spott wären ihr sicher. Sie dachte an Bens Geschichte mit der morgendlichen Blutdusche.

Der Mann hatte alle Hände voll zu tun, nachzuweisen, dass er die Ermittlung seriös vorantrieb, falls er noch zuständig war und nicht höhere Ebenen den Fall an sich gerissen hatten. Bayernweite Aufmerksamkeit. Und solange das Landesamt für Umwelt keine genetischen Ergebnisse und Spuren lieferte, würde das Gerede um einen mörderischen Wolf nicht verstummen. Und was daraus erwuchs, konnte sie sich vorstellen.

Nichts Gutes.

Frau Kratochvilova war jene Frau, die sie willkommen geheißen hatte. Aktuell war ihr Blick weniger freundlich, und die fleischigen Arme hatte sie in die Hüfte gestemmt. Aber darüber machte sich Ben keine Sorgen. Hinter ihr trat eine rothaarige

Frau ins Büro, der Ben bis dato dreimal begegnet war. Erfreulich waren die Dates alle nicht gewesen.

»Wiesegger! Sie schon wieder.«

Frau Ganghofer – die schon wieder! Zorn flackerte in ihren Augen auf. Wenn sie Blitze schleudern könnte wie Minerva, wäre er jetzt Grillgut.

»Da schau her, die Polizei«, raunte er seinem Vater zu. Er beherrschte sich, die Hände nicht zu heben.

Frau Ganghofer holte Luft. »Was zum Teufel treiben Sie –«

»Das wurde auch Zeit! Sehr gut, dass Sie da sind«, plärrte der alte Wiesegger dazwischen. »Ins Heim will er mich stecken, der Fratz, der undankbare!«

»Also einen Moment mal …«, mischte sich Frau Kratochvilova ein.

»Ja, ich soll mir alles anschauen«, fuhr er lautstark fort, er hatte sich in Rage geschrien. »›Na, gefällt es dir hier?‹, fragt er! Ich weiß genau, was er vorhat. Kruzifix, verhaften Sie ihn, wegen Freiheitsberaubung! Sperren Sie ihn weg! Wegschaffen will er mich, wie ein altersschwaches Rindviech!«

»Jetzt beruhigen Sie sich doch«, versuchte es Frau Kratochvilova und stapfte mit ausgestreckten Armen auf ihn zu.

Ben ließ seinen Blick über den Schreibtisch schweifen. Der Hunderter war wie von Zauberhand verschwunden. Der Bärtige hatte die Hände in seinen Kittel geschoben und beobachtete ungerührt die Szene, als wäre er im Kino.

»Vater, ich bitte dich«, rief Ben aus und rang die gefalteten Hände, »so war das nicht gemeint!«

»Doch akkurat so war das gemeint, du … du Brut! Und jetzt muss ich 'naus hier, bevor ich erstick!« Hustend stemmte sein Vater das Gehgestell in die Höhe und rammte es knapp vor den Frauen in den Boden.

Sie mussten zur Seite springen, um nicht niedergestoßen zu werden.

»Oh, Vater! Verzeih mir!« Ben eilte ihm stracks hinterher. Er fing Frau Ganghofers Blick auf. Ihre zusammengekniffenen Augen vermittelten eine Botschaft zwischen höhnischer Verachtung

und Misstrauen. Sie schüttelte den Kopf. Hatte sie das Theaterstück gefressen? Zumindest waren sie unbehelligt geblieben.
»Warten Sie doch!«, rief ihm Frau Kratochvilova vom Türrahmen aus hinterher. »Wenn Sie einen Aufenthalt Ihres Vaters ins Auge fassen …«
»Ich komm sicher drauf zurück«, rief Ben, ohne anzuhalten.
»Schicken Sie mir eine Broschüre.«
»So schaust du aus«, zischte ihm sein Vater zu.

Sie schafften es bis über den Parkplatz zu ihrem Wagen. Hinter dem Lenkrad holte Ben tief Luft. Natürlich hatte die Polizei Herbies Handydaten ausgewertet, und er hatte hier ab und an angerufen, wie der Zettel an der Pinnwand bewies. Ein Routinebesuch der Polizistin. Wenn sie clever war, und er hatte wenig Zweifel daran, war ihr klar, dass ihr Aufeinandertreffen kein Zufall gewesen war. Aber was hätte er ihr kundtun können? Ich habe aus Herbies Haus eine Karte mitgehen lassen und will einen zwanzig Jahre alten Todesfall aufklären, weil die Leute, inklusive Ihres glorreichen Chefs, mich für einen Mörder halten. So in etwa? Mach dich nicht noch mehr zum Narren, als du schon bist, Ben.
»Vielleicht hat der Schranz Herbie den Katzbichler einfach besucht, weil der ein Spezl seines Vaters war, oder er war spitz wie Lumpi auf die Tochter«, bemerkte sein Vater, während sie die Auffahrt hinunterrollten.
»Herbie, der Menschenfreund? Glaub ich weniger. Das Zweitere könnt schon eher hinkommen.«
»Und wie stellst du es jetzt an?«
»Vielleicht mit einem Rosenstrauß, wenn ich die Judith Katzbichler besuch.«
»Es langt, wenn du dir ein wenig Freundlichkeit zulegst, damit kommt man allerweil weiter.«
»… sagt der Mann mit dem nackerten Hunderter.«
»Für Geld kann man den Sparifankerl tanzen lassen. Den Schein schuldest du mir, verstehst? Ich hab für dich die Adresse gekauft, Bub.«

»Ich sollt noch mal mit Frau Kratochvilova reden, ob grad ein Zimmer frei ist.«
»Du bist noch ein bisserl jung fürs Dominospielen im Kaminzimmer, meinst du nicht?«

16

Ben setzte seinen Vater zu Hause ab. Auf dem Hof eilten den beiden Männern Lissy und die Mutter entgegen, als wäre er mit Blaulicht in die Notaufnahme gerast. Sein Vater hielt sich wortkarg, was ihren Ausflug anging. Er verkniff es sich aber nicht, zu erwähnen, dass er sich die Räumlichkeiten in der Seniorenresidenz angesehen hatte. Durch den offenen Mund seiner Frau hätten die Meisen einfliegen können, falls sie ein Winterdomizil suchten. Gefühlte zwanzig Mal hatte er mit einem »Passt scho« zu bestätigen, dass alles paletti war. Ben sah den dreien hinterher, wie sie der Pension zustrebten, und machte sich, nach einem kleinen Abstecher in den Schuppen, auf zu Frau Katzbichler.

Es war ein Hexenhäuschen mit einem schnuckeligen Gärtchen drum rum. Noch ehe er die Besitzerin gesehen hatte, wusste er, dass der im Frühling voller Blütenpracht und Kräuter sein würde. Es hatte dieses Flair. Ein eselsohriger Kobold aus Steingut streckte ihm die Zunge heraus. Über verschneite Steinplatten schritt er zur Eingangstür und läutete. Big Bens Glocken bimmelten, auch nett.

Die Frau, die ihm öffnete, war tatsächlich nicht zu übersehen. Gehüllt in ein leibumschmeichelndes, brombeerfarbenes Seidenkleid, die schwarze Mähne hochgesteckt à la Amselnest, legte sie bei seinem Anblick den Kopf schief und musterte ihn mit leicht spöttischem Blick. Ihre ledernen Handrücken ließen Ben schätzen, dass sie mindestens zu den Endfünfzigern gehören dürfte, die lebensfrohe Ausstrahlung deutete auf einen kräftigen Schluck vom Jungbrunnen hin. Beneidenswert. An einem Lederband um ihren Hals baumelte in Brusthöhe ein Amulett, das aussah wie ein von Harz umschlossenes Auge. Ben vermied es, darauf zu starren, sonst hätte sie seine Blickrichtung falsch deuten können. Es brachte ihn aus dem Konzept. Als würde es ihn ansehen.

»Grüß Gott, äh ... Frau Katzbichler, ich bin, äh, der Ben Wiesegger, ein Kollege, ich meine, Freund vom Herbie Schranz. Er hat immer so geschwärmt von Ihnen, da hab ich mir gedacht –«

»Von mir geschwärmt?« Es klang, als wäre das jenseits aller Vorstellung. »Ja, so eine schreckliche Geschichte. Und man munkelt, es soll ein Wolf gewesen sein. Entsetzlich ist das, ich kann's noch gar nicht glauben. Sie hat er, glaub ich, nie erwähnt, obwohl Ihr Name mir irgendwie bekannt vorkommt.«

»Ja, die Geschichte ist nicht zu begreifen. Ich hab Ihnen etwas von Herbie mitgebracht, als Erinnerung, ich find, das sollten Sie haben.« Er hielt ihr ein rustikal geschnitztes Holzkästchen entgegen, das er zuvor im elterlichen Schuppen exhumiert und abgestaubt hatte.

Sie griff nicht zu, sondern trat einen Schritt zurück. »Kommen Sie doch rein, Herr Wiesegger.«

»Aber nur, wenn ich nicht störe.«

»Nein, gar nicht. Es ist eine traurige Zeit, erst der John und jetzt Herbie.«

»Der John, war das Ihr Mann?«

»Nein, mein treuer Begleiter.«

»Liebe Menschen zu verlieren ist hart.«

»John war ein Devon-Rex-Kater.«

»Umso tragischer. Ich hab einen Deutsch Drahthaar, den Beppo.«

Sie führte Ben in die Stube.

»Gemütlich haben Sie es hier«, bemerkte er, sich umschauend. Das Kästchen stellte er auf eine Kommode im Shabby Look.

Farbenfroher Goa-Style, gepaart mit englischen Kolonialmöbeln. Sah man nicht oft in Garmisch. Eindrucksvoll zusammengestellt, kein Småländer Pressspangeraffel, aber für Ben war der Raum zu überladen ausstaffiert. Wohin er sah, Ganeshafiguren, Tongefäße, Kerzen, Duftstäbchenhalter und Traumfänger.

Er suchte sich einen Platz auf der bunt gestreiften Sofalandschaft, die den halben Raum einnahm. Vor ihm stand ein Ebenholztischchen in Elefantenform, samt Rüssel und Schwanz, auf dem Frau Katzbichler eine Kanne Tee und zwei Tassen abstellte.

»Ich hab früher in London gelebt«, sagte sie. »*It's tea time.*« Die gegenüberliegende Wand war mit Bildern und gerahmten Fotos aller Art drapiert. Frau Katzbichler im Nightclub, die kajalumringten Augen auf halb acht, im Minirock bauchfrei am Trafalgar Square, im Zigarettenqualm vor einem roten Neonreklameschild, befummelt von einem mittelalten, fusselhaarigen Kerl, dessen Hemd keine Knöpfe zu haben schien – die späten Achtziger in ganzer Pracht an die Wand geklatscht. Daneben eine Reihe Fotos, die einen graubärtigen Mann vor der alten Zugspitzgondel zeigten. Er kam Ben irgendwie bekannt vor, aus längst vergangenen Zeiten.

»Wer ist der stattliche Herr auf dem Foto?«

»Erkennen Sie den nicht? Das is doch John Entwistle.«

»Wer?«

»Bassist von The Who. Nie gehört? Leider längst gestorben. Unsere Wege haben sich auf einer Party gekreuzt, in London. Eine Wahnsinnsorgie, soweit ich mich erinnere – mehr Leben ging nicht. Das waren Hardcore-Zeiten!« Sie kicherte und zündete sich eine Nelkenzigarette an.

»Glaub ich sofort. Nein – ich mein den Herrn vor der Gondel.«

»Ach, das ist mein Vater. Der hat für die Verkehrsbetriebe gearbeitet. Die Gondel hinauf zur Zugspitze. Eine technische Meisterleistung hat er sie immer genannt. Dass sie die abgebaut haben, hat ihn schwer getroffen.«

»Den besuchen Sie im Seniorenheim, hat Herbie gesagt.«

»Ja, er hat leider ziemlich abgebaut. Von früher kann er noch exakt erzählen, aber er weiß nicht mehr, was er vor zehn Minuten gefrühstückt hat.«

»Vielleicht kommt der Tag, an dem man sich lieber nur noch an schönere Zeiten erinnert als an lauwarmen Früchtetee und aufgeweichte Semmeln.«

»Wie meinen Sie das? In der Seniorenresidenz garantieren

sie, alle Mahlzeiten wären ausgewogen und bekömmlich.« Das schien dem Text des Hochglanzprospekts entnommen zu sein.

»Ach, das war nur so dahingeredet, denken Sie sich nix«, sagte Ben und hängte sich ein Lächeln ins Gesicht.

»Ja, mein Vater hat schon aufregende Geschichten zu erzählen gehabt, langweilig war die Seilbahnarbeit nie. Da hat es ja auch Tote gegeben, und wenn du die jungen Burschen und Madln fröhlich rauffahren siehst, und später hörst du ... das hat ihn immer arg mitgenommen.«

Ben verschluckte sich am Tee.

Frau Katzbichler klopfte ihm in fürsorglicher Geste den Rücken ab.

War das der Zusammenhang? Ihr Vater hatte Toni und ihn in die Gondel steigen lassen, und dann? Er musste es schaffen, mit dem Alten zu reden. Irgendein Detail hatte Herbie auf die Geschichte gestoßen, nur welches?

»Wissen Sie, ich hab mir grad gedacht, vielleicht könnt man einen Artikel über die Gondel machen. Die Leut lesen gern etwas über die alten Zeiten. Und noch kann Ihr Vater was erzählen. Meinen Sie, ich könnt Sie einmal begleiten zu ihm?«

»Ich weiß nicht recht. Aber warum eigentlich nicht? Wenn er einen guten Tag hat, kann er viel erzählen, dann kriegen Sie ihn nicht mehr still. Aber gerade ist er im Krankenhaus, wegen der Blase – ich hoffe, er kommt wieder raus.«

»Vielleicht morgen?«

»So zeitig schon? Aber Sie haben recht, lange kann man vielleicht nicht mehr warten.«

Ben war gewillt, nicht den Verbissenen zu geben, und schwamm mit im Fluss der Themen, den Frau Katzbichler plätschern ließ. Vom Aufwachsen im traditionsgefesselten Garmisch, den wilden Londoner Achtzigern, Selbstbefreiung und der Suche nach Sinn in entlegenen Winkeln der Erde, Ashram-Erfahrungen inklusive. Bald waren sie beim Du angelangt. Passend zur Stimmung und zum Ambiente kredenzte sie ihm selbst gebackene Brownies, die exquisite Entspannungsmomente verhießen. Dass ordentlich grüne »Kräuterbutter« das

Rezept verfeinerte, war Ben klar, er ließ sich aber nicht lumpen und griff beherzt zu. Sie schmeckten saftig und brachten seine Geschmacksknospen zum Erblühen. Er beließ es nicht bei einem Stück. Warum sich nicht dahintreiben, den Herrgott einen guten Mann sein lassen und das Hirn ausknipsen? Allemal ein Gewinn. Das Grübeln war der Feind des Wohlbehagens.

Die Brownies hatten es in sich. Ihm wurde schummrig. Gedanken waren wie geschmolzene Schokolade, sie tropften in seinem Hirnstüberl unablässig von der Decke. Süß und braun. Eine Tropfsteinhöhle, in der flüssige Schokolade langsam, aber stetig Baumkuchen heranwachsen ließ. Er lehnte sich seufzend zurück.

»*See me, feel me*«, sang Roger Daltrey. Ben streifte sich die Schuhe ab.

Jemand stupste ihn an. »Ben?« Er schlug die Augen auf. Wo war er? Was war er?

Das Gesicht von Judith Katzbichler tauchte nah vor seinem auf. »Schnucklig schaust du aus, wenn du schläfst.«

Ein Leberfleck über ihrer Oberlippe fesselte seine Aufmerksamkeit. Sie trug jetzt einen schwarzen Kimono, mit eingesticktem Drachen, dessen Gürtel nachlässig geknotet war. Nur einen Kimono. Kurz kam ihr Bauchnabel in sein Blickfeld. Ein schwerer Duft zog in seine Nase, Zedernholz lag darin. Judith richtete sich wieder auf. Wie lange war er abgedriftet? Minuten oder den ganzen Nachmittag?

»Keine Sorge, ich werd dich nicht verführen«, hörte er ihre Stimme. Die umschmeichelte so wohlig seine Ohren wie das Schnurren eines Katers.

»Des is ... wirklich ... ich mein, sehr rücksichtsvoll«, stammelte er.

»Ich muss dich jetzt rausschmeißen«, fuhr sie fort, »ich erwarte noch Besuch.«

»Ja, des versteht sich.«

»Das nächste Mal, wenn du hier bist, nehmen wir uns mehr Zeit – und morgen holst du mich um zwei ab, und wir besuchen meinen Vater.«

Ben schlüpfte in seine Sneakers und ruckte hoch. Wacklig war er auf den Beinen, sie fühlten sich an wie fremde, die er sich geborgt hatte. Die Parkaärmel waren eine Herausforderung für sein Koordinationsvermögen. Waren ihm vier Arme gewachsen wie Shiva?

Endlich stand er draußen. Die Kälte schlug wie ein Hammer zu. Er taumelte zu seinem Auto, entsperrte die Türen und warf sich auf den Sitz. Er schloss die Augenlider, besser gesagt, er wehrte sich nicht gegen ihr Zufallen. Seine Zähne schlugen im Schüttelfrost aufeinander. Bloß nicht wieder einnicken! Nach Hause! Du musst losfahren, befahl er sich, und heimkommen – egal wie.

Es klopfte an der Scheibe. Er ließ sie herunter. Hatte Judith etwas vergessen?

»Ben, grüß dich, wie geht's dir denn?«

Josefa! Er konnte sie nur anglotzen. Sie war eingemummt in eine überdimensionierte blaue Daunenjacke mit Kapuze, aus der ihre gerötete Nasenspitze und blonde Haarsträhnen hervorlugten.

Seine Zunge war bleischwer. Poschingers Angetraute dagegen war nicht mundfaul.

»Schön, dass ich dich treff! Was für ein Zufall. Ich hab gehört, was passiert ist, schrecklich, und wollt wissen, ob es dir gut geht. Geht's dir gut?« Sie deutete hinter sich. »Bei der Katzbichler hatte ich mal Englisch-Nachhilfe, da war ich in der fünften Klasse. Mein Vater wollte dann nicht mehr, dass ich hingehe, nachdem sich das mit ihrer Abtreibung rumgesprochen hatte. Das wär schlechter Umgang für mich. Was machst du denn jetzt? Gehen wir auf einen Kaffee?«

Ben schwieg, während Josefa Satz an Satz zu einem Seil knüpfte, das sich um seine Gurgel wand. Er japste nach Luft. »Muss heim«, presste er hervor, startete den Motor und fuhr an.

Der verblüffte Ausdruck in Josefas Gesicht blieb ihm im

Hirn kleben wie Kaugummi an der Sohle. Sollte sich Poschingers Perle wieder in sein Leben einschleichen, würde sich der Hauptkommissar in ihn verbeißen wie ein Bullterrier. Und dieses Mal würden seine Zähne bestimmt nicht mehr loslassen.

Er hatte keinen Schimmer, wie er den Weg nach Hause geschafft hatte. Die Erinnerung war weggeblasen. Er war sich nur bewusst, dass er unversehens vor der Pension im Wagen saß. Traurigkeit fiel ihn an. Er spürte Tränen über die Wangen rinnen. Herrgott, was war mit ihm los? Selten hatte er einen Gedanken an Herbie verschwendet, und wenn, dann war der an Ärger geknüpft. Aber es gab Menschen wie Judith, denen er etwas bedeutet hatte. Und jetzt war er tot, und Ben war nichts Besseres eingefallen, als aus seinem Ableben eine dämliche Schlagzeile herauszuquetschen.

Er griff zu seinem Handy und wählte Vogels Nummer.

»Herbie war verliebt«, schluchzte er.

»Und, wie bringt uns das weiter?«, bekam er von Vogel zur Antwort.

Er drückte seinen Chef weg und schob das Handy in die Hosentasche. Vergebene Liebesmühe. Vogel würde ihn nicht verstehen. Wie sollte er auch? Bens Gedanken rumsten im Hirnstüberl vogelwild aneinander wie die Wagen beim Autoscooter. Josefa, Judith, Vogel, Herbie, Poschinger, die beiden Schimmelpfennige, alles verschmolz, ihre Gesichter kreisten um ihn, verwandelten sich in verzerrte Fratzen, als wären sie von Hieronymus Bosch hingepinselt worden. Er zwang sich, aus dem Wagen zu klettern, und schlürfte zombiehaft zum Haus. Hinlegen, nur hinlegen, nie mehr denken.

17

Es war Lissy, die ihn weckte. Er wusste nicht, wie lange er bloß dagelegen hatte, den Blick an die Zimmerdecke genagelt. Seine Schwester hatte an die Tür gepocht und gehämmert, bis er endlich reagieren musste. Judiths Glücksbrownies hatten ihn dermaßen ausgeknockt, es würde Tage brauchen, bis er wieder zurechnungsfähig wäre.
»Du hast Besuch!«, verkündete Lissy, lauter, als sie musste.
»Ich kann nicht!«
»Polizei.«
»Sag, ich bin krank.«
»Sag es gefälligst selbst.«
Ben tapste in Socken die Stiegen nach unten. In der Stube wartete ein Überraschungsduo auf ihn.

Laura und Frau Ganghofer hatten je ein Kaffeehaferl vor sich und beobachteten, wie er sich an der Stuhllehne festklammerte, bevor er sich mit Bedacht setzte. Sein Kopf war zu schwer für seinen Hals. Er würde bestimmt herunterfallen und wie eine Bowlingkugel durch den Raum rollen. Er stützte ihn beidhändig ab und schaute von einer zur anderen. Dabei summte er die Melodie von »Wunder gibt es immer wieder«. Verflixt, ihm fiel partout nicht mehr ein, wer das gesungen hatte.
Laura nippte am Kaffee, dann tätschelte sie Beppo, der zu ihren Füßen kauerte. Die Polizistin trommelte mit den Fingern auf die Tischplatte.
»Hören Sie zu, Herr Wiesegger. Warum ich hier bin: Wir sind uns ein paarmal über den Weg gelaufen, und ich glaub, Sie haben Erkenntnisse, die der Polizei vielleicht weiterhelfen könnten. Sie brauchen nicht glauben, dass ich mit der Brennsuppn dahergeschwommen bin.«
Ben glotzte der Frau ins rotbackige Antlitz. Womit geschwommen? Er versuchte, den Eingang zu ihrem Universum

zu finden. Er war überzeugt, es würde sich jede Antwort vor ihm ausbreiten, wo war nur der Schlüssel?

»Können Sie Blitze schleudern?«, wollte er von ihr wissen.

Sie warf mit einem Schulterzucken Laura einen Blick zu.

»Ich weiß genau, Sie könnten es, wenn Sie es probieren täten«, bekräftigte er.

»Ben, jetzt pass mal auf«, fauchte ihn Laura an. »Das ist eine vertrauensbildende Maßnahme, verstehst du? Die Sandra Ganghofer ist eine Nichte von der Mayer, und die will dir nix Böses. Vielleicht –«

»›Nix Böses unter der Sonne‹«, murmelte Ben. »Kennt ihr den Film? ›Evil Under the Sun‹.«

»Des bringt nix, der ist hackebreit«, meinte Frau Ganghofer.

»Keinen Tropfen.« Ben hob den Zeigefinger. »Bitte, bitte lassen Sie mich in Ihr Röhrchen pusten.«

»Ich hab zwei Fragen: Was wollten Sie in der Seniorenresidenz, und haben Sie im Haus von Herbie Schranz irgendwas entdeckt, gefunden?«

Ben kicherte. »Uuuuh, eine Schatzkarte.«

»Eine was?«, wollte die Frau wissen.

»Das hat mit einer Geschichte vor zwanzig Jahren zu tun«, erläuterte Laura.

»Ich hab in München gelebt«, meinte die Polizistin. »Ich hab mich erst vor einem Monat wieder hierher versetzen lassen. Deswegen ist es mir auch schnurzwurscht, was Sie und der Poschinger miteinander haben.«

»Warum?«, kam es von Ben.

»Warum was?«

»Warum hierher?«

»Das geht Sie zwar nix an, aber es waren persönliche Gründe.«

»Das klang grad bitter und traurig.« Er raufte sich den Schopf. »Ach, so traurig, oh mei.«

Sie seufzte auf. »Können wir zurück zur Geschichte? Hauptkommissar Poschinger ist nicht so übel, wie Sie meinen. Harte Schale –«

»Jawoll, eine Kokosnuss ist der! Mit dem red ich nicht, der taugt bloß für Piña colada.«
»Haben Sie außer Schmarrn was beizutragen?«
Ben räusperte sich und streckte sich durch. Er massierte sich beidhändig die Schläfen, um einen Tropfen Konzentration herauszumelken.
»Ich … es gibt da einen ehemaligen Beschäftigten von der alten Zugspitzbahn, und Judith hat behauptet, sie hat mal was mit Entwistle gehabt.«
»Wer?«, fragten die Frauen unisono.
»Ach wurscht – mit dem will ich reden.«
»Mit diesem Entwistle?«, hakte Laura nach.
»Schmarrn, der ist hinüber. Ihrem Vater – der Herbie hat ihn besucht und – da bin ich mir sicher – in meiner alten Geschichte recherchiert. Aber der Vater ist gaga. Wenn wir den verreckten Laptop hätten …«
»Und was Herbie Schranz' Tod angeht?«, insistierte Frau Ganghofer mit verdrehten Augen.
»Es gibt Leut, die vermuten, es hat manchen nicht gepasst, dass er wegen illegalem Holzhandel nachgeforscht hat«, erklärte Ben. »Schimmelpfennig II. und das Sägewerk Angermayer sollen drin verwickelt sein.«
»Welche Leut?«
»Ich verrat meine Quellen nicht.«
»Aha, und haben Sie und Ihre ominösen Quellen da was herausgefunden? Beweise, Indizien?«
»*Nulla*, Signorinas.«
»Vielleicht war's doch ein Wolf oder verwilderte Hunde, und die Rätselei ist für die Katz«, sinnierte die Polizistin. »Und den Laptop könnte jeder Allerweltseinbrecher eingesackt haben.«
Lauras Augenbrauen wanderten in die Höhe, sie schwieg.
»Böses unter Garmischer Sonne!«, rief Ben aus. »Das wär ein Blockbuster. Gut merken!«
»Sonst noch was beizusteuern?«
»Eieiei, Sie fragen ja wie bei der Polizei.«

Laura überlegte kurz, ob sie die Hundegeschichte zum Besten geben sollte. Womöglich hielt Sandra sie dann beide für übergeschnappt. Ben tat beharrlich sein Bestes. Sie versuchte, in kurzen Worten ihre Theorie zu skizzieren, und kam dann zur Aussage des Jungen.

Sie sah ungläubiges Staunen in den beiden Augenpaaren, die auf sie gerichtet waren. Eine Marienerscheinung hätten sie ihr wohl eher abgenommen.

»Ganz langsam«, sagte Ben. »Frage: Ist das grüne Männchen aus der Ampel gekraxelt?« Er kicherte. »Und du hast dem Bursch was vorgebellt? Wuffwuff! Ich hätt dir Beppo leihen können.«

»MP3-Datei, du Depp! Vergiss das blöde Gebell. Fast jeden Morgen treibt sich derselbe Bursch im Lodenmantel samt Schäferhund dort herum, hat der Bub beobachtet. Falls der nicht was daherphantasiert hat, könnte man doch dem Wichtel zumindest auf den Zahn fühlen, oder? Und wenn er nur von anderen weiß, die dort gewohnheitsmäßig aufschlagen.«

»Respekt. Die Laura, sag ich Ihnen, die hat es hier drin.« Ben deutete auf seine Stirn. »Mehr als … einfach verdammt viel. Manchmal kann das für einen Mann beängstigend sein, ich meine –«

»Halt jetzt bloß die Goschn, Ben«, fuhr ihm Laura über den Mund. Das einzig Beängstigende war sein abgedrehter Zustand. Was immer dazu geführt hatte. Akuter Fall von Dachschaden. Seine Pupillen wiesen die Spur. Ihrer Diagnose nach war er stoned bis unter die Haarspitzen. Es schien, dass er mit dieser Judith Katzbichler ein bewusstseinserweiterndes Hobby teilte.

»Wie auch immer, Herr Wiesegger, lassen Sie uns ermitteln, und wenn Sie irgendwas erfahren oder auftun, melden Sie sich bei mir, ja?«, meinte Sandra. »Für dich gilt dasselbe, Laura. Ja, und wir schauen, ob dein Loden-Manschgerl samt Schäferhund existiert. Ich weiß aber nicht, wie ich das dem Hauptkommissar vermitteln könnte, ohne dass es den vor Lachen zerreißt. Zum Hanswurst mach ich mich nicht wegen euch!«

»Melden, zu Befehl.« Ben salutierte, dann sank sein Kopf

auf die Brust. Er verschränkte die Arme über dem Bauch, und seine Augenlider fielen herab. Offenbar war für ihn die Audienz vorüber.

Laura stand auf. Am liebsten hätte sie ihm eine deftige Watschn gegeben. Oder zwei. Er hatte hart dran gearbeitet, sie sich zu verdienen. Sandras gerötetes Gesicht und die geballten Fäuste vermittelten ihr, dass deren Impulse ähnlicher Natur waren.

Ben kraxelte auf schmalem Grat. Plötzlich riss er die Augen sperrangelweit auf, wie von den Toten erwacht, und stierte sie an.

»Mit wem hat Herbie Schranz telefoniert? Was sagt die Handyauswertung?« Das klang nicht benebelt. Er griente von einem Ohr zum anderen.

Die Polizistin warf die Stirn in Falten. Ihr Nicken war kaum merklich, die Finger spielten Klavier auf der Tischplatte. Mit einem »Hah« stieß sie die Luft aus. »Da darf ich nix weitergeben«, sagte sie langsam. »Aber es ist ja nichts dabei, zu sagen, dass niemand der Angerufenen uns weitergebracht hat.«

»Bin ich jetzt so schlau wie vorher?«, wurde Laura im Wagen von Sandra gefragt. »Ben Wiesegger hat sie nicht alle, oder?«

Die Frage hing in der Luft. Laura schwieg.

Ursprünglich hatte sie es für eine geniale Idee befunden, als die Mayer mit ihrer Nichte bei ihr aufgeschlagen war. Sie hatte es gut gemeint. Laura wäre in den Augen der Mayer der »Zugang« zu Ben. Und der Bursch sollte alles daransetzen, das Kriegsbeil zu begraben, egal wie vogelwild Poschinger oder Ben in der Vergangenheit damit geberserkert hatten. Es schadete nicht, mit Sandra Erkenntnisse auszutauschen. Dass Ben *out of order* sein würde, konnte sie ja nicht vorhersehen. Oder doch? Ben war eben Ben. Aber das würde die Polizistin als Antwort kaum befriedigen.

Sie hatte vor, ihre polizeiliche Passagierin zur Inspektion zu kutschieren. Aus den zehn Minuten Fahrtweg bis zur Münchner Straße wurde eine halbe Stunde Gezockel in zähem Verkehr.

Im Stop-and-go hätten sie Muße gehabt, eine Sightseeing-Tour zu absolvieren. Zur Rechten war die Spielbank und der Michael-Ende-Kurpark fußläufig erreichbar, zur Linken ... Laura bremste zum hundertsten Mal und blies die Backen auf. Letzten Endes strebten die Auswärtigen in ihren Blechkisterln nach einem Fetzen fix erreichbaren Naturerlebens. Wenn du was vermochtest, inmitten der Fichtenwälder und Bergmassive, dann war es auftanken, umgeben von kristallklarer Luft und schroffen, schneebedeckten Gipfeln, die all die kruden Zeiten überdauert hatten.

Sandra neben ihr nagte schweigend an der Unterlippe, bis sie beim Parkplatz der Inspektion angelangt waren. Mit einem »Dank dir« verabschiedete sie sich. Wir bräuchten alle grad eine Zapfsäule, sinnierte Laura, während die Polizistin mit hängenden Schultern und gebeugtem Rücken auf den Eingang zuhatschte.

Was ihr als Erstes ins Auge fiel, als sie den Subaru vor ihrem Haus parkte, war ihre geöffnete Briefkastenklappe am Zaun. Sie wunderte sich, dass der Kasten leer war. Von allein ging die schwergängige Klappe nicht in die Höhe. Hatte sich jemand daran zu schaffen gemacht? Krähen waren ja bei der Futtersuche zu allerlei Kunststücken fähig, aber Briefkästen? Wurde ihr die Post geklaut?

Der Spanner aus dem Garten kam ihr in den Sinn. Hätte sie Sandra davon erzählen sollen? Und was wären deren Möglichkeiten? Auf dem Weg zum Haus hielt sie nach ungewöhnlichen Spuren Ausschau. Waren die Kratzer um das Schlüsselloch neu, oder hatte sie nie darauf geachtet? Sie umrundete zur Sicherheit das Haus, musterte den gefrorenen Rasen, checkte die Fenster. Nichts. Und doch beschlich sie das Gefühl, die Anwesenheit eines Fremden zu spüren. Da gab es jemanden, der sich mit ihr beschäftigte, Zeichen und Spuren hinterließ.

Fröstelnd betrat sie das Haus. Misstrauisch warf sie einen Blick in jeden Raum. Nein, im Haus war niemand gewesen. Noch nicht. Sie sollte auf der Hut sein. Eine Alarmanlage oder ein Bewegungsmelder wären hilfreich. Sie würde Veit, ihren Bastelwastl, nach einer praktikablen Lösung fragen, wenn sie sich heute im Wilden Hirschen trafen.

Während sie Wasser in die Wanne fließen ließ, rüttelte sie an den Fenstern. Der Duschenmord in »Psycho« kam ihr in den Sinn – zum absolut falschen Moment! Sie wollte sich in der Badewanne entspannen und nicht darin bibbern wie ein schreckhaftes Mäuslein und auf Geräusche horchen. Ihr altes Häuschen war quicklebendig, mal knackte es hier, mal knirschte es dort, nichts Ungewöhnliches, gerade in der kalten Jahreszeit. Kein Grund, aufzuschrecken, sofern man nicht in einem Netz aus düsteren Phantasien festklebte.

Um sich abzulenken, gab sie sich Musik. Das Akkordeon von Wendy McNeill war genau das Richtige. Sie summte die Melodie von »Such a Common Bird« mit, während sie ihre Klamotten abstreifte und ins Bad schlenderte. Minuten später ließ sie sich aufseufzend in die Wanne gleiten. Sie zog die Beine an und blies eine Schaumkrone vom Knie. Kruzifix, es braute sich etwas zusammen, sie konnte es körperlich spüren, der einsame Wolf war das geringste Problem.

18

Ben hatte sich wieder in seine Stube verkrochen. Der Besuch von Laura mit der Polizistin im Schlepptau war ihm wie ein Überfall vorgekommen. Erst nach einer lauwarmen Dusche und einer Kanne Schwarztee kam er wieder halbwegs zur Besinnung. Vogel würde ihn im Wilden Hirschen erwarten. Was der nicht wusste, hatte ihm sein Sohn Steff gerade aufs Handy getextet. Im Hinterzimmer vom Hirschen würde sich heute ein zusammengewürfelter Garmischer Haufen treffen, der über eine Lösung für das Wolfsproblem beratschlagte. Steffs Großonkel sei mit an Bord, und er habe vor, ihn zu begleiten. Der Gaudi und der Neugier halber.

Bens Segen hatte er, denkbar, dass es Wissenswertes zu erfahren gäbe. Selbstjustiz der Wolfsverschwörer. Jesses Maria! Der Tag jagte fröhlich von einer Klimax zur nächsten. Er machte sich auf die Suche nach Lissy. Diesmal würde er sich ordnungsgemäß den Passat leihen.

Den Wilden Hirschen besuchte er, wie allerweil, mit mulmigem Gefühl. Die Leute, die dort regelmäßig verkehrten, waren ihm nicht durchweg wohlgesonnen. Für manchen war und blieb er ein Aussätziger, da mochten noch zwanzig Jahre ins Land gehen. Das Lokal war eine Institution. Nicht diese Art folkloristischer Zirkusarena, wo das Touristenheer mit der Nase auf weiß-blaue Lebensart und schenkelklopfende Gemütlichkeit gestoßen wurde, sondern leib- und lebhafte Ursprünglichkeit. Kein Prosit, kein »Holleröhdullioh!«, dafür abgewetzte Eichenholztische, auf denen seit jeher Schafkopf und deftige Sprüche geklopft wurden.

Sein Vater hatte einst Lissy und ihm im Wilden Hirschen Haferltarock beigebracht, weil man es zu dritt spielt und seine Mutter mit dem Kartenspielen nichts am Hut hatte. Seit Ben ein Bub gewesen war, hatte sich im Lokal kaum etwas verändert.

Schweinsbraten, Lammkeule, glasäugige Trophäen, genagelt an die Wandpaneele, Weißbier vom Fass und ein grantelnder Wirt inklusive. Wenn Ben Pech hatte, was zu erwarten war, traf er auf Schimmelpfennig II. und dessen Mann fürs Grobe, den Steck, genannt Steckerlfisch. Wer sich sonst so im Lokal tummelte, wäre ein Überraschungspaket.

Als Ben die Gaststube betrat, verstummte der Stimmenchor nicht. Seine Anwesenheit wurde mit gleichgültigen Blicken von den Tischen quittiert. Er ließ die Augen wandern, um das Rudel des Garmischer Kuriers auszumachen. Es scharte sich im hinteren Teil des Raums an einem runden Tisch um seinen Leitwolf Vogel.

Steff und dessen Großonkel waren wahrscheinlich bereits im Hinterzimmer.

Ben schlängelte sich an den Tischen vorbei, um zur Zeitungsbelegschaft zu gelangen.

»Da ist er ja, der mit dem Wolf tanzt«, meinte ein mittelalter Anzugträger, den Ben nicht zuordnen konnte.

Die Stammtischrunde sah von ihren Karten auf.

»Der tanzt bloß mit seinem schrundigen Hundsviech. Zu mehr reicht's nicht«, meinte Steck.

Jetzt erst bemerkte ihn Ben. Er hatte wohl kurz nach ihm die Gaststube betreten.

»Ja, der Beppo«, seufzte einer aus der Runde auf. Dessen Asyl schien sich herumgesprochen zu haben. Sein früheres Herrchen, der alte Wanninger, war Stammtischbruder gewesen.

»Der Mörder mit seinem Mörderhund. Da haben sich zwei vom selben Geist gefunden«, rief der Steckerlfisch aus.

»Seit wann weißt du, was Geist ist, Steck? Da redet der Blinde von der Farbe«, sagte Ben.

Zu viel war zu viel. Er blieb stehen. Klassisches Déjà-vu. Darum war sein Verhältnis zum Wilden Hirschen zwiespältig! Jedes Mal derselbe Tanz und jedes Mal derselbe Tanzpartner. Steck und er könnten im Garmischer Kongresshaus auftreten mit der Nummer vom Hahnenkampf.

»Was hast du gesagt, windiges Bürscherl, ein Blinder wär ich?« Einsatz Steckerlfisch, der ließ erwartungsgemäß nicht locker.

»Der meint nicht blind, sondern deppert«, klärte ihn einer vom Stammtisch auf. »Und wenn du mich fragst ...«

»Du kannst es eine Gnade nennen, dass jemand ein Rindviech sein kann, ohne es zu wissen«, meldete sich ein Zweiter aus der Runde.

»Seids stad und trinkts euer Bier, zefix«, knurrte Steck. Falsche Antwort.

»Du tätst uns das Maul verbieten wollen, Steck? Mit großen Hunden bieseln wollen, aber den Hax ned heben können«, kam es vom Tisch.

»Jawoll! Was wahr ist, muss wahr bleiben.«

Sie hoben die Gläser. In Steck brodelte es, das war zu sehen. Der Mann erzitterte vor Wut. Der Spott hatte sich ihm zugewandt und ließ ihn nicht mehr aus den Klauen. Die Männer am Stammtisch setzten die Gläser ab. Ihr Gelächter erfüllte den Raum.

»Beim Wiesegger wär ich vorsichtig«, bemerkte einer Richtung Steck, »nicht dass dich sein Hund umlegt.«

»Es kommt der Tag, freu dich drauf«, blökte Steck.

»Regen bringt Segen, Saufen bringt Raufen«, kam es von einem der Alten, »grad wenn man keine Gaudi vertragen kann.« Versammelte Weisheit unter der Stammtischglocke.

Steck warf Ben einen finsteren Blick zu. Der quittierte ihn mit einem Nicken und wand sich zwischen den Tischreihen hindurch. Die Vorstellung war vorbei. Warum ließ er keinen Hut herumgehen? Gerauft hatte er mit Steck letztes Jahr schon, zweimal brauchte niemand. Warum gierte er danach, sich bei jeder Gelegenheit mit Ben anzulegen? Nur weil er einst bei Lissy mit seinen Heiratsavancen abgeblitzt war und nicht, wie sauber ausgeheckt, in der Pension Wiesegger dann den Zampano hatte spielen können? Phantasialand war abgebrannt. Oder war da mehr im Busch bei Schimmelpfennigs Laufbursche? Immerhin hatte er ihn früher als Spezl bezeichnen können. Bis zu jenem verhängnisvollen Moment auf dem Jubiläumsgrat. Aber warum sich am Steckerlfisch abarbeiten? Deppen gab es wie Schneeflocken im Winter.

»Kommen Sie zu uns, Wiesegger!«, rief ihm Vogel vom Tisch aus zu. »Hier spielt die Musi.«

Steck marschierte schnurstracks durch zum Nebenraum.

»Ich wüsste zu gern, was sich da tut«, meinte Vogel und warf Ben einen Blick zu. Der verstand die Aufforderung.

»*No way*«, sagte er und streckte die Hände von sich. »Das tu ich mir nicht an.« Seinen Sohn Steff erwähnte er wohlweislich nicht.

Vogel seufzte und erhob sich. »Das hab ich mir gedacht, ihr Memmen.«

Der Rest der Truppe sah ihm nach, bis er im Nebenzimmer verschwunden war. Christel, die Anzeigenakquisiteurin, kicherte.

»Die reden sich die Köpfe heiß, wegen deines Artikels.«

Ben war nicht zum Lachen. Erst heißreden, dann einschlagen?

Laura betrat den Hirschen in Begleitung von Veit und der Mayer, rechtzeitig, um mitzubekommen, wie der Chefredakteur des Garmischer Kuriers von zwei stämmigen Burschen untergehakt aus dem Nebenraum befördert wurde.

»Keine Presse!«, wurde ihm hinterhergebrüllt.

Veit grinste, Remmidemmi war sein zweiter Vorname. Zur Untermalung seines maladen Zustandes hatte er sich einen Wollschal dreimal um den Hals gewickelt und hustete kräftig zum Einstieg. Er folgte einem Kellner, der mit einem überladenen Tablett auf dem Weg zum Nebenzimmer war.

Der Wirt vom Wilden Hirschen ließ keine Hinterzimmer-Reservierung ohne Verzehrzwang zu, selbst wenn König Ludwig seine Auferstehung feiern würde. Ein paar Weißwürscht samt Brezn müsste er allerweil bestellen. Sein Credo: »Zeigts mir einen, der nur von Luft und Liebe leben kann, und es gibt Freibier.«

Laura konnte das nicht, sie setzte sich mit der Mayer in den hintersten Winkel und bestellte Kässpatzen samt einer Weinschorle. Sie griff nach den EarPods, verband sich mit Veit und hoffte, der hatte es im Griff, sein Smartphone unauffällig zu platzieren. Sie hatte die Absicht, bis zum Ende der Versammlung zu bleiben, um sich die Teilnehmer oder -innen anzuschauen. Die Mayer neben ihr musterte die Leute an den Tischen und wartete schweigend aufs Hirschragout.

»Sie kennen mich«, hob der Redner an.

Laura konnte seine Stimme nicht zuordnen.

»Sie kennen mich«, wiederholte er, und langsam wurde es still. »Seit sieben Jahren lebe ich im wunderschönen Garmisch-Partenkirchen, und ja, ich bin ein ›Zugroaster‹, wie man so schön sagt, und trotzdem liegt mir Garmisch am Herzen.«

Laura stellte fest, dass er es gewohnt war zu reden. Über das, was Herbie widerfahren war, die Gefahr für die Tiere, über den Fremdenverkehr und zuletzt über Tatkraft und dass man selbst handeln müsse und auf Politiker und Behörden nicht zu warten brauche. Immer wieder wurde seine Rede von zustimmendem Klopfen auf die Tischplatten unterbrochen. »Jawoll« und »Mach ma's selber!«.

»Worauf warten?« Schließlich sprach er von seiner Angetrauten, ihrer Liebe zu den aufgenommenen »Findeltieren«, als wären es Kinder. »Wir werden nicht tatenlos herumsitzen und zuschauen, wir lassen das Leben unserer Liebsten nicht von mörderischen Raubtieren bedrohen, meine Freunde! Wenn ich hier in die Runde schaue, sehe ich Männer mit Mumm in den Knochen! Wir reden nicht bloß, wir tun was! Ist es nicht so?« Wieder lautstarkes Klopfen und zustimmendes Gebrüll. »Der Mensch steht im Alpenraum an allererster Stelle!«

… wenn ihn keine Geröllawine abräumt, dachte Laura.

So was konnte nur ein ignoranter Volldepp herauskrakeelen, der keinen Schimmer davon hatte, dass die Leute hier im Einklang mit der Natur und deren Rhythmus schon seit jeher ihr Leben am besten gestalten konnten. Das klang nach diesem unsäglichen »Macht euch die Erde untertan«-Schmarrn.

Es schüttelte sie. Widerlich. Wer fiel heutzutage auf solch depperte Floskeln rein?

Jetzt ging ihr ein Licht auf, wer da vehement für Selbstjustiz gegen den Wolf plädierte. Herr Boderbeck. War das seine Chance, bei den Alteingesessenen zu punkten? So wie er Autorität ausstrahlte, war er gewohnt, Führung zu übernehmen, und konnte die Leut rhetorisch beim Wickel packen. Dass ihm die Viecherl seiner Frau etwas bedeuteten, war ihr neu. Allenfalls strebte er ein politisches Mandat an, oder er hatte sich gegrämt, so ohne Macht und Stimmgewalt in Garmisch zu hausen.

Ihr fielen schon Parteien ein, zu denen das aufgeplusterte Gegockel dieses narzisstischen Anachronisten gut passen würde. Gleicher unter Gleichen.

Die Stimmung war aufgeheizt, die Burschen schwadronierten sich in den Empörungsmodus. Frauenstimmen konnte sie keine identifizieren. Am Geräuschpegel merkte Laura, dass der Wirt für Befeuchtung der trockenen Kehlen sorgte.

»Lecko mio, was für ein Dampfplauderer«, hörte sie Veit murmeln.

Der nächste Mann, der seine Stimme erhob, ließ ihr das Blut in den Kopf schießen.

»Ich bin Veterinärmediziner, und ich kann Ihnen einen Einblick geben in das Verhalten dieses gefährlichen Wolfes. Vor allem, dass er sein mörderisches Verhalten nicht mehr ändern wird und ...«

Laura riss sich die Ohrstöpsel von den Ohren. Sie starrte einen Moment ins Leere. »Ich muss raus«, flüsterte sie der Mayer zu.

»Was ist los?«, wollte die wissen und erstarrte mit der Gabel vor dem Mund.

Laura fuhr hoch, und der Stuhl kippte polternd um. Sie griff sich ihre Jacke. Im Anziehen stieß sie ihr leeres Glas um. »'tschuldigung«, sagte sie in Richtung ihrer Begleiterin und hastete aus der Gaststätte.

Vor der Tür blieb sie stehen. Er war es! Sie versuchte, ihre wild umherspringenden Gedanken einzufangen und zu ordnen.

Ihr Ex-Mann war zurückgekehrt in ihr Leben. Er saß keine zwanzig Meter entfernt im Hinterzimmer und spuckte große Töne. Es gab keinen Grund, anzunehmen, dass er nicht wegen ihr in Garmisch war. Der Spanner im Garten, der Briefkasten! Er war dafür verantwortlich. Dass er sich Veterinärmediziner nannte, war ein Witz! Seine Approbation war Geschichte. Er war ein verurteilter Dealer von illegalen Medikamenten und Dopingmitteln für Pferde. Und sie hätte er beinahe mitgerissen ins Verderben!

Sie hatte geahnt, dass sie keine Ruhe vor ihm haben würde, als er letztes Jahr schon einmal überraschend aufgetaucht war. Was sollte sie anstellen? Ihn über den Haufen schießen? Sie ballte die Fäuste, während sie sich zu ihrem Auto schleppte. Ja, das war bestimmt in seinem Sinne. Panik sollte sie haben und Wut. Aber diesen Gefallen würde sie ihm nicht tun. Sie würde mit Klauen und Zähnen kämpfen, Garmisch war ihre Stadt, ihr Terrain.

Ben war versucht gewesen, Laura zu folgen, als sie so abrupt den Gastraum verlassen hatte. Was hatte sie dazu bewogen?

»Da hat es aber eine eilig«, kommentierte Vogel, »als hätt sie ein Gespenst gesehen.«

Nicht gesehen. Ben waren die EarPods nicht entgangen, die sie sich hektisch heruntergefummelt hatte. Er hatte keine Gelegenheit, darüber nachzudenken.

Aus dem Nebenzimmer kommend, strebte der Steckerlfisch in Begleitung eines älteren, wuchtigen Glatzkopfes in Tarnhosen der Toilette zu. Er giftete sie mit Blicken an.

Die Eingangstür des Hirschen wurde schwungvoll aufgerissen, und Schimmelpfennig I. erschien, zusammen mit dem bärtigen Taxler, den Ben wiedererkannte, und einigem entschlossen dreinschauenden Jungvolk. Ohne nach links und rechts zu sehen, marschierten sie durch die Gaststube. Ihr Ziel war das Hinterzimmer.

Steck stellte sich ihnen in den Weg. »Wo wollt ihr denn hin?«

»Mitreden, ist ein freies Land«, beschied ihm Schimmelpfennig I. »Geht's uns nicht alle was an?«

Der Trupp wollte sich an ihm vorbeidrängen.
»Ihr seid nicht eingeladen, ihr weichgespülte Deppen!«, meinte der Glatzkopf.
Lautstarker Tumult entstand. Ben und die Zeitungstruppe saßen in der ersten Reihe. Es fehlte Popcorn. Das Geplärr wurde intensiver. Vorspiel. Aufpumpen, Drohgebärden, geschwollene Halsadern – das volle Programm. Die Männer prallten aufeinander, starrten sich in die Augen, schubsten sich zurück. Ein stattlich-gewichtiger Mittfünfziger verlor das Gleichgewicht, krachte mit dem Rücken auf den Stammtisch und räumte die Gläser ab.
»Öha!«
»Ja, hundsverreck, spinn dich aus!«
Die Runde rückte die Stühle zurück, und der Liegende wurde mit Wander- und Gehstöcken samt begleitenden Beschimpfungen vom Tisch gestochert. Sie riefen nach Bewirtung. Aus dem Nebenraum quollen Burschen heraus und warfen sich ins Getümmel, ebenso ein muskulöser Kellner, der die Streithanseln trennen wollte. Sein »Herrschaften, jetzt ist Ende Gelände!« ging im Aufruhr unter.
Vogel reckte das Smartphone in die Höhe und filmte, was die Linse hergab. Die Keilerei war in vollem Gange, als eine Stimme durch den Raum tönte.
»Hört sofort auf mit dem Schmarrn, sonst müsst ihr bezahlen dafür!«
Schimmelpfennigs Bruder war aufgetaucht. Seine Stimme hatte offenbar Gewicht. Bezahlen in barer Münze? Einige der Männer ließen die zerrupften Krägen ihrer Kontrahenten aus den Fäusten gleiten und sahen in seine Richtung. Andere wandten sich der Garderobe zu und griffen stumm nach ihren Jacken.
Steck und der Taxler standen sich mit gerecktem Kinn gegenüber. Veit baute sich breitbeinig auf und legte ihnen die sehnigen Hände auf die Schultern.
»Lasst's gut sein für heut, Burschen.« Seine Stimme klang kratzig, die Haltung machte klar, dass Widerspruch ein Fehler sein könnte. »Oder machts das draußen aus.«

Die Versammlung löste sich auf. Weitere Beteiligte strömten aus dem Raum. Ben bemerkte Steff, der, ohne ihn eines Blickes zu würdigen, hinter seinem Großonkel vorüberschritt. Ins Gespräch mit einem hageren Mann vertieft, der mit seinem Bürstenschnitt an einen Army-Sergeanten erinnerte, kam auch der Pensionsgast in Bens Blickfeld, der ihn beim Putzen angesprochen hatte. Illustre Gesellschaft. Er war gespannt, was sie ausgekartelt hatten.

»Krasse Nummer!!! Boderbeck ging richtig ab«, las er auf dem Handydisplay, eine Nachricht von Steff.

Schimmelpfennig I. und sein Garmischer Naturbewahrer-Trupp verließen nach und nach den Gastraum. Der Bärtige wechselte heftige Worte mit seinem Bruder. Beide gestikulierten wild. Jetzt, wo Ben sie zum ersten Mal nebeneinander sah, fiel ihm die Ähnlichkeit auf. Fast konnte man sie für Zwillinge halten. Kain und Abel. Fragte sich nur, wer der Neidische war. Der Bauunternehmer schüttelte vehement den Kopf und warf Ben einen Blick zu. War das Belustigung? Schimmelpfennig II. wandte sich letztlich um und trollte sich, Steckerlfisch und Glatzkopf in seinem Schlepptau.

»Kann keiner behaupten, bei uns wär's nicht zünftig«, freute sich Vogel und rieb sich die Hände.

Ben fand es bedingt spaßig. Zwei unversöhnliche Lager waren aufeinandergeprallt, und er sah weit und breit niemanden, der zum Vermitteln bereitstünde.

Der Wolf war jedenfalls in Garmisch daheim, ob herumstrolchend im Wald oder im Hirnstüberl besorgter Leute. Und wer zum Teufel war dieser Boderbeck, den Steff erwähnt hatte? Ben hätte Vogel am Schlawitterl packen und beuteln können, so wie er da auf seinem breiten Hintern saß und feixte. Laura hatte recht gehabt, er hatte sich von ihm beschwatzen lassen mit der Wolfsstory.

Ja, großes Kino, Ben Wiesegger. Apropos Laura – er versuchte es mit drei Fragezeichen per Signal-App. Es kam keine Antwort.

Sie war machtlos. Zumindest fiel ihr nichts ein, außer zu einer Pumpgun zu greifen. Ihr Ex-Mann engagierte sich für die tapfere »Wolf-Squad«, oder war er Teil der verlogenen Ignorantentruppe, der Natur, Klima samt wissenschaftlichen Fakten in Wirklichkeit am Arsch vorbeigingen? Was fällt da ein Wolf ins Gewicht? Skeptisch war sie durchaus, ob Wolf und Mensch einen Weg fänden zusammenzuleben, aber sie hatte die Hoffnung, dass es gelingen könnte.

Umso wichtiger war es, dem Spuk ein Ende zu machen und Licht in die Umstände von Herbies Tod zu bringen. Sollte sie ihren Ex-Mann auf ihrem Grundstück ertappen, womöglich ginge das als Notwehr durch.

Eine Hoffnung. Sie war dem Todesfall aus purer Neugier nachgegangen, jetzt musste sie erkennen, dass es zu etwas Persönlichem geworden war, und sie wollte dabei nicht untergehen.

19

Es gab Momente, da erschien Nachdenken ungesund. Nicht über den eigenen Zustand, Kopf- und Gliederschmerzen, Übelkeit, ausgetrocknete Kehle, Sinn oder Unsinn – es drehte sich alles ums simple Funktionieren. Der frühe Sonntagmorgen war für Ben so ein Moment. Es war duster draußen, der Hahn schlief tief und fest, und ein rauer Ostwind zog um die Pension. In ein paar Minuten würde Laura aufschlagen. Er schlüpfte in die Trekkinghose und wunderte sich, dass die schwammige Visage, die ihn im Spiegel anstierte, ihm gehörte. Sein Veilchen hatte von Lila zu Braun-Gelb gewechselt. Lautlos schlich er die Stiegen hinab und schlüpfte in die Schuhe. Beppo zu seinen Füßen sah ihn fragend an, und er schüttelte den Kopf. »Nur für todesverachtende Yetis.«

Der Hund schien ihn zu verstehen und gähnte herzhaft.

Pünktlich auf die Minute erschien Laura. Sie sagte nichts außer »Guten Morgen«, als sie zusammen zu ihrem Auto stapften. Unter ihren Füßen knisterte der Raureif.

»Dir auch.«

Dass sie während der Fahrt schwieg, war ihm recht. Alles andere hätte ihn überfordert. Sie hielt beim Eisstadion, was Ben beruhigte. Laura hatte wohl vor, über den Hausberg zur Kochelbergalm zu wandern. Darauf konnte er sich einstellen. Ein gemütlicher Weg entlang verschneiter Almwiesen, kein Hochleistungssport.

Als sie das Hotel Hausberg passiert hatten, war es Zeit, die Schneeschuhe anzuschnallen. Es ging mäßig, aber stetig bergauf. Ben musste sich ans breitbeinige Gehen erst gewöhnen. Nix mit Schultern-hängen-Lassen und Dahinschlappen. Storchenmäßig schritt er daher. Zum Glück war es nicht steil genug, um den Entenschritt auszupacken. Ein Vogel am Tag reichte ihm.

Die Sonne zeigte sich strahlend und Bens Laune mit ihr. Sie liefen nebeneinanderher, und Laura riss ab und an die Arme mit einem lauten Seufzer in die Höhe. In der Ferne sah er ein Reh am Waldrand äsen und hielt kurz inne. Alle dunklen Gedanken verblassten, er fühlte sich eins mit der Natur, hell und rein wie der Rauschgoldengel, der immer zu Weihnachten auf der Bettwäschekommode der Mutter thronte. Seine Unruhe war entfleucht, in der Sonne geschmolzen, da Laura seinen gestrigen Glücksbrownie-Ausrutscher nicht kommentierte. Ohne zu sprechen, ging es dahin, bis Laura stehen blieb und sich zu ihm drehte.

»Mein Ex ist wieder da.« Sie schüttete ihm den Satz Eiswürfeln gleich über den Schädel, und sein inneres Naturerleben gefror augenblicklich.

»Sag bloß.«

»Gestern war er auf der Versammlung im Hirschen.«

Ben riss die Augen auf. »Ach zefix, jetzt weiß ich wieder ...«

»Hast du ihn gesehen?« Laura starrte ihm ins Gesicht. Blass erschien sie ihm, mit bläulichen Schatten unter den Augen. Das war nicht die Laura, die vor Vitalität strotzte.

»Ich hab gewusst, der kommt mir doch bekannt vor. Ich ... ich glaub, der ist Gast bei uns«, sagte Ben.

»Was? Schmeiß ihn sofort raus!«

»Da stand ein windiger Stenz auf dem Gang, der kam mir bekannt vor – gestern beim Wilden Hirschen war er es auch. Aber die Reservierungen macht Lissy. Jetzt weiß ich wieder, wo ich dem begegnet bin: bei dir im Garten letztes Jahr.«

»Du schmeißt den sofort raus, hörst du?«

»Wie stellst du dir das vor? Wie soll ich das Lissy erklären? Den Ex von der Laura mag ich nicht, raus mit dem? Das ist ein zahlender Gast wie jeder andere.«

Laura legte die Stirn in Falten. »Vielleicht gar nicht so blöd. Du könntest ja rauskriegen, was er vorhat.«

»Ich soll ihn für dich ausspionieren? Warum mietet der sich bei uns ein? Der könnte doch mitbekommen haben, dass wir uns kennen?«

»Wahrscheinlich gerade deshalb. Für den ist das ein makabres Spiel.«

»Aber ich bin der mit Verfolgungswahn – schon klar.«
»Du bist gaga unterwegs, und ich mach mir berechtigt Gedanken. Du kennst den Unterschied zwischen Werwolf und Wolf? Der eine ist nur eine Mär –«
»Ach ja? Der andere in Garmisch doch auch, falls du recht hast.«
»Da geht's nicht ums Rechthaben, sondern um klaren Verstand.« Laura klopfte sich mit dem Finger an die Stirn. »Um Logik, *capisci*?«
»Und warum hätte dein Ex-Kasperl Grund, dich zu stalken? Euer Trouble ist ja eine Weile her.«
»Krankhafter Narzissmus? Machtausübung? Schon mal gehört? Er wird es nie auf sich sitzen lassen, dass ich es geschafft hab, wieder Licht zu sehen, ganz ohne ihn, und er im Dreck stecken geblieben ist. Und er gibt mir an allem und jedem die Schuld. Noch Fragen?«
»Paranoia, Narzissmus. Lehrt man das in der Tierheilkunde?«
»Das Leben dich lehrt, mein junger Padawan.«
»Ach, ist das so?«

Sie setzten ihren Weg fort. Die Sonne verschwand hinter dunklen Wolken wie Bens Laune. Schimmelpfennig, das Sägewerk, Lauras Ex, Judiths Vater, er verlor den Durchblick. Was erwartete alle Welt von ihm?
»Das mit der Paranoia nehm ich zurück«, meinte Laura neben ihm ausschreitend.
»*Muchas gracias.*«
»Weißt du, warum?«
»Weil ich mit allem recht habe?«
»Nein, aber kommt's dir nicht seltsam vor, dass Schimmelpfennig I. dir von Angermayers Holzschmu erzählt, und rein zufällig haut dich ein Kollega von dessen Sägewerk an?«
»Na, ein alter Mitschüler halt.« Ben runzelte die Stirn. »Scheiße, du könntest recht haben! Oder paranoid sein.«
Laura schwieg.

»Ich werde mich mit ihm treffen«, beschloss Ben. »Und ich merke schon, falls er mich aushorchen will, ob ich Informationen habe, von Herbie oder so.«
Mehr als ein »Hm« war das Laura nicht wert.
»Was ›hm‹?«
»Falls er wirklich auf dich angesetzt wurde, wie kriegst du was über das Sägewerk aus ihm raus?«
»Das lass meine Sorge sein. Schorsch ist nicht die hellste Kerze auf der Torte.«
»Glaubst du, Angermayer hat den Laptop?«
»Der oder Schimmelpfennig II. sind meine Favoriten. Wer sonst?«
»Wann triffst du dich mit deinem Schorsch?«
»Wenn's klappt, hoffentlich heut Abend bei Luigi. Ich ruf ihn nachher an.«
»Und die Bagage im Hirschen gestern?«
»Hast du gelauscht?«
»Nicht bis zum Schluss.«
Ben berichtete ihr, dass Steff ihn auf dem Laufenden gehalten hatte. Sie bezweckten, ihr nächstes Treffen digital abzuhalten, und am Sonntag würde vermutlich keine Aktion starten. Ein angeblicher Tierarzt, wohl ihr Ex-Mann, ein gewisser Boderbeck und der Steckerlfisch hätten sich hervorgetan, die anderen hätte er nur vom Sehen gekannt. Jäger seien darunter gewesen und besorgte Tierzüchter, den Argumenten nach.
»Eine Zoom-Konferenz? Ernsthaft? Wir haben also a bisserl Aufschub, vielleicht gibt's bis dahin Untersuchungsergebnisse. Ich werde Sandra fragen, ob es was Neues gibt.«
»Ihr scheint ja einen guten Draht zu haben.«
»Wie du zu deiner Judith. In dem Zustand, wie du gestern von ihr gekommen bist.«
Sie schritten eine Anhöhe hinauf, und Ben musste durchschnaufen, bevor er wieder Sätze hervorbrachte.
»Die Judith Katzbichler und du, ihr seid so Schwestern im Geiste«, bemerkte er.
»Schwestern? Wie meinst du des?«

»Ihr tuts, was euch grad einfällt, und machts euch keinen Kopf.«
»Denkst du, ja? Wegen Sex, oder was schwebt dir da vor? Den Schmarrn kannst du dir sparen.«
»So war's nicht gemeint, eher positiv.«
»Das ist Bullshit, oder wär's da für dich erwähnenswert, wenn ich ein Mann wäre? Dass er sein Dasein so einrichtet, wie es für ihn grad passt? Frag dich das mal!«
Ben erhöhte schweigend das Tempo. Arg dünnes Eis.
»Hättest du mehr von der Katzbichler gewollt?«, erkundigte sich Laura nach einer Weile.
»Nein«, sagte er hastig. Zu hastig. »Na ja, wenn Sie das gewollt hätt, wär es möglicherweise schon dazu gekommen«, schob er zögerlich nach.
»Ach herrjemine, der willenlose Ben.« Sie lachte auf. »Möglicherweise nur aufgeschoben, oder? Vielleicht wenn du das gescheit wollen würdest, so im Konjunktiv bedacht?«, fragte sie und zwinkerte ihm zu.
Er brummte etwas Unverständliches. Für sie hörte es sich wie »Wenn du das meinst« an.
»Manchmal glaub ich, du denkst, mit den Menschen ist es genauso wie bei deinen Viechern«, sagte er nach einer zweiminütigen Gedankenpause.
»Ach, ist es nicht?«, bekam er samt Augenaufschlag serviert. »Erzähl doch mal.«
Sie grinsten sich an. Er unterdrückte den Impuls, Laura bei der Hand zu fassen, einfach so. Ohne Stöcke hätte er es getan. Im Konjunktiv. Aber er benötigte ohnehin volle Konzentration, um voranzukommen, ohne über die Haxn zu stolpern. Leichtfüßig schnürte Laura vor ihm durch den Schnee, *fox style*. Was bei ihr fließend und elegant aussah, erinnerte bei Ben an zähen Kampf mit den Mächten der Natur, à la Robert Scott.

Warum er sich dazu nicht öfter aufraffen konnte, dachte er sich, als sie sich voneinander verabschiedeten. Die Arbeit in der Pension oder der Redaktion war keine Entschuldigung. Es war nix als der innere Schweinehund. Vielleicht hatte der jetzt mit Beppo einen äußeren Gegenspieler, der ihn im Nacken packte. Laura hatte hoffentlich recht mit dem Hund.

Ben war nass geschwitzt, aber zufrieden. Die schneebedeckten Wiesen, die Stille, die sich ausbreitete, wenn nur das Knirschen ihrer Schritte zu hören war, er fühlte trotz seiner Erschöpfung, wie der Wind die schwarzen Wolken um sein Hirn zerblasen hatte. Sie hatten es sogar bis zum Riessersee und der Aule-Alm gepackt. Und er hatte weder gemurrt noch geklagt, höchstens gekeucht und gedampft wie eine historische Lokomotive. Es hatte sich so friedlich angefühlt.

Zeit für einen Snack.

In der Küche stand neben Frau Lamprecht ein blonder Halbwüchsiger und schnitt eifrig Karotten.

»Wer ist das?«, wollte Ben wissen und glotzte den Burschen an. »Das ist doch Kinderarbeit.«

»Schmarrn, des ist keine Arbeit«, beschied ihm Frau Lamprecht. »Ich hab anders schuften müssen als Madl. Das ist Dimitri, der hilft mir a bisserl.«

Der Junge hielt mit Schneiden inne und musterte Ben mit ernstem Blick.

»Servus, Dimitri«, sagte Ben.

»Ja, der wohnt bei mir, mit seiner Mutter und seinen vier Geschwistern. Soll ich Ihnen was erzählen?« Sie deutete mit dem Schneidemesser auf ihn.

»Unbedingt«, sagte Ben und ließ die silbrig glänzende Spitze nicht aus den Augen.

»Mein Großvater war Kommunist«, fuhr sie fort. »Zwei volle Jahre hat er sich vor der Gestapo in einem windigen Stadel versteckt, und die Leut im Ort haben ihn heimlich durchgefüttert. So was vergisst man nicht. Die, wo jetzt die Augen zukneifen vor all dem Elend und Geifer verspritzen, leben Gott sei Dank nicht ewiglich. Und wenn der Herrgott ihnen das Kerzerl ausbläst, was bleibt von denen?« Sie griff in den Anus eines Hähnchens und zog den Beutel mit den Innereien heraus. »Nix als ein Scheißhäuferl, und wer gedenkt einer solchen Bagage?

Niemand, die sind schon vergessen, gleich wenn sie umfallen.«
Sie riss den Beutel auf. »So, und jetzt 'naus aus der Kuchl! Der Dimitri wird Ihnen eine Brotzeit herrichten, für ein Trinkgeld, versteht sich, und der Hund«, sie deutete auf die Innereien, »bekommt seinen Teil.«

Ben sah Beppo nach, der stracks durch die offene Küchentür galoppierte. Frau Lamprecht hatte Ben Respekt eingeflößt. So konnte man sich in einem Menschen täuschen – wenn man ihn nur beim Gemüseschnippeln wahrnahm. Er beschloss, bei Gelegenheit mehr über die Geschichte um Großvater Lamprecht zu recherchieren. Es klang nach einer anständigen Story.

»Mit ordentlich Bergkas bitt schön«, sagte er zu Dimitri.

Der Junge nickte schweigend. Minuten später saß Ben in der Stube, kaute am käsestrotzenden Schwarzbrot und sah Beppo zu, der leise winselnd am Napf schnupperte. Frau Lamprecht sah in ihm wohl das Hausschweinderl.

20

Nach einer kurzen Dusche machte er sich auf den Weg zu Judith. Pünktlich parkte er den Wagen vor ihrem Haus. Er war gerade ausgestiegen, da kam sie ihm entgegen. Sie trug einen langen zotteligen Mantel, in dem sie wirkte wie ein Yak auf zwei Beinen.

»Auf geht's«, meinte sie, ging auf ihn zu, und ehe er sich versah, wurde er gedrückt und geherzt. Er badete in Patschuli. Der Volksmund sagt ja: »Im Krankenhaus werden die Leut krank«, und für Judiths Vater standen die Zeichen nicht allzu gut. Ben erfuhr von ihr, dass sie sich da keinen Illusionen hingab. Ihr Vater baute rapide ab. Ben überkam ein schlechtes Gewissen, allein daran zu denken, dass es die letzte Chance war, etwas Neues über den Unglückstag von ihm zu erfahren, falls in seinem Oberstübchen ein Kerzerl brannte.

Im Klinikum war er zuletzt gewesen, als sie seiner Mutter ein Ersatzteil für ihre Hüfte einmontiert hatten. Diesmal war die Urologie ihr Ziel. Er folgte Judith durch Gänge und in die Aufzüge, ohne sich die Mühe zu machen, sich zu orientieren. Sie wusste den Weg, das genügte.

Der Alte saß aufrecht im Bett. Aus dem Radio verkündete ein munterer Sprecher etwas über zwei in Bayern gesichtete Bären. Vom Bettnachbarn des Alten sahen sie nur graue Haarbüschel, die unter der Bettdecke hervorlugten, und diverse Schläuche, die zu Infusionsflaschen und Messgeräten führten.

»Servus, Papa«, meinte Judith, und Ben ließ ein »Grüß Gott« folgen. Sie zogen sich folierte Stühle heran und setzten sich ans Bett. Die Konversation verlief schleppend. Wie es ihm gehe und ob er gut geschlafen habe und was mit den Schmerzen sei. Mal reagierte der Alte auf die Fragen, mal ließ er bloß ein »Mei oh mei, es is a Kreuz« vom Stapel. Es dauerte, bis sie bei der Zugspitzbahn angelangt waren. Judith hatte Fotos mitgebracht, die sie ihm zeigte. Ben zückte sein Handy und aktivierte die

Aufnahmefunktion. Er erfuhr etwas über diverse Kollegen, die schon das Zeitliche gesegnet hatten. Seine Ungeduld wuchs.
»Es ist ja auch einiges passiert auf der Zugspitze«, warf er ein.
»Schon«, sagte der Alte. »Am Höllentalferner sind sie abgestürzt und am Jubiläumsgrat, traurige Sach. Mit dem Berg ist nicht zu spaßen, wenn das Wetter nicht mittun will. Fröhlich 'naufgefahren sind sie alle.«
»Ich bin auch oft rauf«, sagte Ben, »mit meinen Spezln, zu viert sind wir meistens gewesen.«
Der Alte nickte und starrte ins Leere.
»Einmal waren wir bloß zu zweit, und der andere ist abgestürzt, der war tot.«
Der Kopf des Alten ruckte herum, und er sah ihm in die Augen. »Wer bist denn du?«
»Wiesegger Benjamin.«
»Ah, das – jo freilich.«
Judith sah Ben überrascht an.
Ihr Vater kratzte sich am Kinn. »Ihr seid ja immer vier sonst gewesen«, sagte er. »Da hab ich mich gewundert und gefragt, wo sind denn eure Spezln heut, und einer von euch hat gesagt, die täten schwächeln.«
»Einer hat verschlafen, der andere hat sich beim Fußballspielen verletzt«, sagte Ben.
»Davon weiß ich nix. Na, na. Es ist ja noch einer nachgekommen, der wissen wollt, ob ich euch gesehen hab und wie lang das her ist. Ganz aufgeregt war der, das weiß ich noch. Das war ein schöner Tag, sonnig war's. Ist es heut auch sonnig? So ein Mordstrara, wie wir das dann gehört haben. Da war was los. Mei oh mei, wieder so ein junger Bursch!«
»Und der, der gefragt hat nach uns, ist auch raufgefahren mit der Gondel?«
»Freilich, das muss so gewesen sein, alle fahren sie gern 'nauf. Da fehlt sich nix. Die fährt und fährt. Ich hab einen trockenen Hals.«
Judith drückte ihm eine Schnabeltasse in die Hand. Er trank

einen Schluck, dann schloss er die Augen. Sein Atem wurde ruhig und regelmäßig. Judith schwieg, aber Ben merkte, dass ihre Augen auf ihm ruhten.

»Lassen wir ihn schlafen«, sagte sie. Sie standen auf und schlichen nach draußen.

»Du hast mich angelogen«, meinte sie vor der Tür und klang dabei nicht wütend. »Es ging dir um einen Unfall, bei dem du dabei warst.«

Ben nickte. »Eine Geschichte, die ich nicht vergessen kann.«
»Manchmal muss man die Dinge hinter sich lassen.«
»Nicht so leicht, wenn das die anderen nicht wollen.«
»Und hat er dir helfen können, der Vater?«
»Ich glaub schon.«
»Gut.«

Sie schlenderten zum Ausgang. Jemand hatte sich damals nach ihm und Toni erkundigt und war nach ihnen zum Zugspitzgipfel gefahren. Ben konnte sich niemand anders vorstellen als Steck. Der hatte später angegeben, verschlafen zu haben an jenem Morgen. Mutmaßlich war er ihnen nachgestiegen, um sie einzuholen. Konnte er den Absturz gesehen haben? Er würde es Ben sicher nicht erzählen – er hatte ja bisher geschwiegen, warum auch immer, und von Waterboarding verstand Ben nichts. Wenn der Alte das Herbie erzählt hatte, ergab die Karte Sinn. Er hatte die zeitlichen Abläufe errechnen wollen. Was hatte der Journalist noch in Erfahrung gebracht? Hatte er den Steckerlfisch damit konfrontiert?

Ben zitterte, und das war nicht die plötzliche Kälte, die ihn vor dem Krankenhaus packte. Hektisch und unkonzentriert prügelte er den Passat durch die Garmischer Straßen, sodass seine Beifahrerin sich am Sitz festklammerte. Vor ihrem Häuschen setzte er sie ab und versprach ihr, sich bald wieder zu melden. Wenn er »nicht mehr von seinen Geistern getrieben wurde«, wie sie sich ausdrückte. Ja, wenn …

Laura hatte sich durch Berichte zum bayrischen Wolfsmonitoring, zu Fotofallen, Interviews der Forstverwaltung, Schutzmaßnahmen und gerissenen Viechern im Umkreis gekämpft. Mal da, mal dort in bayrischen Wäldern tauchten Wölfe auf, sie waren schon gesehen worden im Ammerland, Rudel wurden an diversen Orten registriert, es war eine Frage der Zeit. Die einen begrüßten die erfolgreiche Ansiedlung, die anderen beschworen eine Gefahr herauf, als wären die Orks aus Mordor auf Beutezug.

Veit hatte ihr noch mal die Anwesenden im Nebenzimmer vom Wilden Hirschen beschrieben, falls es keine Bekannten waren, und sie hatte versucht, sich deren Lebensumstände vor Augen zu führen. Sie beschloss, mit dem ein oder anderen zu plaudern, den sie von ihrer Arbeit her kannte. Ja, sie verstand die Sorgen der Tierhalter. Es war zu billig zu sagen, der Wolf ist nun mal da, findet euch damit ab. Manchem kam es zupass, wenn er jetzt als menschenfressende Bestie verunglimpft wurde, vor der man Witwen und Waisen beschützen musste. Sie war gewillt, mit diesem Märchen aufzuräumen, bevor der Tanz losging. Veit hatte gemeint, lange würden die Männer sich nicht mehr gedulden. Boderbecks Rolle war ihr nicht klar, er fühlte sich zum Anführer berufen und qualifiziert, und was ihren Ex anging, im Unfrieden- und Chaosstiften war er Spezialist. Das hatte er schon in ihrer Ehe beherrscht. Umso mehr ein Grund, dass sich der Wolfsschmarrn in Luft auflösen sollte und Herbies Mörder gefasst wurde.

Sie rief Ben an, um ihn zu fragen, ob er über ihren Ex-Mann etwas in Erfahrung gebracht hatte. Sein »Ich werd mich kümmern« hörte sich halbherzig an.

»Aha, die Schmerlingerin, komm rein.« Kreuzeder machte die Tür frei und schlappte in seinen Filzpantoffeln vor ihr in die Stube. Pfeifenqualm stand im rustikal möblierten Raum wie Morgennebel über den Almwiesen. Ein Blick zur Decke zeigte Laura, dass der Rauchmelder abmontiert war. Der Alte setzte sich aufs Sofa und deutete stumm auf einen durchgesessenen Ohrensessel.

»Warst du gestern bei der Versammlung im Hirschen?«, wollte sie von ihm wissen.

Er schüttelte den Kopf. Dass sie ihn eingeladen hätten, erzählte er, und dass er zu alt sei, sich den Kopf heißzureden. Schlecht für den Blutdruck. Das sollten die Jungen tun.
»Bei einer Wolfshatz wär ich nicht dabei, wenn du das wissen wolltest«, meinte er und sog am Mundstück der Pfeife. »Ich tät's aber nicht verhindern wollen.« Er sah sie aus zusammengekniffenen Augen an. »Wer will's ihnen verübeln? Du?«
»Auf dich würden sie hören.«
Er winkte ab. »Wer wie ein Jochgeier plärrt, auf den wird heutzutage gehört, nicht auf einen alten Deppen wie mich.«
»Ich glaub, du hättest gern, dass die Wölfe gejagt würden.«
»Ein Wolf gehört nicht hierher, Punktum«, sagte er und klopfte heftig die Pfeife aus. »Weißt du, das ist wie mit diesem mörderischen Viech in Trentino, was das für ein Gewese war. Schießen, ja, nein, hin und her, vor und zurück, wie beim Schäfflertanz. Ich sag: kurzer Prozess.«
»Das war aber ein Bär, Kreuzeder, Wölfe fallen keine Menschen an!«
»Des behauptest du immer«, brummte er und schmunzelte.
»Besser ist es, wenn sie weg sind, dann brauchen wir uns keinen Kopf mehr drum machen, ob's stimmt oder nicht.«
Die Türglocke schellte. Auf seinen Stock gestützt, erhob sich Kreuzeder und schlappte in den Flur.
»Ich hab dich im Fernsehen gesehen!«, hörte Laura Poschinger plärren. Klassischer Jochgeier. »Von wegen, die Leut nicht verrückt machen.«
»Zieh deine dreckerten Schuhe aus, wenn du reinkommen willst«, bekam er zur Antwort. »Die Schmerlingerin ist da, jetzt brauchen wir einen Vierten, dann können wir Schafkopf tun.«
»Du bist der Schafkopf!«, knurrte Poschinger.
Nach Lauras Dafürhalten hatte der Hauptkommissar nicht unrecht.

21

Ben schlich über den Flur. Er hatte herausgefunden, welches Zimmer Lauras Ex bewohnte. Der Kerl war unterwegs. Den Schlüssel nehmen und reinschauen, alles schien easy. Er zögerte. Falls Lissy oder die Mutter ihn dabei erwischten, hätte er viel zu erklären – oder nichts. Nach was sollte er überhaupt suchen? Er nahm sich einen Stapel Handtücher aus dem Schrank und holte den Zweitschlüssel aus dem Kästchen. Jetzt gab es kein Zurück. Das Bett war gemacht, ansonsten lagen überall verstreut Klamotten herum. Wer zum Geier trug violett karierte Socken? Hinter der Tür stand ein Hartschalen-Rollkoffer. Er klappte ihn auf und fuhr mit den Fingern unter die Wäsche. Prospekte von Garmisch in einer Seitentasche. Ein Blatt mit dem ausgedruckten Artikel von Ben über den Garmischer Wolfsangriff. Einige Zeilen waren mit einem Marker angestrichen, am Rand Uhrzeiten notiert, Abfahrtszeiten der Bahn. Er fand ein Tablet und schaltete es ein. Gott sei Dank, kein Kennwortschutz. Er suchte nach der Galerie. Bilder von Lauras Haus, von Ben mit Laura an der Gartentür, Laura, wie sie in schwarzer Unterwäsche am Fenster stand, Kaffeetasse in der Hand, und wie sie vor der Haustür einen ihm unbekannten Mann küsste. Sie hatte eine Hand in dessen Nacken gelegt, die andere war in seinen Mantelkragen verkrallt. Den Burschen kannte er nicht, deutlich jünger als Ben, groß, hohlwangig, in engen Hosen und Pork-Pie-Filzhut.

Ben wischte mit kräftiger Bewegung das Foto weiter, es hinterließ einen leicht bitteren Geschmack auf seiner Zunge. Ihr Ex hatte Laura hinterherspioniert – um was zu tun? Ben legte das Tablet zurück. In einer Seitentasche ertastete er einen Lappen, in den ein schwerer Gegenstand gehüllt war. Er nahm das Päckchen heraus, legte es auf einen Stuhl. Er griff sich die Enden des Lumpen und schlug sie zurück. Na sauber! Silbrig, ölglänzend, tückisch und gefährlich lag sie vor ihm. Eine Pistole. Sie schien echt, sofern Ben das mit einem Blick beurteilen konnte. Er vermied es, sie zu berühren, und schob das Lumpenpaket wieder in den Koffer.

Draußen auf dem Gang waren Geräusche zu vernehmen. Ein Schlüssel wurde ins Schloss geschoben. Kruzifix! Das durfte nicht wahr sein. Er warf einen hektischen Blick durch den Raum. Im Schrank verstecken? Das Blut rauschte durch seinen Schädel. Er fiel in Schreckstarre wie ein Karnickel vor dem Fuchs, stand nur da wie aus Holz geschnitzt. Zu spät, um zu handeln!

Lissys Stimme erklang. »Haben Sie kurz Zeit, Herr Eiberger? Beim Anmeldeformular konnte ich was nicht entziffern, ich muss die Daten ja bereithalten, Sie verstehen?«

Der Schlüssel wurde aus dem Schloss gezogen.

»Natürlich«, hörte er den Mann antworten.

Ja, verzieh dich! Die Stiegen knarzten. Mit einem Sprung war er bei der Tür, öffnete sie einen Spalt weit und spähte ins Rund. Niemand. Er schob sich auf den Gang, blickte um sich, wie ein Dieb im Stummfilm, und sperrte das Zimmer ab. Er schaffte ein paar Schritte über den Flur, da tauchte die Gestalt von Eiberger auf der Treppe auf. Kurz nickte der Mann ihm zu, dann verschwand er in seinem Zimmer. Die Tür wurde abgesperrt.

Ben stieg die Treppe zur Stube hinab. Lissy stand mit verschränkten Armen im Türrahmen. Ihre Augen blitzten ihn wütend an. »Bist du völlig deppert, oder was?«

Er entgegnete nichts.

»Meinst du, ich bekomm nicht mit, dass du den Schlüssel aus dem Kasterl genommen hast? Was wolltest du in seinem Zimmer?«

»Das ist der Ex von Laura.«

»Aha, schön – und das gibt dir welches Recht genau?«

»Das ist ein Drecksack.«

»Und du spielst die Heldenrolle in dem Stück?«

»Ich glaub, von dem haben wir was Übles zu erwarten.«

»Sei froh, lob und preis den Herrgott, dass ich zufällig da war.«

»Dank schön.«
»Schon gut. Hab es für die Pension gemacht, nicht für meinen hirnlosen Bruder.« Sie streckte die Hand aus. »Schlüssel.«
Er reichte ihn ihr mit schiefem Lächeln.
»Falls dir wieder so eine depperte Aktion einschießt, red vorher mit mir.«
Das klang versöhnlich. Er nickte.
Was sollte er Laura sagen? War der Typ eine Gefahr? Auf Bens Fingern lag ein Ölfilm vom Lumpen. Der saubere Herr Eiberger schien sie bestens zu pflegen, seine Knarre.

Poschinger hatte Kreuzeder offensichtlich einen Vortrag halten wollen, war aber an der Seelenruhe des Alten abgeprallt. Er ließ verlauten, dass sie morgen mit Ergebnissen des Amts für Umweltschutz zu rechnen hatten und die Autopsie abgeschlossen sei.

»Nur ein verdammter Tag!«, meint er flehend. »Die Leut sollen nur einen Tag die Füße stillhalten. Wir tun eh, was wir können.«

Das war in Lauras Sinne gewesen. Sie hätte dem Hauptkommissar klarmachen können, dass es nicht mehr allein um den Tod von Herbie Schranz ging, sondern um die allgemeine Wut auf unfähiges Behördentum und den befürchteten »Wolfsbefall« im Werdenfelser Land. Aber gegen Meinung und Bauchgefühl waren Fakten so wirksam wie ein mahnender Zeigefinger gegen ein scharfes Gebiss. Schnapp und weg. Laura hatte geschwiegen, Kreuzeder nur seine Pfeife gepafft und sich einen Kräuterschnaps eingeschenkt. Was er dachte, hatte er für sich behalten.

Laura hatte die beiden Männer allein gelassen und war zu ihrer nächsten Station in Farchant gefahren.

Den Jungbauern traf sie an, als er aus dem Stall kam. Der Schuster Sepp wischte sich die Hand an der Arbeitshose ab und streckte sie ihr mit zögerlichem Lächeln entgegen.

»Hab ich einen Termin verschmissen?«, wollte er wissen.

Laura griff zu und schüttelte ihm kräftig die Pfote. »Na«, meinte sie, »ich wollt mit dir reden.«

»Reden, aha. Über meine Tiere?«

»Über Tiere. Du warst gestern bei der Versammlung im Wilden Hirschen.«

Er verzog das Gesicht. Ein schmerzliches Thema. Er hatte sich ein ähnliches Veilchen wie Ben eingefangen. Der Wolf forderte seine Opfer. Sie blieb hartnäckig.

»Gerade du müsstest das doch verstehen«, brach es aus ihm heraus. »So kann's nicht weitergehen.«

»Weißt du schon, oder?«, sagte sie. »Das ist wie auf dem Parkplatz. Wenn du wegfährst, stellt sich der Nächste in die Parklücke. So machen es die Wölfe auch. Wenn ein Revier frei wird, wird's neu besetzt.«

»Geh, Schmarrn.« Er winkte ab. »Es muss was passieren! Wenn der selbst vor Menschen nicht haltmacht. Der hat bei uns nix zu suchen!«

»Kein Wolf hat einen Menschen angefallen«, sagte sie. »Das ist nur Geschwätz. Wenn du schlau bist, machst du bei so einem Blödsinn nicht mit.«

»Mhm.« Er nickte, man sah ihm die Zweifel an.

»Hör zu, Sepp.« Sie legte ihm die Hand auf die Schulter. »Es gibt nicht nur Schreihälse, denen man hinterherdackeln muss. Es gibt Leut, die machen sich einen Kopf, wie Mensch und Viech auskommen können. Jedes Nutztier, das ein Wolf reißt, ist eines zu viel, und der Schaden muss freilich ersetzt werden. Zefix, aber ihr Bauern schimpft über Wildsäue und Wölfe, die Fischer über Kormorane und Gänsesäger, die Förster, dass die Rehe und Hirsche die Triebe zamfressen. Vom Braunbären, Waschbären, Otter und Biber red ich lieber gar nicht. Nix als Schadtiere um uns rum. Oiso weg mit dem Gelump. Denkst du so über die Natur? Ich nicht.«

»Hm«, kam Schusters brummige Antwort. Er seufzte auf.

»Und so wie ich dich kenn, du auch nicht«, fuhr Laura fort, sie spürte, wie ihr Schädel sich erhitzte. »Wie geht's eigentlich deinen Igeln, die du in der Scheune über den Winter bringst?«

Der Bauer nickte, und ein Lächeln erschien in seinem Gesicht. »Meinen zwölf Aposteln? Denen geht's gut, nur der Paulus sollte mehr auf die Waage bringen.« Er kratzte sich am Kopf. »Was du so sagst, ergibt schon Sinn für mich, aber wenn man den anderen zuhört, ist es genauso einleuchtend, verstehst du mich? Wie bei den Politikern, und am End ist alles durcheinander und verquer. Ich denk drüber nach, was ich mach.«

»Bitt schön«, fuhr Laura in ihrem Plädoyer fort, »falls sie losmarschieren, tu es mir und dir zuliebe und bleib halt einfach daheim.«

Sie hatte keine Ahnung, ob sie irgendetwas beim Schuster Sepp erreicht hatte. Sie wusste nur, dass sie nicht rumsitzen und die Hände in den Schoß legen konnte. Laura war leidenschaftliche Tierärztin, sie konnte die Sorgenfalten der Bauern nachvollziehen, wenn sie die Tiere auf die Almen trieben. Das war weiß Gott keine Gaudiveranstaltung. Aber da gab es eine andere Laura, in der Wut auf die Großkopferten hochkochte, auf deren martialisches Getue die Leute wieder und wieder hereinfielen. Was halfen den Almbauern markige Sprüche? Weniger als nix. Und ja, der böse Wolf fraß das Lämmchen, aber hierzulande durftest du fast allem, was Fell oder Federn trug, mit Bleikugeln oder dem eisernen Krawattl den Garaus machen. Und wie viele Viecherl schleppten sich nach der Drückjagd waidwund durch den Wald?

Nein, Laura hatte wenig einzuwenden gegen die Jagd durch ausgewiesene Könner, sie war nur angewidert von jener Spezies, die Tiere zusammenschoss wie Plastikrosen auf dem Jahrmarkt. Ja, Mordsgaudi. Der Luchs hatte dafür schon bezahlen müssen.

Sie brauchte ein paar Minuten, in denen sie auf dem Fahrersitz des Subaru verharrte, bis sie die Contenance wiedergefunden hatte.

Ihre Privatpolizistin Sandra rief an. Die klang auch nicht nach Frohsinn.

Morgens um sechs hatte sie sich, ohne Poschingers Wissen, am Hambacher Parkplatz eingefunden, zwei Stunden ausgeharrt, aber ein grün bemantelter Kasperl mit Schäferhund sei nicht aufgetaucht. Überhaupt sei der Platz um diese Zeit weitgehend unbeseelt gewesen und vor allem »arschkalt«. Ihre Ausbeute: Ein hinkender Bernhardiner, dreimal Dackel, ein Schnauzer, der ihre Schnürsenkel abkauen wollte, und ein Pekinese, der aus einer Kraxe lugte, keiner der Hundebesitzer kam regelmäßig oder wusste irgendetwas. So viel zu Lauras glorreicher Theorie.

Die Polizistin hörte sich erschöpft und angefressen an. Laura mutmaßte, dass der Gesuchte nur an Werktagen unterwegs war. Bevor er zur Arbeit aufbrach? Oder er war in Herbies Tod verwickelt und aus gutem Grund nicht mehr wiedergekommen? Jetzt würde Sandra darangehen, ein wenig zum Holzhandel Angermayers und zu Schimmelpfennigs Firmengeflecht zu recherchieren, und wenn da, erwartungsgemäß, weniger als nichts herauskäme, sollten Laura und Ben sie mit ihrem »Scheißdreck« jetzt und für alle Zeit in Ruhe lassen. Sie dürften ihr dafür ein Vier-Gänge-Menu im Sternelokal spendieren.

»Ist das nicht Vorteilsnahme oder so?«, fragte Laura.

»Schmerzenszulage in Naturalien, die ich mir hart erarbeitet habe«, sagte Sandra. »Ich hab bestimmt Frostbeulen, und gnade euch Gott, wenn ich mir 'ne Lungenentzündung geholt habe! Ich muss jetzt Schluss machen, der Hauptkommissar will sich besprechen, schönen Gruß an den Wiesegger.«

Laura würde sie gelegentlich bei Luigi bewirten lassen. Sie wunderte sich ein wenig über den Gruß an Ben, so unsympathisch schien er Sandra dann doch nicht gewesen zu sein. Vielleicht hatten die äußeren Werte Schnittpunkte mit ihrem Beuteschema, mit den Inneren hatte Ben bei ihrem gemeinsamen Gespräch eher gegeizt. Ansonsten klang die Polizistin genauso schnippisch, wie Laura es von deren Tante, der Mayer, gewohnt war. Schien ein Familienmerkmal zu sein.

22

Ben sah vom Fenster aus zu, wie Dimitri Beppo ermunterte, einen gammligen Tennisball zu apportieren. Bis dato apportierte nur der Junge. Er hätte es mit einem Huhn probieren sollen. Jagdhund war eben Jagdhund. Aber Beppo wedelte mit dem Schwanz, freute sich offenbar über die Zuwendung, und der Junge hatte Spaß und Ausdauer.
Ben streckte sich auf seinem Bett aus und ließ sich beschallen. Bon Scotts Stimme sägte sich in seinen Schädel. Ja genau, *dirty deeds*.
Schorsch war sofort zu einem Treffen bei Luigi bereit gewesen. Besonders nachdem Ben angekündigt hatte, er würde die Pizza spendieren. Lissy hatte er zufriedengestellt, indem er derwischgleich durch die Pension gewirbelt war. Er hatte Ablenkung und Beschäftigung gebraucht, sodass seine Gedanken nicht durchgehen konnten. Steck könnte die Lösung aller Probleme im Hirn stecken haben, wenn die Erinnerung des Alten glaubwürdig war. Er brauchte nur eine Möglichkeit, sie da rauszuholen. Aber eventuell genügte es, Angermayer, mit Schorschs Hilfe, auf den Zahn zu fühlen und so an Herbies Laptop zu gelangen.
Als er die Augen wieder öffnete, war es sechs. Er war zwei Stunden eingenickt gewesen. *Showtime*.

Schorsch war noch nicht da. Ben hatte Luigi über den Sinn des Treffens eingeweiht. Der hatte ihnen einen Zweiertisch im Eck bei der Theke reserviert, sodass er ab und an mithören konnte. Derweilen betrachtete Ben die Weihnachtsdeko im Lokal. Die bestand aus bunten Lichterketten und silbrig glitzernden Girlanden an den Wänden. Bis in den Fasching könnte Luigi das Gedöns locker hängen lassen. Immerhin Tannenzweige auf den Tischen, und der Weihnachtsmann griente rotnasig von den Servietten.

Ben bestellte sich eine Halbe, was ihm einen mahnenden Blick seines Spezls einbrachte. »Dein Schorsch soll saufen, nicht du.«

»Eine Halbe ist nicht saufen.«

»Ah ja? Ich kenn dich. *Cazzo*, mehr als zwei schenk ich dir nicht aus.«

»Bist du meine Mutter?«

»Sei froh, dass ...« Luigi stoppte mitten im Satz.

Schorsch war aufgetaucht. Nach einem suchenden Blick kam er grinsend zu Bens Tisch gestiefelt. Mit einem aufseufzenden »Ah« setzte er sich. Seine Haare klebten nass am Schädel, offenbar hatte er geduscht, dazu kam eine herbe Mischung aus Sandelholz und Tabak, nach der er roch. »Das ist fein«, sagte er, sich umblickend. »Weißt du, so oft geh ich nicht essen, nur auf ein Bier oder so, bei mir um die Ecke, beim Schluckspecht.« Er studierte die Karte. »Pizza, oder?«, fragte er.

»Nudeln sind auch nicht schlecht«, meinte Ben mit einem Blick auf Luigi, der die Stirn runzelte.

»Pizza«, bekräftigte Schorsch.

Nachdem sie bestellt hatten, wollte er von Ben wissen, was er in Garmisch so treibe. Ben erzählte von der Arbeit in der Pension und kam dann auf den Job von Schorsch zu sprechen. Der war Feuer und Flamme. Die unterschiedlichen Sägetechniken, das Bearbeiten der Stämme, das Trocknen und Lagern, er war kaum zu stoppen. Währenddessen hatte er drei Halbe geleert und seine Pizza Salami mit vier Bissen weggehauen.

»Holz ist rar geworden, oder?«, wollte Ben wissen. »Kommt das nur aus unseren Wäldern hier? Das kann ich mir gar nicht vorstellen. Da wär ja kein Baum mehr da, so wie sie bauen, der Schimmelpfennig mit seinen Tiny Houses zum Beispiel.«

Schorsch neigte leicht den Kopf und nahm die vierte Halbe in Angriff. »Ja, der ist Kunde bei uns. Den kennt der Chef seit der Grundschule, so wie wir uns. Aber wo das Holz für ihn herkommt, das ist ein Betriebsgeheimnis«, sagte er lächelnd. »Aber ich könnte es dir zeigen. Warst du schon einmal in einem Sägewerk?«, wollte er von Ben wissen.

Der verneinte.
Luigi hinter der Theke hustete.
Ben sah unauffällig zu ihm.
Sein Spezl schüttelte unmerklich den Kopf und strich mit dem Zeigefinger quer über die Kehle.
»Du meinst, ich könnt mir alles anschauen?«, fragte er.
»Freilich, wenn's dich interessiert.«
»Wann?«
»Warum nicht gleich? Auf geht's, pack ma's.« Schorsch trank sein Bier leer und knallte das Glas auf den Tisch.
»Aber es ist stockdunkel«, sagte Ben skeptisch.
»Das macht gar nix. Da gibt's Scheinwerfer, wir haben Vollmond, und in den Hallen ist eh Licht«, meinte er.
»Und du kriegst keine Schwierigkeiten, wenn du mich …?«
»Ach was, scheiß dir nix!« Schorsch stand auf und strebte der Toilette zu.
Luigi kam an den Tisch geeilt. »*Scemo!* Was willst du dort?«
»Mich umschauen. Das Betriebsgeheimnis entdecken, unter Umständen verplaudert sich Schorsch. Kann ich Beppo dalassen?«
»Das hier ist ein Lokal, kein Tierasyl!«
»Der braucht nur ein ruhiges Eck, dann muckst er sich nicht.«
Sein Spezl blickte auf Beppo. Der hob den Kopf und richtete seine großen, glänzenden Hundeaugen auf ihn.
»Na gut, weil du es bist, er mag bestimmt Schinken«, brummte Luigi. »Und wenn Angermayer deinen *collega* gekillt hat, eh?«
»Falls ich in zwei Stunden nicht zurück bin …«
»Was dann, du Wahnsinniger? Flick ich dich wieder zusammen, wenn sie dich zersägt haben?«
»Rufst du Laura an, den Poschinger oder rettest mich, mein edler Ritter.«
»*Stronzo!* Du …«
Schorsch kam zurück an den Tisch. »Das Fußballtor zum Reinzielen im Pissbecken ist der Hammer«, sagte er grinsend und fummelte sich den Hosenschlitz zu.

»Macht siebenundvierzig neunzig, Signore«, verkündete Luigi mit routiniertem Lächeln.

Ben reichte seinem Spezl einen Fünfziger, riss den Parka von der Stuhllehne und stapfte hinter Schorschs breitem Rücken ins Freie.

»*Buona notte* und bis hoffentlich bald!«, rief ihm Luigi hinterher.

Ben warf einen Blick zurück und sah, wie der Pizzabäcker zum Smartphone griff. Womöglich stellte er den Timer ein.

Laura hatte zwei Höfe in Farchant abgeklappert und sich nichtssagende Antworten abgeholt. Sie hatte das Gefühl, die Leute hielten sich bedeckt oder hatten schlicht die Schnauze voll von dem Thema. Was immer die nächsten Tage brachten, die Wahrheit lag auf dem Platz.

Sie bog in die Gasse zu ihrem Haus ein, als die Nachricht von Luigi eintraf. »Ben ist im Sägewerk«, versehen mit drei Ausrufezeichen.

Was erwartete Bens Freund von ihr? Ben war erwachsen. Bis jetzt hatte niemand etwas gegen Angermayer vorgebracht, außer Schimmelpfennig II. Und der hörte selbst in der Wüste das Gras wachsen. Auch Sandra hatte bis jetzt nichts ausgegraben. Falls Angermayer Ben eine Falle gestellt hatte, wäre er dumm und brutal genug, ihn wegen der Mauschelei um ein paar Baumstämme zu massakrieren? Ben war ja ahnungslos. Nebenbei war er überheblich und arrogant. Was, wenn Schorsch nicht der tumbe Klotz war, für den er ihn hielt? Sollte Angermayer Vogel niedergeschlagen haben, um in den Besitz des Laptops zu kommen, vermutete er zumindest ein Risiko durch den Garmischer Kurier.

»Zwei Stunden geb ich ihm«, legte Luigi nach.

»Okay«, schrieb sie ihm zurück. Was immer dann passieren sollte.

Herrgott, konnte sie nicht ein wenig Ruhe haben? Die elende Wolfsdiskussion hatte sie geschafft. Sie betrat trotzig ihre Wohnung ohne den prüfenden Blick in alle Ecken, sag auf Wiederschauen zur Paranoia, Laura. Ben hatte nichts über ihren Ex vermeldet, vielleicht hieß das, es gab nichts Auffälliges. Es schien ihm jedenfalls nicht dringend. Sie würde sich darum kümmern, wenn der passende Moment kam. Zwei verdammte Stunden warten!

Sie schlüpfte in ihre Work-out-Klamotten und stieg hinunter in den Keller. Allerhöchste Zeit, dem Boxsack eine ordentliche Tracht Prügel zu verpassen. Zu »Travellers« von Lili Refrain wärmte sie sich auf. Das war, was sie brauchte. Nach ein paar Minuten hatte sie ihren Rhythmus gefunden. Ihre Lowkicks kamen hart und präzise. Langsam arbeitete sie sich durch ihr Programm. Herausgestoßene Geraden und Haken locker aus der Schulter. Hopp, die Beine bewegen! Sie sah seine Gestalt vor sich! Gerade antäuschen, Haken hinters rechte Ohr setzen, er zeigt Wirkung, zwei wuchtige Ellbogen aus der Drehung, ja, er ist fix und fertig zubereitet, finaler Kick oder zur Sicherheit zwei. ¡Hasta la vista!

Jetzt ging es ihr besser. Ihr Shirt war nass geschwitzt, und sie stützte sich an den Knien ab und pustete durch. Noch anderthalb Stunden.

Sie waren bis Farchant gefahren, er immer hinter Schorsch her, der es in seinem klapprigen Hyundai nicht eilig hatte. Das Bier hatte wohl dafür gesorgt, dass er in höchster Konzentration die Spur halten wollte, kleine Ausreißer nach links inklusive. Sie bogen auf eine unbelebte Straße in Richtung der Loisach ab, der sie flussabwärts folgten. Es wurde holpriger. Im Licht der Scheinwerfer erkannte Ben, dass sie auf einen Zufahrtsweg abgebogen waren, der vor einem hohen Metallzaun endete.

Schorsch hatte den Wagen angehalten und stieg aus.

Er sperrte gemächlich eine Gittertür auf und gab Ben ein Zeichen, ihm zu Fuß zu folgen. Auf einem überdimensionierten Metallschild las der den Namen »Angermayer«.

Sein Führer marschierte los, zeigte mal links, mal rechts und erläuterte den Maschinenpark. Ben verstand nur Bahnhof, zeigte aber durch »Ahs« und »Ohs«, wie beeindruckt er von den metallenen Greifern und Kränen war, die ihn an »Star Wars« erinnerten.

Noch brauchte er keine Bestrahlung durch Scheinwerfer, praller Mond genügte.

»Rundholzplatz«, erläuterte Schorsch, »Fichte, Tanne, Lärche, Eiche, alles heimisch, was immer man begehrt.«

Baumstämme, noch mehr Baumstämme, dort lag ein mittelgroßer, abrasierter Wald. Er tapste hinter dem Burschen her, der in seinem Element war.

»Dahinten ist das Lagerbauholz, über achtzig Holzquerschnitte machen wir, da staunst du, was? Wenn du willst, schnitz ich dir auch einen Zahnstocher.« Er prustete lauthals los.

Ben lachte zaghaft mit. »Ja, sauber«, sagte er, um irgendetwas zu sagen. Was zum Geier hatte er erwartet?

»Jetzt schauen wir zur Einschnittlinie, da wird das Runde zum Eckigen, ha. Da pocht das Herz des Sägewerks.«

Schorsch war ein Poet.

»Ich freu mich drauf«, brummte Ben.

Sie betraten einen überdachten Platz, und Ben versuchte, mit den Augen das Halbdunkel zu durchdringen.

Schorsch griff zu einem Schalter, und es wurde Licht.

»Zeigst du mir jetzt das Betriebsgeheimnis?«, witzelte Ben.

»Freilich«, lachte Schorsch zurück. »Komm mit.«

Er schlenderte weiter bis zu einer Halle und ließ die Türen aufgleiten. Von dort aus schritten sie in den Boden eingelassenen Schienen nach, die bei einer Metallröhre endeten. Ben schätzte deren Durchmesser auf drei Meter. Sie war leer.

»Was wird da gemacht?«, wollte Ben wissen.

»Wart einen Moment«, sagte Schorsch und verschwand hinter einem Gabelstapler.

Ben harrte aus. Das Licht erlosch.

»Schorsch? Wo bist du?« Nichts. Kruzifix! Wohin war der Waldschrat verschwunden, und wo war hier der verdammte Lichtschalter? Er hörte ein Geräusch. Was war das? Etwas grunzte. »Schorsch?« Füße kratzen über den Boden, nein, das waren Pfoten. Knurren. Oh Gott, Hunde! Sie kamen rasch näher. Sie bellten nicht, nur dieses Hecheln. Er ahnte, dass sie massig sein müssten, keine Schoßhunde. Wohin sollte er? »Verdammte Scheiße!«, schrie er in die Dunkelheit. »Es reicht jetzt dicke!«

Keine Antwort. Er wich zurück. Ein schwarzer Schatten tauchte vor ihm auf. Wieder dieses Knurren. Er konnte die gefletschten Zähne erahnen. Noch ein Schatten. Zwei Bestien!

»Is ja gut«, sagte er, »alles gut!«

Noch ein Schritt zurück. Die Tiere kamen langsam näher, knurrten. Ihre Augenpaare leuchteten gelblich. Er musste rückwärts. Mit den Füßen erspürte er den Rand der Röhre. Es gab keinen Ausweg. Wenn sie ihm dahinein folgten, säße er in der Falle.

Sein Brustkorb pumpte sich auf. »Angermayer!«, brüllte er, »Schorsch?«

Nichts.

Er stieg rückwärts hinein und lauschte. Die Hunde schienen an ihrem Platz zu verharren. Etwas schabte an der Außenhülle. Er machte noch ein paar Schritte rückwärts, nur weg von den Viechern, während er versuchte, sein Handy aus der Tasche zu ziehen.

»Rambo! Rocky! Aus!«, hörte er eine tiefe Stimme.

Gott sei Dank!

»Sie haben Schwein«, hörte er den Mann sagen. »Sie dürfen die nagelneue Vakuumkammer einweihen. Eigentlich wollt ich sie morgen befüllen. Die saugt dem Holz die Feuchtigkeit aus – oder jetzt halt Ihnen.«

»Was?«

Ben sprang mit ausgestreckten Armen vorwärts. Zu spät! Es summte, und die Klappe der Röhre schloss sich mit einem »Klack«.

»Hey«, sagte er und wollte sie wieder öffnen. Sie ließ sich keinen Millimeter bewegen. Mit beiden Füßen stemmte er sich dagegen. Er war eingeschlossen!

»Geben Sie sich keine Mühe, das ist Automatik«, hörte er eine dumpfe Stimme.

Jemand stand draußen neben ihm.
»Angermayer, sind Sie das?«, brüllte er. »Machen Sie keinen Schmarrn!«
Ben glotzte auf das Handydisplay. Kein Empfang! Diese Scheißröhre. Sein Herz schlug wie wahnsinnig. Arbeitete die Vakuumpumpe oder wie immer es funktionierte? Bekam er bald keine Luft mehr? Er pumpte seine Lungen auf. »Angermayer, lassen Sie uns reden!«
»Kannst du mich noch hören?«
»Ja, sehr leise.«
»Gut. Was weißt du vom Schranz, ha? Was hat dir Schimmelpfennigs Bruder gesteckt?«
Ben keuchte und befühlte die metallene Wand der Röhre. Wurde es hier drin so heiß, dass er kochen würde wie ein Krebs im Topf? Spürte er etwas? So wie eine Sauna? Kalter Schweiß lief ihm über den Rücken. »Nix! Lassen Sie mich raus, Angermayer!«, plärrte er.
»Jetzt geht dir der Arsch auf Grundeis, Bürscherl. Das hättst du dir früher überlegen müssen.«
»Ich weiß doch überhaupt nix!«
»Ja, ich geb es zu, die rumänische Holzmafia und ich, wir machen Geschäfte, gute Geschäfte!«
»Warum erzählen Sie mir das? Ich will nichts hören.«
»Und weißt du, was wir mit so einem wie dir machen? Frag nach beim Schranz. Des geht ruckzuck. Einmal am Regler gedreht, und puff quetscht es dir den Saft raus wie aus einer Zitrone!«
»Herrgott, Angermayer, glauben Sie, keiner weiß, dass ich hier bin?« Er schrie, bis ihm die Kehle schmerzte. Mit den Fäusten hämmerte er gegen das Metall. »Angermayer!«
»Von dir bleibt nur ein ausgelutschter Rest für den Kompost.«

23

Die zwei Stunden waren um. Laura hörte Luigis Alfa vor ihrem Haus bremsen. Die Hupenfanfare war unverwechselbar. Kaum hatte sie die Beifahrertür geöffnet und sich gesetzt, gab er Gas.
»Das Lokal ist bumsvoll, und mein Sohn und Frau Ötztürk sind allein – ich bring Ben um. *Cazzo!*«
»Vielleicht musst du das gar nicht mehr.« Sie sah auf dem Rücksitz Beppo sitzen. »Wieso ist der da?«
»Es ist Bens Hund, oder? Er hat ihn mir zur Aufbewahrung gegeben.«
»Wie einen Koffer? Und?«
»Den brauchen wir, falls sie Ben vergraben haben oder so. Hunde können das doch, oder?«
»Ja, klar.« Laura griff sich an den Kopf. Ben und seine Freunde. Steck alle in einen Sack und hau drauf, du triffst immer den Richtigen.

Nicht vorzustellen, dass diese Strecke schon mal jemand schneller bewältigt hatte, auf eisiger Straße, in finsterer Nacht. Raus aus Garmisch beschleunigte Luigi seinen Alfa, sodass sie in den Schalensitz gepresst wurde. Der Motor brüllte auf.

»Ja, bring uns gleich mit um«, stöhnte Laura.

Die Scheinwerfer beleuchteten in den Kurven die vereisten Fichtenstämme, zwischen denen sie hindurchjagten. Jetzt ein Reh und sie wären Geschichte. Eine weibliche Navistimme beschrieb freundlich, aber dominant den Weg, Laura betete, Luigi würde keine ungewollte Abkürzung in Wald und Flur nehmen. Die Umgebung jagte an ihr vorbei. Wiesen, Äcker, die Häuser von Farchant tauchten auf, hoffentlich hatten sie es bald hinter sich. Sie warf einen Blick auf Beppo, der schien zu schlafen.

»Gleich«, tröste sie Luigi, »geht nicht schneller, ist vereist.«

Er war wohl im Glauben, wachsende Ungeduld ließ sie an den Nägeln kauen.

Sie waren unversehrt zum Sägewerk gelangt. Immerhin ein Anfang.

Vor dem Gittertor hielt Luigi an, ließ aber den Motor laufen.

»Soll ich durchbrechen?«

»Das ist nicht GTA, Luigi.« Laura stieg aus, öffnete die Metalltür und rannte aufs Gelände, Luigi folgte ihr mit dem Hund an der Leine. Bald hatte er sie eingeholt. Zu ihrer Überraschung zog Beppo Luigi tatsächlich in Richtung einer Halle.

»Siehst du?«, triumphierte der. »Er weiß, wo es langgeht. Er ist ein Spürhund.«

Vor der Hallentür stand ein zotteliger Goliath. Bens Beschreibung nach sollte das Schorsch sein. Als er sie sah, kam er mit ausgestreckten Armen auf sie zu. Er erkannte offenbar Luigi und deutete mit dem Finger auf ihn.

»Ich hab keine Pizza bestellt.«

Richtig witzig.

»Das dürfen Sie nicht!«, sagte er. »Betreten verboten.«

Laura gedachte, keine Zeit zu verlieren. Sie sprang auf den Mann zu und taxierte ihn. Etwa hundert Kilo und wackelig auf den Beinen. Bestimmt angetrunken.

»Wissen Sie was?«, sagte sie.

»Was?« Sein Kopf ruckte fragend nach vorn.

Ihr Fußfeger brachte ihn aus dem Gleichgewicht. Er plumpste in Slow Motion auf den Hintern.

»Treten aber nicht«, sagte sie.

»Aha, kein GTA«, brummte Luigi.

Der Mann stützte sich auf, um hochzukommen.

»Du bleibst besser unten, die Frau ist *on fire*«, sagte Luigi kopfschüttelnd. Beppos Schnauze war dicht vor dem Gesicht des Liegenden.

Laura hatte die Hallentür behutsam geöffnet und spähte ins Innere.

»Hey!«, protestierte Schorsch.

Sie schrak zusammen und wandte sich um.

Luigi legte den Finger auf seine Lippen. »Psst!«

Der Sitzende starrte auf Beppo, der leise knurrte.

»Ein Biss und die Kehle ist durch«, hörte Laura den Pizzabäcker drohen.

Sie schlich sich quer durch die Halle den Stimmen entgegen. Hinter einem Gabelstapler bezog sie Position und spähte an der Fahrerkabine vorbei. Mit dem Rücken zu ihr stand ein breitschultriger, kräftiger Mann in schwarzem Rollkragenpulli und Cargohose, eingerahmt von zwei Dobermännern, die auf den Hinterbeinen kauerten. Unfassbar! Und wo war Ben? Die Hunde wandten schnuppernd die Köpfe, sahen in ihre Richtung, rührten sich aber nicht. Eine Frage der Zeit.

Der Mann drückte jetzt auf Knöpfe an einem Steuerungskasten neben einer Metallröhre, und eine Klappe öffnete sich mit leisem Surren. Er steckte seinen kurz rasierten Schädel ins Innere. Was hatte er mit Ben angestellt? Das Ding sah aus wie ein überdimensionierter Ofen oder ein gewaltiges Torpedorohr.

Jetzt lachte der Mann dröhnend auf. Das konnte nur Angermayer sein.

»Verstehen Sie keinen Spaß, Wiesegger?«, sagte er.

Seine Stimme hallte durch den Raum. Ben lebte also. Die goldene Narrenkappe gehörte ihm verliehen. Herr, wirf Hirn vom Himmel!

»Jetzt hören Sie amal gut zu. Angenommen, der Schimmelpfennig kriegt die Stämme billig – was soll's? Nur angenommen. Er könnte bauen, das wär gut für die Region, gut für die Arbeitsplätze und gut für die Wirtschaft. Die Rumänen holzen die Wälder eh ab. Das ist ein Jammer, aber das ist so. Scheißegal, wer das ihnen abkauft. Beweisen werden Sie nix. Wir haben Zertifikate. Und glauben Sie ernsthaft, da setzt sich jemand wegen der Geschichte in die Nesseln? Das Wirtschaftsministerium will, dass es brummt, die brauchen kein Getue ums Holz. Da wird niemand hinschauen. Ich und der Schimmelpfennig sind klitzekleine Fische im großen Teich. Oiso? Was wollen Sie machen, ha?«

Laura beobachtete, wie Ben aus der Röhre krabbelte. Er triefte vor Schweiß. Der ganze Mann schlotterte. Sein Gesicht war zu einer Fratze verzogen, als wäre ihm der Leibhaftige begegnet.

»Den Herbie hat jemand umgebracht!«, schrie er, seine Stimme überschlug sich. »Hat der Beweise gesammelt? Verdammt, und du sperrst mich ein in dieser Scheißröhre, Angermayer!«

»Was weiß ich, was der sich ausgesponnen hat!«, brüllte Angermayer zurück. »Umgebracht hab ich ihn nicht, das war doch der Wolf. Hast du selbst geschrieben! Ich sag's doch, ich hab Zertifikate, damit kann ich von hier bis nach Bukarest die Straßen pflastern. Das juckt keine Sau! Und jetzt zupf dich, du Depp, sonst lass ich die Hunde auf dich los.«

Die beiden Rottweiler drehten sich knurrend um. Loslassen war ihr Stichwort. Angermayer und Ben wandten die Köpfe in Lauras Richtung. Gesund und fit sahen die Tiere aus. Glänzendes Fell, wache Augen, kein Gramm Fett.

»Alles gut, Jungs«, sagte sie und spurtete los. Die Hunde auch. Sie waren flink auf den Beinen!

»Laura!«, schrie Ben.

»Aus!«, blökte Angermayer.

Umsonst. Weder Hunde noch Laura reagierten. Sie spürte deren Atemhauch hinter sich und hörte Kiefer klackern. Kaum einen Meter Vorsprung. Komm, Laura! Sie schaffte einen Satz über die Schwelle und knallte die Eisentür hinter sich zu. Ah, verdammt! Ein stechender Schmerz fuhr in ihren linken Knöchel. Von drinnen erscholl wütendes Gebell. Der Schweiß brannte in ihren Augen. Sie war die Wut in Person. Auf Angermayer, auf Ben und auf sich selbst, dass sie überhaupt hierhergekommen war und mit den damischen Viechern um die Wette laufen musste.

»Was ist los?«, fragte Luigi. »Wo ist Ben? Ist er tot?«

»Leider nicht ganz«, knurrte Laura und humpelte auf ihn zu.

Die Tür schlug auf, und Angermayer kam heraus, die Dobermänner am Halsband gepackt. Ben folgte ihm auf wackligen Beinen.

»Sag ich doch, dem ist nix passiert«, wandte sich Schorsch mit zittriger Stimme an Luigi, »darf ich jetzt aufstehen?«

»Aus, Beppo«, sagte Laura überflüssigerweise.

Beppo hatte an dem Kerl jegliches Interesse verloren und zog Luigi hin zu Ben. Seine beiden schwarzfelligen Verwandten ignorierte er.

»Ben!«, rief Schorsch. »Der Chef hat gesagt, er will mit dir reden, dich von einem Blödsinn abhalten. Wir gehen doch trotzdem noch mal auf eine Pizza, oder?«

Laura bemerkte, dass Ben genauso glotzte wie das Schaf von Frau Boderbeck. Nur das »Määhä« fehlte.

»So«, sagte Angermayer und sah in die Runde. »Ihr brecht in mein Sägewerk ein und schlagt meinen Mitarbeiter nieder. Sauber.«

Laura bückte sich und rieb ihren schmerzenden Knöchel. Morgen würde der geschwollen sein. Scheißdreck!

»Dich kenn ich doch«, sagte Angermayer und deutete auf Luigi. »Die Pizzeria, oder? Ich hab's nicht so mit dem italienischen Essen, aber meiner Frau hat's bei dir geschmeckt. Und deshalb: eure Chance. Ich zähl auf zehn, und dann seids weg, sonst ruf ich die Polizei.«

»Rufen Sie halt, ich warte drauf!«, keifte Ben.

»Sei stad«, beschied ihm Laura und humpelte ohne ein weiteres Wort los.

Luigi folgte ihr. »Gruß an Ihre Frau«, sagte er, »das nächste Essen geht aufs Haus.«

Laura wandte sich um und warf einen Blick auf Angermayer.

»Ich werd es ihr ausrichten«, sagte er, seine Stimme bekam einen grimmigen Unterton, »die Annelies liebt Cannelloni, vielleicht kommen wir.«

Luigi wandte sich um. »Keine Polizei heute? Sie bekommen den besten Tisch.«

Laura warf ihm einen finsteren Blick zu.

»Das ist ein Wort«, rief Angermayer. Die Situation schien ihn mächtig zu erheitern. Ein breites Grinsen überzog sein fleischiges Gesicht, und er schlug sich auf die Schenkel.

Ja, lustig haben wir es! Schweigend hinkte Laura durch das Tor. Die beiden Männer und Beppo folgten ihr.

Luigi war begeistert. »Das hättest du sehen sollen, Ben, wie Laura den umgelegt hat! So schnell hat der nicht schauen können. Wie im Kino!«

Laura und Ben schwiegen. Er teilte die Euphorie seines Kumpels nicht. Immer wieder wanderten seine Augen zu Laura.

»Wir, wie die Ninjas durchs Tor, die Wache ausschalten –«

»Is ja gut, Luigi«, hörte Ben die Frau sagen, »ich bin wirklich müd. Fährst mich einfach heim, ja?«

»*Subito.*«

»Den besten Tisch? Du hättest dich noch verbeugen sollen«, murmelte sie, »Hauptsache, katzbuckeln.«

»*Cazzo!* Laura, was willst du, eh?«, stieß Luigi aus. Er klang beleidigt. »Ich führe eine Pizzeria, erinnerst du dich? Was habe ich davon, mir überall Feinde zu machen? Sag mir das. Und die Polizei ist ganz schlecht fürs Geschäft.«

»Aber das Tor durchbrechen geht schon, oder was?«

»Da ging es um Leben und Tod.«

Von Laura kam ein tiefer Seufzer. Aus seiner Warte betrachtet, hatte Luigi recht, fand Ben. Und seine Warte? Angermayer war ein hinterlistiger, dreckiger, hundsgemeiner Sausack, dem die Cannelloni im Schlund stecken bleiben sollten. Und er wünschte sich nichts mehr, als dass Rocky und Rambo für Herbies Tod verantwortlich wären und sie es ihm nachweisen könnten. Und zu gerne würde er Angermayer dazu in der Vakuumkammer befragen, bis der daherkam wie eine seiner depperten Fichtenlatten oder besser noch ein verschrumpelter Tannenzapfen.

»'tschuldige, Luigi«, kam es tonlos von Laura.

Sein Freund brummte vor sich hin, dann fasste er ihr kurz an den Arm. Das sollte »Angenommen« bedeuten.

Sie waren bei den Autos angelangt.

»Du kannst auch mit mir …«, versuchte es Ben.

Sie schüttelte den Kopf, ohne ihn anzuschauen.

Ben enterte den Passat und sah zu, wie Luigi und Laura im Alfa davonfuhren. Er fühlte sich unendlich schlapp, sein Magen vibrierte. Ja, er hatte eine gefühlte Ewigkeit lang die Furcht durchlebt, Angermayer würde ihm in dieser Vakuumröhre das Kerzerl ausblasen, besser gesagt, ihn vertrocknen lassen. Er dachte an die Konsistenz von Dörrobst. Mutmaßlich waren seine Haare jetzt schlohweiß. Wer wusste schon, ob der Sägewerksbesitzer ihm nicht einen Bären aufgebunden hatte und die Anlage völlig harmlos für den Menschen war. Zuzutrauen wäre es ihm.

Probier es halt noch mal aus, Ben.

Er hatte genug. So fühlte sich ein Nahtoderlebnis an. Elend, elendiglich und schauderhaft. Sein Hirn schrumpfte auf Kaffeebohnengröße. Nur noch rösten und mahlen. Ihm wurde speiübel. Er griff mit der Hand nach hinten und tätschelte Beppos Rücken. Etwas Warmes, Lebendiges erspüren.

»Bist ein guter Hund«, sagte er.

Beppo gähnte herzhaft, dann furzte er.

24

Es war halb sieben, und Ben stand am Hammersbacher Parkplatz. Er hatte etwas gutzumachen. Vielleicht sollte er überhaupt damit anfangen, etwas richtig gut zu machen. »*Time to shine.*« Beppo freute sich offenbar auf einen Waldspaziergang. Der hatte keine Ahnung, dass sie hier zum Warten verdammt waren. Ben hatte kaum geschlafen. Auch diese Nacht hatte ihn der Hund aus einem Alptraum geweckt. Kolossale Baumstämme waren auf ihn zugerollt, er hatte sich nicht rühren können, und dazu war Josefas lächelndes Gesicht aufgetaucht. »Wie geht's dir?«, hatte sie gefragt. Ich werde zerdrückt, hatte er schreien wollen, umsonst. Etwas Schweres war auf seiner Brust gelegen. Es war Beppo gewesen, der aufs Bett gesprungen war und ihm das Gesicht abgeleckt hatte. Mit einem »Wuff!« hatte er ihn geweckt.

Er würde ihm in Zukunft unten in der Stube eine Hundedecke herrichten, für die Nacht.

Nach all dem, was passiert war, überkam ihn Gleichgültigkeit, was seinen körperlichen Zustand anging. Eine Thermoskanne Kaffee hielt die Müdigkeit in Schach. Das Wetter ratzte noch und würde erst später die Entscheidung über Sonnenschein oder Eiseskälte treffen. Die Schleierwolken am Himmel sprachen für Schnee. Er machte es sich im Auto bequem. Steff hatte ihm »Nachtblut« empfohlen, und er drehte die Boxen auf. Die roh herausgestoßene Stimme war optimale Morgenuntermalung. Beppo schien es nicht zu stören.

Ben war eingenickt und fuhr unter Schmerzen hoch, als ein Wagen neben seinem hielt. Den Kopf zu drehen war die Hölle, der Nacken war steif wie ein Brett. Er war nichts als ein Wrack!

Eine ältere Frau, großflächig in beigefarbene Wollwaren eingestrickt, linste mit misstrauischem Blick zu ihm herüber, bevor sie mit Wanderstöcken und einem ferkelgroßen, struppigen Zamperl davonhatschte.

Ben kraxelte aus dem Auto und versuchte sich zu dehnen. Er zog sich Handschuhe an und die Parkakapuze über den Schopf. Der nächste Wagen war ein verbeulter Mercedes-Kombi, dem ein Mann in grünem Lodenmantel und mit passendem Filzhut entstieg. Er öffnete die Heckklappe, und ein Schäferhund sprang heraus.

Ben kannte die grüne Gestalt nicht, alles, was er zustande brachte, war glotzen, als wäre ein Ufo vor seiner Nase gelandet. Volltreffer!

Der Hund bellte, als gäbe es kein Morgen, wackelte mit dem gesamten Hinterteil und sprang an seinem Herrchen empor, als wäre dessen Zinken eine Wurst.

»Is ja gut, Käthe«, versuchte der Mann das Tier zu beruhigen. Bevor er es anleinen konnte, jagte es bellend auf Ben zu.

»Die tut nix«, meinte sein Besitzer.

»Meiner auch nicht«, erwiderte Ben.

Die Hunde beschnüffelten sich schwanzwedelnd. Der Mann kam näher und leinte sein Tier an.

»Übermütig ist sie halt, die Käthe«, meinte der Mann und lachte.

»Beppo heißt meiner!«, überbrüllte Ben das Gebell.

Sein Hirn war zu träge, einleitende Worte zu kreieren. Also voll auf die Zwölf.

»Entschuldigen Sie, ich bin Journalist und such jemanden.«

»Ach, interessant, ich bin Autor.« Er wirkte nicht überrascht oder war zu sehr bei sich.

Bevor Ben »Piep« sagen konnte, bekam er einen umfassenden Rapport über seine Werke. Offenbar verlegte der Mann eigene Bücher über das Werdenfelser Land. Ben ließ den Vortrag über sich ergehen, und als der Mann Luft holte, kam sein Moment.

»Sie sind jeden Tag hier unterwegs?«

»Ja, werktags, am Wochenende schlaf ich aus.«

»Gibt's da andere Leut mit Hunden, die Sie regelmäßig in der Früh treffen hier?«

»Schon.« Der Mann ging in sich. »Da gibt's eine Frau, der ich

öfter begegne. Die hat einen Bernhardiner, der kaum hatschen kann.«
»Noch wer?«
»Oiso, lassen Sie mich nachdenken. Einer kommt immer mit einem Geländewagen daher und einem Schäferhund. Dann gibt's einen merkwürdigen Burschen, mit Tarnhosen, als wär Krieg, mit seinem Pitbull. Der schaut nur bös. Und einer hat einen großen, zotteligen Burschen dabei, mit dem sich die Käthe gar nicht verträgt. Der ist manchmal in Begleitung einer Frau und sagt nicht Muh und nicht Mäh. Mehr fallen mir nicht ein. Wissen Sie, der Wald hat ja historisch betrachtet –«
»Der mit dem Schäferhund, wie schaut der aus?«
»Mei, mittelalt, stattlich, würd ich sagen, meistens schwarzer Mantel – oder eine Jacke? Wünscht immer einen guten Morgen. Der Jüngere ist kurz rasiert, und die Frau hat dunkle Haare, so hochgesteckt – oder Zöpfe? Man achtet mehr auf die Hunde, verstehen Sie? Auf den eigenen, was er macht, gell, Käthe, ja, bist eine Brave! Also mehr ...«
»Mehr nicht? Die Autos?«
»Schwarz, die schauen ja alle gleich aus heutzutage, der Bursch hat einen Lieferwagen, da springt sein Pitbull immer zur Seitentür raus. Merkwürdiger Kerl. So einer, dem man nachts nicht begegnen möcht, verstehen Sie? Meinen Sie den? Wenn Sie warten ...«
Ben nickte ihm zu und bedankte sich für die Auskunft.
Er schickte eine Nachricht an Laura.
»Täglich im Wald sind mit dem grünen Männchen vier Anwärter. Scheintoter Bernhardiner fällt flach. Einer mit Schäferhund. Schimmelpfennig II.? Kein Rocky und Rambo. Schade. Bis später.«
»Sehrfrühaufsteher?«
»*No rest for the wicked.*«
»Muss kein Schäferhund sein. Vielleicht doch kein Gewohnheitsmensch. Blöde Idee?«, kam es von ihr zurück.
»Danke für gestern Abend.«
»Passt schon.«

»Was macht der Knöchel?«
»Könnt besser sein. Dein Zustand?«
Ben war zu seinem Wagen geschlendert, hatte Beppo auf den Rücksitz verfrachtet und war eingestiegen. Gerade wollte er auf Lauras Nachricht antworten, da klopfte es an die Scheibe. Beppo knurrte.

Laura war im Bett gelegen, als sie Bens Text erhalten hatte. Jetzt kramte sie in ihrem Medizinkästchen nach einer verflixten Arnikasalbe und ein paar Ibuprofen. Es war zum Lachen, für Viecher hatte sie alles vorrätig – für sich selbst? Sollte sie sich wie einen fußkranken Ziegenbock verarzten? Der Knöchel war geschwollen, aber Laufen war halbwegs drin, solange sie nicht über die Schafweiden spazierte. Apropos, sie hatte Frau Boderbeck versprochen, bei ihr vorbeizuschauen. Die musste sich in Geduld üben.

Mit Jogginghose, Daunenjacke und Wanderschuhen ausstaffiert, trat sie vors Haus. Sie warf einen Blick zum Himmel. Wolkenverhangenes Grau. Zwei Gassen weiter gab es eine Apotheke. Mit Glück hatte die just geöffnet.

Sie war die einzige Kundin im Laden, ungewöhnlich für den Winter mit all den Schnupfennasen. Der hagere Apotheker war ein Bekannter, sie beide hatten sich im Zen-Bogenschießen probiert, Herr Wohlrab hatte den Kurs durchgehalten.

»Frau Schmerlinger, schön, Sie zu sehen.« Sein Gesicht strahlte heller als die Morgensonne, was aber kein Hexenwerk darstellte. »Natürlich nicht schön, falls Sie krank sind, und … ich meine …« Er verhedderte sich im Wörterknäuel und klappte den Mund zu.

Während er die verlangte Salbe und die Ibus aus dem Regal holte, klingelte die Ladenglocke. Laura kramte ihren Geldbeutel aus dem Rucksack.

»Hallo, Laura.«

Sie schrak zusammen und fuhr herum. Er hatte sich kaum verändert. Immer noch dieses obszön wirkende Lächeln. Und das hatte sie mal anziehend gefunden?

»Was willst du, Pascal?«, fragte sie ihren Ex-Mann.
»Freut mich auch, dich zu sehen.«
»Und?«
»Hast es dir gut eingerichtet in Garmisch. Gemütliches Häuschen, guter Job.«
Sie sagte nichts und schob die Medikamente in den Rucksack. Wohlrab sortierte Hustenbonbontüten und linste über den Rand seiner Brille.
»Ich hab beschlossen, ich werde zurückkommen«, sagte Pascal, und ihr Hirn gefror zu Eis.
»Zurück wohin?«, fuhr sie ihn an.
»Na, du bist meine Frau, in guten wie in schlechten Tagen. Schon vergessen? Ich seh doch, dass du nicht glücklich bist. All die Männerbekanntschaften …« Er warf einen Blick an ihr vorbei auf den Apotheker. »Ich glaub, ich komm grad zur rechten Zeit. Und die Garmischer sind sympathische Leut.«
»Halt – dich – fern. Hast du es noch nicht begriffen?«
»Frau Schmerlinger, belästigt Sie der Mann?« Wohlrab richtete sich den Rücken gerade.
»Nur ein kleiner Disput. Ich bin ja ihr Ehemann«, sagte Pascal leise.
»Er ist nicht, er war mein Ehemann«, korrigierte sie, »jetzt ist er ein aufgeblasenes Arschloch.«
»Verstehe«, sagte der Apotheker. »Das soll vorkommen.«
»Ich mach mir Sorgen um dich, du siehst angeschlagen aus«, sagte ihr Ex in balsamierendem Ton.
»Er soll sich Gedanken um sich selbst machen, da ist er ja ganz groß drin«, sagte sie Richtung Ladentheke.
Ihr weiß bekitteltes Gegenüber nahm leider nicht Pfeil und Bogen zur Hand, sondern verzog den Mund zum schiefen Lächeln und nickte wie ein Wackeldackel. Hatte sich was mit »Schieß mit deinem ganzen Sein«!
Laura sah ihrem Ex-Mann ins Gesicht.
»Geh mir aus dem Weg!«
»Soll ich nicht doch …?«, mischte sich Wohlrab ein.
»Schon gut«, schnauzte ihn Lauras Ex mit Wut im Blick an,

dann erhellte sich seine Miene urplötzlich, und er lächelte leutselig. »Die Frau Schmerlinger braucht doch keinen Beschützer, stimmt's nicht?« Er hob abwehrend die Hände, trat zurück und ließ Laura vorbei.

Erst vor ihrem Gartentürl fiel ihr ein, dass sie nicht für die Salbe und die Tabletten bezahlt hatte. Niemand hatte sie aufgehalten. Das musste warten. Sie konnte jetzt nicht zurück. Sie konnte jetzt gar nichts. Ihr war zum Heulen zumute.

Ben hatte die Scheibe heruntergelassen.
»Gehen Sie mit mir ein Stück«, forderte Schimmelpfennig II. ihn auf.
»Hinauf in den Wald, wie Herbie Schranz?«
Der Mann lachte rau auf. »Keine Angst, Sie haben doch auch einen Hund dabei.«
Ben stieg aus dem Auto. Er nahm Beppo an die Leine und folgte Schimmelpfennig II. die Straße entlang. Nach hundert Metern schlug der den Weg zum Pfad ein. Stumm liefen sie eine Weile nebeneinanderher, bis sie von Bäumen umgeben waren.
»Der Xaver Angermayer«, meinte Schimmelpfennig II. mit einem Seitenblick, »der ist arg aufbrausend, aber er ist ein herzensguter Kerl. Der bereut das bestimmt schon.«
Ben lachte höhnisch auf. »Ja, ein ganz Lieber is der.«
»Oh mei«, seufzte Schimmelpfennig II. auf, »ja, wirklich einer von den Guten, wenn ihm keiner die Augen öffnet.«
»Wie meinen Sie das?«
»Nur so dahingesagt. Muss Sie nicht beschäftigen. Aber ich bin nicht so lieb und naiv.«
»Schon klar.«
»Wissen Sie, der Xaver macht sich keinen großen Kopf wegen dem Holz, er hat ja Zertifikate, auch wenn's lumpige sind – ich schon.«
»Wegen der Holzlieferung aus Rumänien?«
»Das haben Sie behauptet. Was ist, wenn's Scherereien und Verzögerungen gibt? Ich hab Verträge einzuhalten, Verpflich-

tungen, da geht's um meinen Ruf und um viel Geld. Der Laden muss brummen, da bin ich ...«
»Skrupellos? Und Herbie war ein Problem.«
»Ich sag Ihnen was über Herrn Schranz. Ich hab angeboten, ihm eine Hypothek auf sein windiges Häuserl auszuzahlen, mit Grundschuldeintragung. Zu allerbesten Konditionen.«
»Sie wollten ihn bestechen, damit er aufhört zu recherchieren?«
»Nur hilfreich sein, weil er dringend Geld gebraucht hat.«
»Und?«
»Der Vertrag war notariell aufgesetzt, da kommt er an und sagt, er verzichtet dankend auf mein geschissenes Geld.«
»Weil?«
»Er hätt jetzt andere Geldquellen, ein neues Geschäftsmodell.«
»Und Sie haben gestritten?«
»Ach, gehen Sie – Sie trauen mir einen Mord zu? Aber doch nicht wegen so was. Ich hab mich gefragt, wo sollte sein Geldsegen herkommen? Na ja, er hat wohl eine Idee gehabt.«
Schimmelpfennig II. lächelte in sich hinein, dann holte er tief Luft.
»Ich hab den armen Kerl gefunden, im Wald. Besser gesagt, Rufus hat ihn aufgestöbert. Vor Ihnen.«
»Aha. Und Sie haben jemanden zu seinem Haus geschickt.«
»Möglich.«
»Und der Laptop?«
Schimmelpfennig griff in die Tasche und reichte ihm einen USB-Stick.
»Warum tun Sie das?«
»Demnächst wollen ein paar Hansel hier auf die Hetzjagd. Glauben wir beide an das Märchen vom bösen Wolf? Warum mussten Sie überhaupt so einen Blödsinn schreiben? Das hat mich geärgert. Ich mag's nicht, wenn sich in Garmisch-Partenkirchen zwei Lager an die Gurgel gehen. Weihnachtsstimmung sollte grad sein. Kerzen, Bratäpfel und Skivergnügen. So ist es gar nicht gut für den Ort und für die Geschäfte. Wenn Herbies

Mörder gefunden wäre, würde es die Leut beruhigen. Sie sind nicht so deppert, wie man denkt. Vielleicht geht da was vorwärts?«

»Bratäpfel, schon klar. Was ist auf dem Stick?«

»Fast alles, was Sie was angehen sollt.«

»Und wenn ich das der Polizei erzähle?«

»Dem Poschinger? Glück auf. Der wird wissen wollen, was Ihr Chefredakteur bei Herbie Schranz gesucht hat.«

»Und warum sollte ich die Geschichte mit dem illegalen Holz nicht weiterverfolgen?«

Schimmelpfennig II. schüttelte den Kopf. »Sie hören mir nicht zu. Ich hab gesagt: ›fast alles‹. Sie sind doch interessiert, wegen Ihres bedauerlichen Unglücks? Mag sein, ich könnte Licht ins Dunkel bringen. Und wenn Sie eine Hypothek auf die Pension brauchen …«

Genau so würden Haie lächeln, dachte Ben.

»Eventuell pokern Sie, damit ich die Finger davon lass, und wer sagt, dass nicht doch Ihr Hund Herbie angefallen hat?«, fragte Ben.

Schimmelpfennig II. tätschelte den Schädel des Tieres. Der Schäferhund streckte hechelnd die Zunge heraus.

»Sie trauen mir jede Sauerei zu, oder?«, fragte er. »Finden Sie es heraus.« Er blieb stehen und sah Ben mit nachdenklicher Miene an. »Mag sein, ich bin ein Zocker und setz aufs falsche Pferd, ich will es nicht hoffen.« Er lachte. »Schauen Sie, unsere Hunde vertragen sich.«

»Sind halt Viecher«, sagte Ben, »die sind arglos.« Er wandte sich ab, blieb aber stehen. »Sagen Sie, Herr Schimmelpfennig, wieso sind Sie und Ihr Bruder eigentlich wie Hund und Katz?«

»Sind Sie jetzt unter die Familientherapeuten gegangen? Ich sag Ihnen was, uns liegt beiden der Ort am Herzen, das dürfen Sie glauben oder nicht. Nur beim richtigen Weg gehen die Meinungen halt arg auseinander.«

Ben ließ den Mann stehen und stapfte mit Beppo zurück zum Parkplatz. Er brauchte eine Weile, bis sich alles gesetzt hatte, was in seinem Hirnstüberl herumwanderte.

Er wandte sich an Beppo. »Oiso, hör zu!« Der Hund stellte die Ohren auf. »Schimmelpfennig II. gibt zu, er hat Herbie gefunden und den Laptop stehlen lassen. Herbie hatte auf eine sprudelnde Geldquelle gehofft. Kann ich dem glauben? Hat Herbie Angermayer erpresst, und der hat ihn im Wald getroffen und in seiner Wut von Rocky und Rambo zerfleischen lassen?«
Beppo legte den Kopf schief.
»Du zweifelst? Hm. Wie wär's damit? Rumänische Mafia oder die österreichischen Holzlieferanten machen Herbie kalt? Du hast recht, arg weit hergeholt. Was sonst?« Er fuhr sich durch die Haare.
Beppo winselte leise.
»Und da wär noch die Geschichte mit Judiths Vater. Wenn jemand Toni und mir damals nachgestiegen ist, dann war's der Steckerlfisch. Hat der was gesehen, und wie bekomm ich es raus? Was hat Herbie dazu herausgefunden und auf dem Laptop gespeichert? Hat er vom Steck Geld verlangt? Könnte Steck ihn deswegen …? Wär das überhaupt ein gescheites Motiv? Ich hab ihn noch nie mit einem Hund gesehen. Und wenn es wirklich verwilderte Viecher waren oder ein dummes Unglück?«
Beppo gähnte und legte die Schnauze auf den Vorderpfoten ab.
»Langweil ich dich? Es könnt auch der Mann mit der Schwarzhaarigen im Schlepptau oder der Krieger mit dem Pitbull was damit zu tun haben, falls es jemand war, der regelmäßig hier Gassi geht.« Er seufzte. »Fahren wir heim, schauen wir uns den Stick an, was meinst du?«
Beppo hatte die Augenlider halb geschlossen, seine Pfoten zuckten. Er träumte offenkundig vom Jagen.
»Danke für die Aufmerksamkeit«, murmelte Ben.

Er wollte gerade losfahren, da meldete sich Laura.
»Tu mir einen Gefallen, nimm die Flinte von deinem Vater und erschieß meinen Ex.«
»Ich frag Beppo, ob er den Job erledigt, für einen Extraknochen.«

»Im Ernst, das halt ich nicht lang aus.«
»Was sollen wir machen?«
»Ich weiß es nicht, sag du es mir.«
Weinte sie etwa? Es hörte sich so an. Sie schniefte zumindest.
»Wie wär's, wenn deine Sandra sich um ihn kümmern würde? Sie ist die Polizei, und er hat sich doch fälschlicherweise als Tierarzt ausgegeben.« Er dachte an die Pistole. »Sie könnte das Zimmer durchsuchen, und meine Schwester würde ihn dann bestimmt nicht mehr in der Pension haben wollen, mit all dem Geschiss.«
»Red du mit Sandra.«
»Ich? Wieso ich? Wir sind nicht grad – befreundet.«
»Weil ...«
»Na gut.«
»Aber wenn's nicht klappt, will ich die Flintenlösung.«
»Unbedingt.«
»Du könntest ihm was unterschieben.«
»Und was?«
»Waffen, Drogen, Falschgeld.« Ihr Lachen klang gekünstelt.
»Ach, Ben ...«
Laura schien in keinem guten Zustand zu sein.

25

Nein, sie war in keinem guten Zustand. Sie verarztete und tapte ihren Knöchel und packte ihre medizinischen Utensilien zusammen. Frau Boderbeck war auch in keinem guten Zustand gewesen. Und schließlich hatte sie ihr versprochen zu kommen. Neben ihrer Teilzeitbeschäftigung als Ninja und schäbige Hobbydetektivin war sie vor allem Tierärztin.

Die Strecke nach Untergrainau zu Boderbecks hätte sie mittlerweile mit geschlossenen Augen abfahren können. Wenigstens schafften es die schneeverwehten Wiesen und Äcker, durch die sich die Straße wand, ihr die Laune aufzuhellen. Ihr Ex hatte sich zu lange in ihre Gedanken schleichen können – Schluss damit!

Ja, das liebte sie an Garmisch-Partenkirchen. Du zuckelst mit zermartertem Hirn dahin, und urplötzlich packen dich Gebirge und Wälder, und du spürst mit allen Sinnen, wie sie dir Geist und Leib wieder aufpäppeln.

Sie musste die Hauptstraße verlassen, um zum Anwesen der Boderbecks zu gelangen. Der durchdringende Pfiff der Zugspitzbahn fügte der Landschaft einen Schuss verwunschener Mystik hinzu. Nichts hätte sie jetzt lieber getan, als in einem der gemütlichen Wägelchen Richtung schneebedeckte Berggipfel zu tuckern – zumindest, falls sie die einzige Passagierin hätte sein können. Träum weiter!

Die Nebenstraße vor ihr ging in eine Kurve über. Sie nahm den Fuß vom Gas und sah einen silbernen Range Rover am Straßenrand stehen. An dessen Motorhaube lehnte ein schwarzhaariges Wesen und zog an einer Zigarette. Dem ersten Eindruck nach war es eine Frau etwa in Lauras Alter. Sie trug weder Jacke noch Mütze, die Kälte schien ihr egal zu sein. Schmal und zerbrechlich wirkte sie in ihrer mit roten Blüten bedruckten Seidenbluse und den Jeans. Deplatziert in der Winterlandschaft, wie ein verirrter Kolibri auf Grönland. Laura hielt an und ließ das Fenster herunter.

»Hallo«, wandte sie sich an die Frau, »haben Sie eine Panne, kann ich helfen?«

Die Frau löste sich aus ihrer Haltung, als hätte sie erst jetzt registriert, dass ein Auto neben ihr gehalten hatte.

Sie wandte sich Laura zu. »N... Nein«, stammelte sie, »es ist ... es passt schon. Danke.«

Sie strich sich mit fahriger Geste eine Strähne aus dem geröteten Gesicht. Laura war nicht sicher, ob die Kälte dafür verantwortlich war.

Die Schwarzhaarige blickte Laura an, nein, sie sah durch sie hindurch. Ihre verquollenen Augen waren aufgerissen. Es lag keine Bestürzung darin, vielmehr diese erschöpfte Leere nach einer durchwachten Nacht in Anspannung. Laura kannte diesen Blick. Früher, in Rosenheim, hatte der sie des Öfteren aus dem Badspiegel heraus angestarrt. Sie rätselte, wie lange die Frau hier schon ausgeharrt hatte.

»Wirklich?«, fragte sie.

Am liebsten hätte sie die Frau in eine Decke gepackt, in ihr Auto verfrachtet und ihr eine Tasse Grüntee aus der Thermoskanne verabreicht. Doch die schüttelte den Kopf und betrachtete Laura mit einer Gleichgültigkeit, als wäre die nichts weiter als eine der mit Reif überzogenen Fichten neben der Böschung.

Sie zog hastig an der Kippe und schnippte sie in eine Schneewehe. Mit hölzernen Bewegungen stakste sie zur Fahrertür und stieg ein.

Laura zögerte einen Moment, dann fuhr sie an. Sie grübelte über die Begegnung nach, während sie auf den Weg zu Boderbecks Anwesen abbog. Was immer diese Frau an den Straßenrand getrieben hatte, arg gebeutelt war sie Laura vorgekommen. Möglicherweise Liebeskummer. Bei Verletzungen dieser Kategorie halfen die Tinkturen und Salben nicht, die sie mitführte. Tja, wenn es ein krankes Tier gewesen wäre ...

Frau Boderbeck erwartete sie. Sie stand vor dem Haus auf der Wiese und winkte beidhändig, als Laura vorfuhr.

»Gut, dass Sie da sind, Frau Schmerlinger«, wurde sie empfangen.

Blass sah sie aus, die Frau Boderbeck. Auch sie trug keine Jacke und schlotterte. Etwas an ihrer Haltung erinnerte Laura an ihre Begegnung mit der Schwarzhaarigen vor ein paar Momenten. Bildete sie sich das nur ein? Auch Frau Boderbecks Gemütszustand schien marode zu sein. Da pfiff definitiv der Wind durchs Gebälk. Allerdings wirkte sie nicht apathisch, sondern im Gegenteil aufgekratzt, wie ein hungriger Waschbär. Im Laufschritt eilte sie auf Laura zu und griff nach deren Hand, um sie zu schütteln. Die überschwängliche Geste überraschte Laura. Sie trat einen Schritt zurück und löste ihr Handgelenk aus der Umklammerung, bevor ihr die Schulter ausgekugelt würde.

»Gehen wir doch rein?«, schlug sie vor.

»Nicht gleich zu den Hühnern?«, erkundigte sich Frau Boderbeck.

»Vielleicht sollten wir uns erst unterhalten«, meinte Laura.

Die Frau ließ ein gekünsteltes Auflachen ertönen und schritt ihr voraus zum Bungalow.

Laura hatte gehofft, Herrn Boderbeck anzutreffen. Sie hätte sich gerne mit ihm wegen seines Engagements beim Treffen der »Wolfsjäger« im Wilden Hirschen unterhalten. Wie sie von seiner Frau erfuhr, war er unterwegs. Meistens sei er unterwegs, er traf sich gerne mit den Hiesigen. Schützenverein, zweiter Vorsitzender des Sportvereins, offenbar gab er sich alle Mühe, sich zu »assimilieren«. Laura entging der bittere Unterton nicht, der Frau Boderbecks Schilderung begleitete.

»Er ist heute früh weggefahren. Er macht sich nie die Mühe, mir mitzuteilen, wohin. Er ist zu bequem, um Ausreden zu erfinden.« Die Frau presste jetzt die Lippen zusammen und blickte ihr Gegenüber auffordernd an. Offenbar erwartete sie einen Kommentar.

Ausreden? Oh mei. Laura hatte kein Bedürfnis, das Thema

zu vertiefen. Sie saß mit einer Tasse Yogitee auf dem Büffelledersofa und ärgerte sich darüber, dass sie nicht lieber in den Hühnerstall gestiefelt war.

Bei den Boderbecks hing der Hausfrieden schief oder war bereits heruntergefallen und zerbrochen. Vielleicht bekäme Frau Boderbeck einen Porsche Cayenne als Trostpflaster. Solange die Tiere es nicht ausbaden mussten, war das nicht Lauras Spielwiese. Tatsächlich hatte sie im Bekanntenkreis schon Trennungen miterlebt, bei denen um Hund oder Katz mit härtesten Bandagen gekämpft worden war.

»Ich bin die Falsche«, sagte Laura und platzierte die leere Tasse auf dem Rauchglastisch.

»Ich versteh nicht«, kam es von Frau Boderbeck.

»Den Hühnern geht es blendend, den Schafen geht es gut, und der Hund ist, glaube ich, auch fit. Ihnen geht es nicht so prickelnd, das ist nicht schwer zu sehen.«

»Ja, aber ...«

»Schauen Sie, ich könnt jede Woche zwei-, dreimal vorbeischauen, wenn Sie sich um eins Ihrer Tiere sorgen. Ich bekomm's ja bezahlt. Aber mir wär's wohler, Sie hätten jemanden für sich.«

Ben machte sich auf den Weg nach Hause. Seine Augen brannten vor Müdigkeit. Aber noch heißer brannte Schimmelpfennigs USB-Stick in seiner Tasche. Er war begierig darauf, zu erfahren, ob der Inhalt ihm weiterhalf. Sein Vertrauen in den Baulöwen war nicht so groß, dass er Sensationelles erwartete.

Bei der Pension angelangt, machte er sich mit Beppo zusammen sofort auf in sein Zimmer.

Gerade hatte er sich mit seinem Laptop aufs Bett geworfen, da meldete sich sein Sohn bei ihm. Offenbar sollte morgen früh die Hatz auf den Wolf losgehen. Steffs Großonkel sei Feuer und Flamme und würde jagdfiebrig die Flinte wienern. Ben beschwor seinen Filius, keinen Schmarrn zu fabrizieren und morgen früh gefälligst zu Hause zu bleiben und sich rauszuhalten. Sein »Na gut« war aus der Kategorie »Ich sag meinem Vater, was er hören will«.

Bens Blick ruhte auf seinem Laptop. Sein Puls pochte in den Schläfenadern. Was sollte er unternehmen? War es sein Job, den Depperlhaufen von dieser Aktion abzuhalten? Er beschloss, Poschingers Flehen zu erhören und einen Artikel über die Hunde-Theorie zu verfassen. Vogel zu überzeugen würde keine leichte Geburt sein. Er war frustriert von dem Gedanken, dass sein Geschreibsel die damische Horde morgen früh zur munteren Jagd stimulierte.

Aber zuerst nahm er sich Schimmelpfennigs Stick vor: ein Foto der Wanderkarte, die er schon besaß. Abfahrtszeiten der alten Zugspitzgondel. Ein Scan von Stecks damaliger Aussage bei der Polizei. Respekt, Herbie war nicht so trantütig gewesen, wie er dachte. Er kannte die Aussage – nichts Neues. Steck hatte weder zum Streit zwischen Ben und Toni noch zum Absturz vom Grat etwas Erhellendes beigetragen. Rudimentäre Gesprächsnotizen von Judiths Vater. Das war alles?

Nein – drei Fotos, die einen ihm unbekannten pausbäckigen Kerl mit Bleistiftbart zeigten, der im Auto eine Blondine befummelte, die das Töchterlein hätte sein können. Am entrückten Ausdruck der beiden Gesichter war zu erahnen, was die Karosserie des Autos barmherzig verbarg. Das Nummernschild auf dem Jeep war zu entziffern.

Wo war der Zusammenhang? Herbie knipste ein schnackselndes Pärchen? Aus welchem Grund wäre das für ihn interessant? Banaler Kick? Was hatte sich Schimmelpfennig II. dabei gedacht, ihm das auf den Stick zu packen? In Ben stieg die Wut hoch, der Baulöwe sollte sich, samt seinen kryptischen Andeutungen, zum Bocksbeinigen scheren und auf dessen Grill kross geröstet werden. Ben würde mit Freuden den Spieß drehen, bis der Saft tropfte. Schimmelpfennig II. vermittelte ihm das Gefühl, als Marionette an den Fäden zu zappeln. Der Kasperl fixte ihn an, gab ihm exakt die Dosis, um seine Gier nach mehr Wissen zu wecken. Schimmelpfennig II. gelüstete es nach Kontrolle. Ein grandioser Scheißdreck war das! Wollte er ihn auf eine falsche Fährte führen?

Beppo sah seinem Herrchen aufmerksam zu, als Ben eines

der Fotos ausdruckte. Per Signal-App schickte er es auch an Laura.

»Kennst du die Turteltäubchen?«

Frau Boderbeck hatte sich das Hühnchen Melinda gegriffen, hielt es im Arm wie ein Baby. Melinda hatte sich seit der Befreiung aus der Legebatterie letztes Jahr prächtig entwickelt. Während die stolze Besitzerin dem Geflügel übers weiße Federkleid strich, betrachtete Laura das Foto, das Ben ihr geschickt hatte. Sie kannte die Protagonisten des Kuschel-Work-outs nicht. Offenbar kein Bett zu Hause oder von plötzlicher Leidenschaft überkommen. Pflichtschuldig wandte sie sich wieder den Tieren zu.

»Melinda ist eine Prachthenne«, sagte sie, »das haben Sie sauber hinbekommen.«

In ihrem Kopf kreisten die Begriffe Liebe, Leidenschaft, Hass und Wut. Herbie hatte für Judith geschwärmt, am Straßenrand eben stand eine verzweifelte Schwarzhaarige, Frau Boderbeck vermutete, dass ihr Mann fremdging, zwei Menschen vögelten im Auto. Vielleicht hatte sein Tod schlicht mit intensiven Gefühlen zu tun und nicht mit dunklen Geschäften oder seinen Recherchen. Wer könnte eine solche Wut, einen tödlichen Hass auf den Journalisten entwickelt haben?

»Liebe, Triebe & Leidenschaft«, textete sie zurück, was Ben nur ein Smiley mit verdrehten Augen wert war.

Laura verließ Frau Boderbeck mit der banalen Erkenntnis, dass dir eine Villa und der ganze Schmu nix nutzen, wenn die Glücksrad-Fee deine Nummer nie herdreht. Sie hatte der Frau eingeschärft, der Göttergatte sollte sich umgehend bei ihr melden. Vielleicht konnte sie ihm wegen seines Engagements für die Wolfshatz ins Gewissen reden. Dumm schien er nicht zu sein.

»Hast du denen aufgelauert und das Foto gemacht?«

Ben war nicht sicher, ob es eine prickelnde Idee gewesen war, das Bild Lissy zu präsentieren. Aber wer, wenn nicht sie, könnte die beiden Lustsportler im Jeep kennen. Und siehe da: Der Deiniger Rudi sei das, vom gleichnamigen Gasthof, und das Madl sei eine Bedienung, die Janette, die letztes Jahr aus Chemnitz gekommen war. Aber Lissy war noch nicht fertig. Sie standen sich im Flur gegenüber. Seine Schwester hatte die Arme vor der Brust verschränkt und die Mundwinkel verzogen, als müsste sie an einer Zitrone lutschen.

»Ihr Journalisten seid so ausgschamt«, sagte sie, »das ist doch nicht recht, so sein Geld zu verdienen. Das Privatleben der anderen Leut ausspionieren, na! Heutzutage darfst du nirgends mehr rumschmusen. Ein Paparazzo bist du, wie die damals bei der Lady Diana.«

»Oh mei, Lissy, heutzutag schnullen sich die Leibeskundler in Full-HD für ihre Followergemeinde ab, und das Foto hat übrigens Herbie geschossen.«

»Das macht's nicht besser, ein Kollege von dir und –«

»Was hast du gesagt?« Ben patschte sich an die Stirn.

»Dass ihr Paparazzos seid und ausgschamt.«

»Wenn schon, dann Paparazzi. Na, ich mein, das mit dem Geldverdienen ... ich bin ja so ein blöder Hammel!«

»Schön, dass wir einer Meinung sind. Und ob ›-razzo‹ oder ›-razzi‹, ist so wurscht wie noch grad was. Es hört sich jedenfalls nach Ratz an.«

Ratzfatz stieg Ben hinauf in seine Bude. Nach Schimmelpfennigs Vermutung hatte Herbie ein neues Geschäftsmodell aufgetan. Lauras Überlegungen bezüglich »Liebe, Triebe & Leidenschaft« erschienen Ben nicht mehr so abwegig. Was, wenn Herbie durch die Gegend gestrolcht war, um Pärchen abzulichten? Und damit deren Liebesspiele nicht beleuchtet wurden, hatte er sie abkassiert. Bei Laura erreichte er nur den AB. Geduld war keine seiner Stärken.

Der unfertige Artikel nagte an seinem Gewissen wie die Maus am Schinkenspeck. Ächzend klappte er den Laptop auf. Fakten aufzufädeln war Ödnis pur. Vogelwild zu spekulieren und die Phantasie von der Leine zu lassen, das war sein Metier. Er googelte nach tapsigen, flauschigen Wolfswelpen. War Kiplings Mogli nicht von Wölfen aufgezogen worden? In Alaska soll ein Wolf einen Mann vor einem Bärenangriff beschützt haben. Kruzifünferl, nach fünf Anläufen war er schachmatt. Das einzig Vernünftige wäre die Wahrheit, die nackte Wahrheit über den Tod von Herbie Schranz und dass einer der domestizierten Wolfsvettern zugebissen hatte.

»Einst hatten Wölfe angefangen, dem Menschen zu vertrauen, und wurden zu dessen Jagdgefährten ...«, begann er mit einem veritablen Pathosanfall den ersten Satz. Und heutzutage posieren die Leut mit Teacup-Viechern und Chihuahuas, stopfen sie in Louis-Vuitton-Täschchen oder stülpen ihnen Designerjoppen über, fügte er im Geist dazu. Winzig, niedlich, fluffig, so und nicht anders darf Natur! Lecko mio, er gab endgültig auf und schlug den Laptopdeckel mit Wucht zu. Hatten die dystrophen Ergüsse von Schimmelpfennig I. auf ihn abgefärbt? War er Journalist oder nur märchenerzählender Kasperl?

Er sprang auf. Ein Schnaps musste jetzt her. Mindestens einer. Benno schnarchte. Tief und fest ratzte er neben dem Sessel. Seine Pfoten zuckten. Vielleicht träumte er von gemeinsamer Hatz wie seine Vettern einst.

»Wie wär's denn mit Gemütlichkeit« aus dem »Dschungelbuch« summte er dem Tier vor, während er sich einen Whiskey einschenkte. Nur einen kleinen, damit die Gaudi im Hirnstüberl zur Ruhe käme und zum Soundtrack harmonierte. Morgen früh würde das Jagdhorn die Melodie vorgeben.

26

Laura hatte zwei Rinderbestandskontrollen hinter sich und war durch mit dem Tag. Für unerquickliche Nachrichten war sie nicht mehr empfänglich. Das Wetter konnte sich zwischen Schnee und Regen nicht entscheiden und beließ es bei halb und halb. Im Haus verstaute sie ihr Equipment, machte Proben fürs Labor fertig, bevor sie den Arbeitstag abhaken konnte.

Ihr Handy klingelte. Niemand meldete sich. Sie hörte nur Atmen.

»Wer ist da?«

Keine Antwort. Sie horchte einige Sekunden, dann beendete sie das einseitige »Gespräch«. Als hätte sie sich die Finger daran verbrannt, schleuderte sie das Gerät auf die Couch. Es klingelte erneut. Sie starrte ihr Handy an, beschloss baldmöglichst die dümmliche Melodie, die sich gerade in ihr Hirn fraß, zu wechseln.

Sicher war er der Anrufer. Die plötzlich eintretende Stille ließ sie die Luft anhalten. Sie schnappte sich ihr Handy und stellte es auf lautlos. Woher hatte er die Nummer? So schwer war das wohl nicht herauszubekommen. Ging es darum, sie zu zermürben? Möglicherweise bildete sie sich das alles nur ein, und der Anrufer war jemand ganz anderes gewesen. Falsch verbunden?

Nein, sie hatte die Gewissheit, dass sie dem Atem ihres Ex-Mannes gelauscht hatte. Da gab es keine zwei Meinungen. Er hatte sein Spiel eröffnet.

Aufgewühlt tigerte sie durch ihre Räume. Brühte sich Tee auf, griff zum Buch und legte es wieder weg. Dass ihr Ex bei Ben in der Pension hauste und über seine nächsten Schritte brütete, ging ihr ebenso wenig aus dem Kopf wie die illustre Jagdgesellschaft, die vorhatte, »Nägel mit Köpfen« zu machen. Sie legte sich auf die Couch und schloss die Augen.

Vergiss ihn, gib ihm keine Macht über deinen Verstand, Laura.

Endlich griff sie zum Smartphone und rief Ben an. Er klang so, wie sie sich fühlte.

Wen das Foto zeigte und dass er vermutete, Herbie erpresste heimliche Liebschaften, tat er ihr kund. Sie befriedigte der Gedanke, dass die Fakten mit ihrer Intuition übereinstimmten und Leidenschaft ein Auslöser für Herbies Tod gewesen sein könnte. Nachdem er aufgelegt hatte, meldete sie sich bei Sandra. Die Polizistin ging sofort ran.

»Und? Habt ihr was für mich?«, wollte sie wissen.

»Sag amal, auf der Telefonliste, war da ein Herr namens Deininger?«

»Ja, wieso fragst du?«

»Es könnt sein, dass der und sein Gspusi vom Schranz erpresst worden sind. Wir haben Bilder gefunden.«

»Könnte sein, aber der Mörder ist er nicht. Wir haben ihn überprüft. Er sagt, dass Schranz ihn angerufen hätte, weil er eine Festivität in dessen Lokal geplant hatte – beweis ihm das Gegenteil. Aber entscheidend: Er hat ein wasserdichtes Alibi für die Tatzeit, und der Hund, der dort rumspringt, ist ein Yorkshire Terrier.«

»Danke«, murmelte Laura enttäuscht. Gebraucht wurde so ein Zamperl anno dazumal als geschickter Rattenfänger, in diese Kategorie Beute fiel Herbie sicher nicht.

»Was treibt der Wiesegger Ben?«, wollte Sandra nach kurzem Schweigen wissen.

»Musst ihn halt fragen«, meinte Laura. »Ich sag ihm, er soll sich mal melden bei dir.« Sie dachte daran, dass Ben bei den Problemen mit ihrem Ex-Mann die Polizistin ins Spiel gebracht hatte. Ja, er sollte dringend bei ihr anklopfen.

Sie plauderten noch über Sandras Onkel Veit, den die Erkältung wieder niedergeworfen hatte. Die Mayer habe ihm Vorwürfe gemacht, dass er sich auf die Aktion im Wilden Hirschen eingelassen hatte, malad, wie er war. Laura beendete das Gespräch mit Gewissensbissen – nein, es war eher ein kaum spürbares Knabbern. Sie hatte gewusst, dass Veit für Action immer zu haben war. Die Mayer würde ihr das aufs Brot schmieren,

obwohl sie ja leibhaft dabei gewesen war. Sie hatte zumindest
»ein Auge auf ihn haben wollen«, wenn er schon Schindluder mit
der Gesundheit trieb. Veit ließ sich eh kaum dreinreden, er war
ein gestandenes Mannsbild, mit eigenem, störrischem Schädel.
Sie überlegte, ob es ihr oblag, Sandra mitzuteilen, dass die
Wolfshatz morgen früh stattfinden sollte. Die Burschen waren ja
keine Kriminellen, manche trieb Furcht und Sorge um ihr Vieh
oder die Zukunft, für andere war es aber sicher ein gefundenes
Fressen, die Sau rauszulassen und sich aufzumandln. Sollten
sich die Jagdverbände, Forstbehörden und Kreisgruppen damit
herumschlagen, falls die ein Interesse daran hatten.

Ben hatte ein paarmal versucht, Steff zu erreichen. Auf dessen
Mailbox hatte er ihn eindrücklich davor gewarnt, morgen seinen
»Großonkel« zu begleiten. Sollte er es in ganzer väterlicher
Strenge verbieten? Er verfluchte sich, weil er den Bub mit eingebunden hatte. Jetzt hatte er den Dreck im Schachterl. Steff
fühlte die Verpflichtung, sich nützlich zu machen. Die Geister,
die er rief ...
Laura hatte ihm eine Nachricht geschickt, dass Deininger
raus sei. War ja klar! Wäre zu simpel gewesen.
Ben maulte vor sich hin, was ihm von Beppo einen Hundeblick nebst gerafften Stirnfalten einbrachte. Hast ja recht,
Beppo, hilft ja nix!
Draußen machten sich Dunkelheit und Eiseskälte breit. Er
fläzte sich in seinem Zimmer auf dem Bett. Vor sich einen Teller mit Nudelsalat, aus der Küche stibitzt. Durch die Pension
war er geschlichen wie ein Dieb. Lauras dubiosem Ex-Kasperl
wollte er nicht über den Weg laufen. Nicht heute. Er hatte keine
Sprechstunde mehr für Psychopathen. Er hätte seine Mimik
nicht unter Kontrolle gehabt.
Gerade hatte er die fünfte mahnende Botschaft an seinen
Sohn verfasst, da meldete sich Schimmelpfennig II. bei ihm.
»Da schau her«, war das Einzige, was er, den Mund voller
Nudeln, herausbrachte. Er schluckte hastig und spülte mit Bier
nach.

»Wiesegger, ich hab eine Frau bei mir und –«
»Schön für Sie, aber für einen Dreier bin ich nicht zu haben.«
»Reden Sie keinen Blödsinn daher.« Der Baulöwe klang aufgebracht. So angefasst hatte er Schimmelpfennig II. nie erlebt, das lag sonst im Kompetenzbereich seines Bruders.
»Kommen Sie vorbei, wir müssen dringend reden.«
»Was, jetzt sofort?«
»Ja, und nehmen Sie Frau Schmerlinger mit.«
»Warum das denn?«
»Wie soll ich das Ihnen begreiflich machen? Die Frau bei mir ist völlig am Ende, die ist nix mehr als ein Häuflein Elend. Da weiß ich nicht weiter. Vielleicht könnte sie ...«
»Was könnte sie? Eine Behandlung? Wir reden schon von derselben Frau Schmerlinger? Die ist Nutztierärztin.«
Schimmelpfennig II. schnaufte laut auf. »Sie ... sie ist halt eine Frau, zefix. Ich weiß, dass Sie beide so spezielle Spezln sind, und die Sach muss auf jeden Fall unter uns bleiben, sonst ... Himmelherrgott noch amal, kommen Sie jetzt? Ja oder nein? Soll ich drum betteln, oder was?«
»Ich schau, was sich machen lässt«, sagte Ben gedehnt.
Schimmelpfennig II. schnaubte wie ein Traber auf der Zielgeraden. Sein Anliegen klang mehr nach Befehl denn nach »bitt schön«. Gewohnheitstier. Ben ließ sich von ihm den Weg zu seinem bescheidenen Domizil beschreiben, dann war das Gespräch abrupt beendet.
Er rief seinen »speziellen Spezl« Laura an. Er hatte befürchtet, sie überzeugen zu müssen, aber sie war sofort *on fire*.
»Da schau her, es geht was voran«, hörte er sie euphorisch ausrufen. »Halleluja! Holst du mich ab?«
Wer war die Frau bei Schimmelpfennig II.? Ob die Leidenschaft gerade Leiden schuf?

Die Behausung des Baulöwen lag hinter Grainau auf einer Anhöhe. Er hatte sich einen historischen Hof restauriert. Sie fuhren gefühlte Kilometer zwischen reifbedeckten Wiesen, gespickt mit kahlen Apfelbäumen. Der Hof war hell erleuchtet. Offenbar

Bewegungsmelder, die einen Mann ins rechte Licht setzten, der vor der Haustür auf und ab marschierte. Laura erkannte die hagere, hoch aufgeschossene Gestalt Stecks, der, eine Bierflasche in Händen, offenbar in Rage war.

Ben hielt an, und sie starrten schweigend auf die Szene, als säßen sie im Autokino. Laura hatte die Scheibe heruntergelassen zwecks besserer Akustik.

»Lass mich rein«, schrie Steck, »das kannst du nicht mit mir machen. So nicht!«

Die Haustür schlug auf, und Schimmelpfennig II. erschien. »Verschwind von meinem Hof!«, donnerte dessen Stimme.

»Und eins sag ich dir –«

Er kam nicht mehr dazu, den Satz zu beenden.

Steck feuerte die Bierflasche in seine Richtung. Sie zerschellte neben ihm an der Hauswand. »Leck mich doch kreuzweise!«

Während Schimmelpfennig II. sich ans linke Auge fasste, drehte sich Steck zu Laura und Ben um.

»Wen haben wir denn da? Wiesegger!«, brüllte er und wankte auf den Wagen zu.

»Du steigst nicht aus«, befahl Laura und hielt Bens Gurt fest, den er schon geöffnet hatte. »*No way!*«

Steck war herangekommen. »Los, was is? Trag ma's aus!«

Laura verriegelte ihre Tür. »Fahr los!«, rief sie Ben zu.

Aber der machte keine Anstalten. Er starrte den Betrunkenen nur an, als hätte der ihn hypnotisiert. Steck trat zu. Kracks! Der Außenspiegel flog in hohem Bogen in den Kies.

Laura kramte blind in ihrem Rucksack, bis sie eine Sprühdose ertastete. »Hey, Steckerlfisch«, rief sie.

Er wankte zu ihr hinüber. Ben hatte sich vom Gurt befreit und drückte die Tür auf.

Steck streckte den Kopf Laura entgegen. »Was willst du, du verrecktes Lu–«

Sie sprühte ihm eine volle Ladung aus der Dose ins Gesicht. Er schrie auf, wandte sich ab und rieb sich wild die Augen.

»Dein Ernst, Pfefferspray?«, fragte Ben.

»Halb so wild, gegen Zecken und Flöhe«, erwiderte Laura,

»nur Ablenkung. Und jetzt fahr endlich, bevor er die Karre zerlegt.«

Bens Insistenz raubte ihr die Fassung. »Ich hau gewiss nicht ab vor dem«, bekräftigte er.

Sturer Bock! Sie sah einen Schäferhund aus dem Hauseingang sprinten. Bellend galoppierte er auf Steck zu. Schimmelpfennig II. stapfte ihm hinterher, einen altertümlichen Dreschflegel schwingend.

Steck torkelte über die Wiese. Am Stamm eines Apfelbaums stützte er sich ab. »Ihr hörts von mir!«, schrie er, dann hastete er weiter.

»Hier, bei Fuß, Rufus«, befahl der Baulöwe seinem Hund. Stecks Gestalt wurde von der Dunkelheit verschlungen. Der Hund kläffte in die Nacht hinaus. Mit einem letzten Knurren machte er kehrt und setzte sich zu Füßen seines Besitzers auf die Hinterbeine. Der tätschelte ihm den Schädel.

»Herrschaftsverreck!«, hörte Laura Ben aufstöhnen. Er stieg aus dem Wagen und hob den Spiegel auf. »Lissy wird begeistert sein«, murmelte er, betrachtete ihn von allen Seiten und warf ihn auf den Rücksitz. »Auch noch ausgerechnet der Steckerlfisch.«

Schimmelpfennig ließ den Dreschflegel einmal durch die Luft sausen. »Ich sag's ja immer, wo findest du heut noch anständiges Personal?«, sagte er schnaufend. »Jetzt muss der depperte Hirsch zu Fuß heim.«

Über seinem linken Auge zeigte sich ein blutender Cut, offenbar von einer verirrten Glasscherbe. »Grüß Sie Gott, Frau Schmerlinger«, wandte er sich an Laura, »lassen S' uns reingehen, es ist zapfig.«

Laura warf einen Blick umher. Stecks Auftritt war ihm definitiv gelungen. Ging es um Geschäftliches? Erst jetzt bemerkte sie den silbernen Range Rover, der neben den zwei BMWs mit Schimmelpfennigs Werbeaufschrift parkte. Zufall? Möglich, aber unwahrscheinlich.

Ben war froh, dass es so ausgegangen war. Er wusste nicht, was Schimmelpfennig II. mit dem Dreschflegel hätte anrichten können, aber er brauchte Stecks Schädel möglichst unversehrt. Er hätte es nicht vermocht, einfach davonzufahren, ohne zu wissen, wie der Streit enden würde. Letztlich war der Mann der Einzige, der Licht in das Geschehen am Jubiläumsgrat bringen konnte. Sein Schicksal hing mit Bens zusammen, er war Frodo aus »Herr der Ringe« und Steck der Gollum – oder andersherum.

Schimmelpfennigs bescheidenes Domizil beeindruckte Ben. Er kannte sich zwar nicht mit Architektur aus, aber offensichtlich hatte der Baulöwe das Gebäude entkernt. Die tragenden Deckenbalken waren in einer Höhe, die unüblich war für die historischen Bauernhäuser. Innen war es schlicht gehalten, weiße Wände, rustikales Mobiliar, weniger Protz, als zu vermuten war. Sogar ein Hackbrett hing an der Wand. Aha, hier wurde die Stubenmusi gepflegt.

Sie schlüpften aus Schuhen und Jacken.

»Sie ist im Schlafzimmer«, sagte Schimmelpfennig II. Richtung Laura und deutete auf eine Tür. »Ich hab ihr gesagt, dass Sie kommen.«

Die Frau drückte Ben ihre Jacke in den Arm und verschwand im Zimmer. Ben blieb mit Schimmelpfennig II. zurück.

Der Mann deutete auf zwei Lounge-Sessel, die mit braun gescheckter Kuhhaut bespannt waren. »Wollen Sie ein Bier?«

Ben schüttelte den Kopf. »Vielleicht später.«

»Gut.«

Sie setzten sich. Fahl wirkte das Gesicht seines Gegenübers, fahl, teigig und abgekämpft. Kein Wunder.

Ben deutete auf dessen Schnittwunde. »Sie sollten ...«

Der Mann winkte ab. »Oiso«, begann er. »Wenn ich die Zeit um ein paar Tage zurückdrehen könnte, ich würd es machen. Jetzt haben wir den Dreck.«

»Wir?«

»Hören Sie gut zu, Herbie Schranz hat Fotos auf dem Laptop gehabt, in der Absicht, die Leut zu erpressen.«

»Mhm. Seine Geldquelle. Den Deininger zum Beispiel.«

»Auch.«

»Wen noch?«

»Wurscht. Aber er hat wohl auch Fotos gemacht, die ich nicht gesehen hab.«
»Ah, da schau her.«
»Ja, bloß wen zeigten die? Das war die Quizfrage. Steck hat mir den Laptop besorgt. Das mit Vogels Kopfschmerzen tut mir leid, das hab ich nicht gewollt. Die Recherchen über die Holzgeschichte sollten nicht in falsche Hände geraten. Aber Steck hatte den Laptop natürlich vor mir in seinen Bratzen.«
»Schon klar. Hat Steck die Bilder gelöscht?«
»Für sich behalten, denk ich – denn jetzt hat der Depp sich gedacht, mei, vielleicht haben die beiden Turteltäubchen Herbie umgebracht, da könnte man doch eine Menge Geld rausschlagen.«
»Vom eigenen Laufburschen reingelegt, das muss hart für Sie sein.« Ben grinste. »Wieso wissen Sie, dass es er war?«
»Weil er mit unterdrückter Nummer bei der Frau angerufen hat. Aber dummerweise von unserem Büro aus. Und da steht eine kleine Big-Ben-Uhr, die stündlich schlägt – Aufmerksamkeit von einer guten Freundin, die Sie, glaub ich, kennen. Und wie es der Teufel will, bim, bam, bum, im Hintergrund. Die Frau war schon öfter bei mir im Büro und kennt das Geläut. Und weil sie nicht blöd ist, wird ihr klar, was es geschlagen hat.«
»In Schurken und Narren teilt sich die Welt, hat meine Großmutter immer gesagt. Steck ist wohl beides in Personalunion. Und Sie? Was wollen Sie von mir?«
»Schauen Sie, ich will erstens, dass ihr Mann nix erfährt, zweitens die Bilder, drittens, dass der Mörder mit seinem Hund erwischt wird, und – wichtig – viertens, dass ich sowie die Frau nix mit der Polizei zu tun bekommen. Polizei wär für Sie auch nicht prickelnd, oder?«
»Sie hätten mit dem Dreschflegel gescheit zudreschen müssen, dann wäre erstens abgehakt. Und fünftens hängt davon ab, ob die ominöse Frau mit drinsteckt, bei der Geschichte um Herbies Tod.«
»Der Flegel?« Er lachte rau. »Das ging mir durch den Kopf, ja. Aber ich hab mich beherrscht, weil Sie mir böse gewesen

wären, Wiesegger. Wir haben ja beide gelesen, was ich Ihnen gegeben habe. Judith hat mir von Ihrem Besuch im Krankenhaus erzählt. Da sollten wir uns doch nicht schaden, nicht wahr? Und die Frau hat nix damit zu tun, das schwör ich Ihnen.«
»Schwören is easy, des sind bloß Wörter. Und was ist der Masterplan?«
Der Mann lehnte sich zurück und ächzte auf. Er nahm einen Schluck Wasser. Seine Hand zitterte, als er das Glas abstellte. Die Finger massierten die Nasenwurzel. Er schüttelte den Kopf.
»Ganz ehrlich, Wiesegger, fragen Sie mich nicht. Hundsverreck, ich weiß nicht, was das Beste wär.« Er streckte ihm seine Handflächen entgegen. »Jetzt jauchzt Ihr Herzerl, wenn Sie mich so erleben, oder?«
»Letztes Jahr, Schimmelpfennig, hätte es gezwitschert wie eine Amsel. Jetzt? Nicht wirklich.«
War er bloß ein guter Schauspieler, der gramgebeugte Herr Schimmelpfennig? Ben war unschlüssig.
»Und, Karten auf den Tisch, wer ist sie?«, fragte er und deutete in Richtung Schlafzimmertür.
»Haben wir einen Deal?«, wollte Schimmelpfennig II. wissen.
Der Pakt mit dem Teufel, dachte Ben und nickte.

Laura war froh gewesen, die Frau angezogen vorzufinden. Sie war nicht Schimmelpfennigs Gespielin. Immerhin.
»Wir kennen uns«, hatte sie gesagt, »erinnern Sie sich?«
Sie hatte sich umgesehen im Raum. Schimmelpfennig II. liebte es klassisch bäuerlich. Ein eichengerahmtes Bett mit blau karierter Bettwäsche, ein Bauernschrank und das gepinselte Bild des Zugspitzmassivs bildeten das Interieur. Die Frau war auf dem Bett gelegen und hatte sich beim Eintreten Lauras umgedreht und ihr das blasse, vom Liegen zerknautschte Gesicht zugewandt. Eine Weile lang hatte keine von ihnen gesprochen.
Laura wartete.
Schließlich stand die Frau auf und setzte sich auf die Bettkante. Sie fuhr sich durchs verstrubbelte schwarze Haar. »Mhm«, sagte sie.

Laura schwieg weiter.
»Wissen Sie, wenn man seinen Mann ... ich meine, das Wort ›betrügen‹ hört sich irgendwie falsch an.«
Laura nickte.
»Ich weiß nicht, wie es dazu –«
»Glauben Sie mir, ich bin die Allerletzte, der Sie das erklären müssten. Es gab Gründe und Punkt.«
»Jedenfalls hat dieser Steck mich angerufen. Ich bin hinterher draufgekommen, wie ich und der Johannes, ich mein, Herr Schimmelpfennig überlegt haben. Die Stimme war gedämpft, verstellt, aber ich hab die Glocke der Uhr gehört. Die steht im Büro vom Johannes, und er hat gemeint, dass kann nur Steck gewesen sein. Und der hat mir vorgeworfen, ich und mein Gspusi hätten bestimmt Herbie Schranz umgebracht, und sein Schweigen müssten wir bezahlen. Und er hätte auch Bilder von uns.«
Sie nahm sich ein Taschentuch und schnäuzte sich ausgiebig.
»Das ist so dreckig – Fotos! Ich wusste nicht, wovon er redet. Ich hab doch niemanden umgebracht! Ich hab ihm gesagt, dass er spinnt und ich die Polizei verständige.«
»Mhm.«
»Dann ist er furchtbar wütend geworden. Ob das mein letztes Wort wär, und ich hab gesagt, er soll mit seinem Schmarrn die Leut nicht belästigen und sich schleichen.«
»Und wie hat er reagiert?«
»Ich würd schon sehen, was ich davon hätte.«
»Wie hat er das gemeint?«
»Ich weiß doch nicht. Vielleicht zeigt er die Bilder meinem Mann. Ich hab ihn heut nicht erreicht und ...«
»Dann sind Sie rumgefahren, und wir sind uns begegnet.«
»Ich kann nicht heim. Ich weiß nicht weiter.« Sie schnäuzte sich wieder. Tränen schien sie keine mehr zu haben.
»Haben Sie das Ihrem ... Liebhaber mitgeteilt?«
»Das wollt ich ja, aber der geht nicht an sein Scheißhandy!«
»Sie haben auf ihn gewartet, direkt an der Abzweigung, aber er kam nicht. Er weiß also nicht, wer Sie zu erpressen versucht hat, richtig?«

Die Frau sah Laura an. Der Blick eines erschrockenen Rehs. Die Abzweigung führte zu Boderbecks Anwesen. Dessen Frau hatte die richtigen Antennen gehabt.
»Dann wissen Sie ja alles. Ich kann nirgendwohin. Ich weiß nicht weiter.«
»Ich sag Ihnen was. Sie versuchen nicht mehr, Ihren Liebhaber zu kontaktieren, wenn Sie noch Schlimmeres für sich und ihn vermeiden wollen. Sie wissen noch nicht, ob Ihr Mann alles weiß. Aber wenn wir überlegen sollen, wie es weitergehen soll, wär's nicht schlecht, wenn ich wüsste, wer Sie sind.«
»Ich bin die Annelies Angermayer.«
Laura blies die Backen auf. Jetzt war der Rehblick auf sie übergegangen.

Die Schlafzimmertür schlug auf, und Laura erschien. Sie rieb sich über die Augen.
»Ich wollte, dass sie selbst so viel erzählt, wie sie es für richtig hält«, meinte Schimmelpfennig. »Ich bin der Patenonkel ihres Sohnes.«
»Sie versucht, ein bisserl zu schlafen.«
Ben schaute zwischen Laura und dem Baulöwen hin und her. »Ja und, wollt ihr einen Krimi draus machen?«
»Frau Angermayer hab ich den Nacken massiert, ihr eine Schlaftablette gegeben und ihr zugehört«, sagte Laura und setzte sich neben Ben.
Er brauchte einen Moment, bis die Botschaft zu ihm durchdrang.
Wie von weit her hörte er Schimmelpfennig II. sagen: »Der Xaver Angermayer ist mein ältester Freund. Ich war Trauzeuge. Und jetzt steh ich da – das ist ein herzensguter Kerl, auch wenn nicht immer ...«
Ben räusperte sich. Er hoffte, dass Angermayer seine Frau nicht toasten würde, sobald er übers Nebenausgehen Bescheid wusste.
»Herbie hat Angermayer wegen Ihrer Holzgeschichte ausspionieren wollen«, murmelte Ben, »und als Beifang ist er auf

die Schmuserei zwischen der Angermayerin und ihrem Liebhaber gestoßen. Dann hat er seine Chance gewittert, zu Geld zu kommen.«

»Klingt plausibel«, bestätigte Schimmelpfennig II.

»Ich –«, begann Ben, doch Laura kam ihm zuvor.

»Frau Angermayer bleibt heut bei Ihnen«, bestimmte sie.

Schimmelpfennig II. nickte ergeben. »Wenn Sie ihren Mann erreichen, versuchen Sie herauszubekommen, ob er was weiß oder nicht. Und Sie sagen ihm, seine Frau ist hier, weil ... sie hat was getrunken und kann nimmer fahren oder weiß der Geier.«

Schimmelpfennig II. nickte wieder. »Wenn Sie mich fragen«, sagte er mit kratziger Stimme, »ich meine, wissen wir, ob Boderbeck einen Hund hat?«

Ben zuckte zusammen und sah zu Laura. Die nickte ungerührt. Boderbeck war also der Lover von Frau Angermayer! Mannomann, wieso erfuhr er das als Letzter?

»Wir wissen. Ausreichend Beißkraft«, meinte die Expertin und nickte langsam. »Das ist ein rumänischer Mischling von der Straße. Ich schätze mal, da steckt Hirtenhund drin, der dunkle, den sie Corb, also Rabe, nennen. Schon ein beeindruckender Kerl. Meinen Sie, die Annelies vermutet das auch?«

Ben sprang auf, es hielt ihn nicht mehr im Sessel. »Wir«, sagte er, »die Frau Schmerlinger und ich, sorgen dafür, dass es aufgeklärt wird.«

»Das ist pfundweise Pathos und keine Substanz!«, knurrte Schimmelpfennig II. »Morgen wird die Jagdsaison eröffnet, da geht's rund mit dem jungen Hund. Und Steck ist unser gemeinsames Sorgenkind!«

»Ich hab's nicht vergessen. Schauen Sie, wir versuchen, Sie rauszuhalten und die Frau Angermayer nicht reinzureiten, und was ist mit Ihnen? Was ist der Deal?«

Schimmelpfennig II. hatte Ben den Rücken zugedreht und zündete sich eine Zigarre an. »Sagen Sie meinem Bruder, die Firma Schimmelpfennig verwendet von jetzt an nur noch einheimisches Holz.«

»Was?« Ben glotzte auf seinen massigen Rücken. »Geläutert? Schön dahergesagt.«
Der Mann wandte sich um und schaute Ben ins Gesicht.
»Die Sach ist die: Sie kennen meinen Bruder. Der wird nicht lockerlassen, ich mach mir wirklich Sorgen um den verbohrten Deppen. Da sind gefährliche Leut beteiligt, die wollen sich nicht in die Suppe spucken lassen – also *finito*.«
Er wandte sich zu Laura. »Und morgen werden weniger Leut zur Jagd blasen, als Sie denken. Wer mit der Flinte daherkommt, für den gibt's keine Geschäfte, keine Arbeit bei mir, und bei denen kauf ich nix – es hat sich rumgesprochen –, von Wilderei ganz abgesehen.«
»Jetzt brauch ich ein Bier«, sagte Ben.
Lauras Kopfschütteln war beinahe unmerklich, aber er hatte es registriert.
»Ich verlass mich drauf, dass ihr den Misthund festnagelt, ohne Tatütata«, sagte Schimmelpfennig und zog heftig an seiner Zigarre. »Und ich will die Fotos!«
»Hätten Sie die halt selbst eben aus Steck herausgedroschen«, sagte Laura, »meinen Segen hätten Sie gehabt.«
»Was ist eigentlich noch auf dem Laptop?«, wollte Ben wissen.
»Ach, nix wirklich Interessantes«, brummte Schimmelpfennig II. und blies Rauch Richtung Decke. »Vergessen Sie es.«
Ben fluchte lautlos. Hundling, verreckter!

27

In Lissys Wagen sahen sich Ben und Laura an, ohne etwas zu sagen.
»›Wir sorgen dafür‹«, murmelte Laura schließlich. »Kräftig getrommelt, Kamerad. Und wie willst du das anstellen?«
Ben zuckte mit den Schultern und fuhr los.
Vor Lauras Haus machte sie keine Anstalten auszusteigen.
»Kommst du mit rein?«, fragte sie ihn. »Ich mag jetzt nicht allein rumwurschteln.«
Ben zog den Schlüssel ab und stieg aus. »Beppo wird sich Sorgen machen, wenn ich nicht heimkomm«, sagte er.
»Der freut sich morgen früh umso mehr«, meinte Laura.
Sie wollte gerade den Schlüssel ins Schloss stecken, da läutete ihr Smartphone.
»Frau Boderbeck?«
»Ja, ich weiß, es ist spät und …«
»Was ist denn los?«
»Ich hab meinem Mann gesagt, er soll Sie dringend anrufen, aber er hat nur unflätig reagiert, richtig ausfallend ist er geworden. Und seit heute Nachmittag ist er unterwegs, den Hund suchen. Der wäre ihm im Wald davon.«
»Ach so, hoffentlich findet er ihn wieder.«
»Ja, ich hoffe es auch. Nicht dass morgen jemand versehentlich auf ihn schießt. Ich mach mir auch Sorgen wegen dieser bescheuerten Jagd und …«
»Wird schon nix passieren. Männliches Gegockel halt. Wenn die umsonst umherhatschen, nach zwei Stunden sind sie Eiszapfen und reif für Jagertee in der Wirtschaft.«
»Glauben Sie?«
»Gut Nacht, Frau Boderbeck.«
»Was war das denn?«, erkundigte sich Ben.
Laura ging ihm voraus ins Haus. »Bestellst du Pizza oder ich?«, kam ihre Gegenfrage. Sie schlürfte ins Wohnzimmer und

warf sich mit Schuhen und Jacke in einen Sessel. »Ich glaub, Boderbeck hat grad den Hund verschwinden lassen. Das arme Viecherl, Scheißdreck, verreckter!«

»Das arme Viecherl hat wahrscheinlich Herbie zerfleischt«, kam Bens Stimme aus dem Flur, wo er ordentlich seinen Parka auf den Bügel hängte.

»Ach – bestell einfach und red ned blöd daher!«
Sie streifte die Stiefel ab, sodass sie durchs Zimmer flogen. Was immer die nächsten Stunden bringen würden, es gab Leut, die leiden würden wie ein Hund. Niemanden würde es erleichtern.

Sie hatten es sich gemütlich gemacht.

Ben fläzte sich auf dem Sofa und riss sich ein Stück Pizza Napoli ab. Laura neben ihm schwenkte ein Weinglas und beobachtete, wie der rubinrote Inhalt das Kerzenlicht reflektierte.

Er hatte im Hirn die Pausetaste gedrückt. »Beds Are Burning« von Midnight Oil dröhnte aus den Boxen, und Laura bewegte lautlos die Lippen zum Text. Für seinen Geschmack zu soft, aber okay. Nur ein Stündchen abschalten. Er wusste, er würde keinen Schlaf finden. Nicht hier, nicht jetzt.

Als der Song verklungen war, stellte Laura ihr Glas auf den Tisch. Eine entschlossene Bewegung.

»Wir nageln ihn fest«, sagte sie.

Sie griff zum Handy. Über den Lautsprecher hörte Ben mit.

»Hallo, Sandra.«

»Weißt du, wie spät es ist?«

»Nein. Aber ich muss dich was fragen.«

»Hätt's nicht Zeit bis morgen gehabt?«

»Nein. Hat Schranz auch mit einem gewissen Boderbeck telefoniert?«

»Naa, nicht dass ich wüsste. Wer soll das denn sein?«

»War nur ein Versuch, sorry. Gut Nacht.«

»Super, jetzt bin ich wach – gut Nacht.«

Ben sah Laura mit gerunzelter Stirn an.

»Schad. Hat Herbie ihm einen Erpresserbrief geschickt, oder was?«, sinnierte die.

Ben streckte schweigend den Arm nach dem Handy aus. Sie drückte es ihm in die Hand.

»Hallo, Steff.«

»Servus, Vater, du, ich hab grad keine Zeit, ich –«

»Hör ich, nur eine Frage. Woher hast du denn den Boderbeck im Wilden Hirschen gekannt, kennt man den von irgendwoher?«

»Der ist zum zweiten Vorsitzenden vom GSV ernannt worden, letztes Jahr.«

»Aha, und?«

»Es ist schön, einen Vater zu haben, der nicht weiß, dass ich seit fünfzehn Jahren Handball spiel.«

»Aber klar weiß ich's.«

»Ja freilich.«

»Macht der Boderbeck auch Sport? Tischtennis vielleicht?«

»Ja, hat er bei der Weihnachtsfeier erwähnt, glaub ich, die war ja letzte Woche.«

»Dank dir. Hör ich die Black Keys da im Hintergrund? Du hast sogar Geschmack.«

»Melli steht auf die. Du – beim GSV gibt's auch Koronarsport für Senioren.«

»Depp.«

Ben reichte Laura das Handy und lehnte sich ins Polster zurück. »Nenn mich Sherlock!«

»Ich bleib bei ›Ben‹.«

»Boderbeck kannte Herbie vom Tischtennistraining. Herbie hatte einen Pokal vom GSV herumstehen, das Trumm hat Vogel auf den Schädel bekommen. Trara!«

»Also eine Mutmaßung. Und behaupte bloß nicht, du hättest vor dem Telefonat mit Steff so eine Ahnung gehabt. Du bist grad zufällig draufgetreten wie auf Hundescheiße.«

Ben grinste schulterzuckend. »Stell dir vor, nach dem Training unter der Dusche.«

»Bitt schön kein solches Kopfkino, des geht nie wieder raus aus dem Schädel!«

»Hör zu: Boderbeck seift sich grad seinen Astralleib ein, da

meint Herbie neben ihm, während er sich die Ohrwaschl ausputzt: ›Du scharfer Hund, ich hab dich beobachtet, wie du die Angermayerin zam…‹«
Lauras Augenrollen ließ Ben innehalten.
Er räusperte sich. »Also, ›… wie ihr euch Liebe geschenkt habt. Ich hab Fotos gemacht. Zahlst mir fünftausend Euro, und niemand erfährt was.‹«
»Dreitausend«, meinte Laura.
»Dreitausend sind keine sprudelnde Geldquelle.«
»Fünftausend sind aber arg viel für ein bisserl Fremdvögeln.«
Ben feuchtete sich die Kehle mit einem guten Schluck Wein an. »Vielleicht wollte er geschäftlich noch expandieren, die Fotos vom Deininger sprechen dafür. Oder Frau Boderbeck gehört das Vermögen, nicht ihrem Mann, da wären fünftausend noch viel zu wenig. Weiter: ›Gut‹, sagt Boderbeck, ›treffen wir uns morgen in der Früh am Parkplatz in Hammersbach, da geh ich immer spazieren.‹ – ›Ich weiß‹, sagt Herbie, ›manchmal auch mit der Angermayerin in die Büsche.‹ Fall geklärt und eingetütet.«
»Und dann sagt Boderbeck: ›Nee, so war's nicht.‹ Und du: ›Doch, glaub ich aber.‹«
»Ich sag: ›Haben Sie nicht dreitausend Euro abgehoben gestern?‹«
»Vielleicht hat er Geld abgehoben, oder er wollte Herbie gar nicht bezahlen. Dann gäb's keine Kontobewegung.«
»Gut, ich sag: ›Gestehen Sie! Bei Ihrem Hund machen wir DNA-Proben, Gewebezeugs, Abstriche, Zahnabdruck, wir quetschen alles raus aus dem Viech.‹«
»Ja, wenn wir einen Hund hätten. Der liegt bestimmt jetzt schon irgendwo im Wald vergraben.«
»Der Sauhund, der mistige.«
»Du meinst hoffentlich Boderbeck.«
Ben griff sich die Weinflasche und betrachtete sie. »Leer«, kommentierte er.
»Die auch schon wieder.«
Die »Ace of Spades«-Riffs dröhnten aus dem Flur.

Er sah Laura fragend an und erhob sich ächzend.

Draußen fischte er das Smartphone aus der Jacke. »Schimmelpfennig? Ist was passiert? Weiß Angermayer ...?«

»Nein, den hab ich nicht erreicht. Ich hab der Annelies gesagt, sie soll dem Boderbeck eine Nachricht schicken, dass Steck sie erpresst.«

»Was haben Sie? Hat Ihnen wer ins Hirn geschissen?«

»Bleiben Sie fluffig. Sie müssen bloß verhindern, dass der Steck morgen abgekragelt wird, dann frisst der Ihnen aus der Hand. Kann doch nicht so schwer sein.«

»Und wenn nicht, könnten Sie ihn endgültig loswerden, oder? Verflucht, Sie wissen genau, dass Boderbeck und Steck bei der depperten Hatz aufeinandertreffen! Hallo?«

Die Verbindung war unterbrochen.

Nein, nein und noch mal nein! Er hätte ahnen müssen, dass Schimmelpfennig II. sein eigenes Süppchen kochte. Ha, der geläuterte Menschenfreund! Es war zum Haareausreißen, aber noch hing er an seinen wenigen. Besser nur raufen.

»Holst du noch eine Flasche aus der Küche?«, hörte er Laura rufen. Ihre Stimme klang verwaschen.

Er schlappte fluchend los und schnappte sich eine Pulle Rioja. Zurück im Wohnzimmer ließ er sich aufs Sofa plumpsen.

Auffordernd sah Laura erst ihn, dann den Korkenzieher an. »War's was Wichtiges?«, wollte sie schwerzüngig wissen.

Er entkorkte die Flasche und schenkte die Gläser voll.

»Das ist halt meine Natur‹, sagte der Skorpion zum Frosch. Kennst du die Fabel?«, fragte er.

»Oh, ich tipp auf deinen neuen *best buddy* Schimmelpfennig II.?«

»Die abgefeimte Schweinebacke schickt mich morgen ...«, er sah auf die Uhr, »... nein, heute auf die Jagd.«

»Lass uns darauf trinken, Waidmann.« Laura hob ihr Glas und reckte es ihm entgegen.

Ben brach in Gelächter aus. Er wusste nicht, ob aus Verzweiflung oder Todesverachtung.

28

Der Tag ließ sich Zeit mit dem Anbrechen. Als Ben von der Couch hochfuhr, war es stockdunkel. Etwas hatte ihn geweckt. Er hörte das Klappern von Geschirr. Laura war offenbar in der Küche zugange. Er warf einen Blick aus dem Fenster. War das der Vollmond da am Himmel? Er stöhnte auf. Jede Faser seines Körpers beschwor ihn, liegen zu bleiben. Sein Schädel war eine Suppenterrine, aus der er mühsam einzelne Gedanken schöpfte, wie Grießnockerln aus der Gemüsebrühe. Er warf einen Blick auf das Flaschenensemble auf dem Tisch. Sauber, Ben Wiesegger, das ist mal ein perfekter Start in den Morgen.

Laura erschien mit zwei Kaffeehaferln. Sie setzte sich ihm gegenüber in einen Sessel und gähnte herzhaft.

»Steff sollte in Erfahrung bringen, wo die Truppe hinwill«, sagte sie.

»Dir auch einen guten Morgen«, meinte er und streckte sich unter der Wolldecke.

»Viel Zeit hast du nimmer«, kam ihre Mahnung.

»Das erinnert mich an meine Schulzeit, das hat die Mutter immer gesagt.« Er richtete sich auf, rieb sich die Augen und griff zum Handy.

Die Antwort von Steff kam prompt. »Ich schick dir den Standort, wo wir parken«, schrieb er.

Wir? Ben rief ihn an, bekam aber nur die Mailbox. »*Wir* gehen gar nicht«, blökte er, »du bleibst daheim!«

Er sprang auf. »Der depperte Bua!«, rief er aus.

»Er meint es gut und will dir halt helfen mit Informationen«, meinte Laura.

»Indem er mit den Kasperln jagen geht?« Ben war außer sich.

»Jetzt lass uns erst nachdenken«, sagte Laura.

Für Ben gab es nichts nachzudenken. Sein Sohn würde gleich mit Boderbeck, einem mutmaßlichen Mörder, dem unberechenbaren Narren Steck und weiteren jagdfiebrigen, testosterongepeitschten Gesellen durch den Wald tigern. Keine Minute konnte er hier herumsitzen und Kaffee schlürfen.

»Na schön«, hörte er Laura sagen. »Hast du eine Warnweste im Auto? Die ziehst du an. Nicht dass dich wer niederknallt. Und du holst dir gescheite Schuhe und nimmst den Hund mit.«

»Wieso das?«

»Beppo kennt sich wenigstens aus mit der Jagd, du nicht. Der findet die Leut vielleicht, bei dir hab ich Zweifel.«

»Okay, macht Sinn«, brummte er, »und was treibst du so?«

»Ich hatsch nicht durch den Wald mit meinem maladen Knöchel, des bringt ja nix, aber ich bleib mit dir in Verbindung. Wenn was ist, ruf ich die Ganghofer Sandra oder …«

»Oder was?«

Die Türklingel schellte.

Ben warf Laura einen fragenden Blick zu. Die erhob sich und schlappte nach draußen.

»Herr Poschinger, da schau her«, hörte Ben sie ausrufen. Der Ochs hatte ihm noch gefehlt. Er rappelte sich hoch und spähte ums Eck.

»Es war natürlich kein Wolf!«, rief Poschinger und sprang in den Flur, als wär er vom Einsatzkommando. »Ich hab's schwarz auf weiß. Das ist auszuschließen!«

Ben trat nur in Jeans in den Flur. »Morgen, Poschinger«, sagte er sich streckend.

»Wiesegger, du?« Der entgeisterte Blick des Hauptkommissars verfolgte ihn, während er ins Bad stapfte. »Hört ihr mir nicht zu!«, brüllte Poschinger. »Ich fahr jetzt mit dem Lautsprecher durch den Ort, tapezier die Wände damit und hämmer es mit der Faust in jedes damische Hirnstüberl! Keine Wolfsbeteiligung! Morgen will ich das in allen Zeitungen lesen, Wiesegger.«

»Morgen ist zu spät«, beschied ihm Ben, der wieder aus dem Bad kam und sich sein Sweatshirt überstreifte.

»Wieso?«

»Weil die tapferen Burschen grad auf die Jagd gehen.«

»Verreckter Scheißdreck, verreckter! Wo?«

Ben trat mit seinem Smartphone zu ihm und zeigte ihm das Gebiet auf der Karte.

Poschinger wischte sich den Schweiß von der Stirn. »Wenn's keinen Wolf da gibt, schießen sie auch auf keinen, oder? Alles gut.« Er grinste ob seiner Schlauheit. »Nur einen mörderischen Hund muss ich jetzt finden.«

»Aber es könnte durchaus Wölfe in der Gegend geben«, sagte Laura. »Da gibt's genug Leut, die suchen einen Vorwand, um die ausrotten zu können. Und wieso ist alles gut, wenn da ein Haufen Leut mit Gewehren durch den Wald zieht? Sind wir im Krieg, oder was?«

»Zum Erschießen finden die genug auch ohne Wölfe«, fügte Ben hinzu. »Könnte wie beim Paintball werden, nur ohne Farbpatronen.«

»Herrgott!«, schrie Poschinger. Seine Augen traten aus den Höhlen, er schnappte nach Luft wie ein Karpfen auf dem Trockenen. »Und wen soll ich jetzt bitt schön wegen dem Dreck verständigen, Frau Schmerlinger?«

Die Frage holte sich ein müdes Schulterzucken ab.

Ben schlüpfte in die Sneakers und riss seinen Parka vom Haken. Dann hastete er am puterroten Hauptkommissar vorbei. Aus den Augenwinkeln sah er, wie Laura den Polizisten mit einer Handbewegung vor die Tür scheuchte.

»Gemma!«

Mit Beppo auf dem Rücksitz, gehüllt in eine gelbe Weste, raste Ben Richtung Hammersbach.

In der Pension hatte er sich nicht lange aufgehalten. Lissy war ihm zum Glück nicht über den Weg gelaufen, sonst hätte er eine Diskussion wegen ihres ramponierten Autos an der Backe gehabt. Später, ja später würde sich alles zum Guten fügen, musste sich alles fügen. Er hatte sich keine Gedanken darüber gemacht, was er denn anstellen sollte, wenn er auf die Jagdgesellschaft traf. Ihnen war kaum nahezulegen, sich wieder nach Hause zu trollen. Wie würde Steck reagieren? Dem Haderlumpen war klar, dass kein Wolf für Herbies Tod verantwortlich war, und

trotzdem wäre er sicher dabei. Allein der Action wegen und um Schimmelpfennig II. einen mitzugeben. Er ahnte ja nicht, dass Boderbeck Bescheid über den Erpressungsversuch wusste. War der darauf aus, Steck aus dem Weg zu räumen? Auf jeden Fall hatte der Annelies Angermayer den Mord auf den Kopf zugesagt. Ohne Blut ging das nicht ab.
 Wie sollte Ben das verhindern? Falsche Frage! Zuerst galt es, Steff in Sicherheit zu bringen. Der dumme Bub! Ja, er wollte ihm einen Gefallen tun. Ben machte sich Vorwürfe, ihn da hineingezogen zu haben. Was bist du bloß für ein kümmerlicher Vater!
 Wütend trat er das Gaspedal durch. Beppo knurrte, als die Reifen auf dem nassen Asphalt ins Schlittern kamen.
 »Is ja gut«, maulte sein Herrchen und verlangsamte den Passat. Im Straßengraben zu landen war keine Option.

Zwischen Hammersbach und Obergrainau war er am Ziel. Hier hatte Steffs Nachricht ihn hingeleitet. Auf einem schmalen Forstweg, nicht mehr als eine Fahrrinne, jagte er den Passat Richtung Wald, bis er auf die parkenden Autos traf. Sieben zählte Ben. Von hier aus ging es zu Fuß bergan. Die Werbeaufschrift auf einem Wrangler-Jeep irritierte Ben. »Sägewerk und Holzhandel Angermayer«. Was hatte der Kerl hier zu schaffen? Der war nicht zur Wolfshatz unterwegs. Das verkomplizierte die Lage. Wusste er Bescheid über das Fremdgehen der Gemahlin? Hatte Steck ihn in seiner Wut informiert und ihm gesteckt, wo sie sich heute tummelten?
 Ben mochte nicht in Boderbecks Haut stecken. Er beäugte die dicht stehenden Bäume. Zweifel nagten an ihm. Loshatschen, ohne Rücksicht auf Verluste? Er betrachtete die Fußspuren, die sich in den matschigen Boden gegraben hatten. Lauter griffige Profile. Du bist ein Dilettant, Ben Wiesegger, kein gewiefter Waldläufer.
 Beppo zerrte an der Leine. Er schien sich zu freuen.
 »Ja, du hast recht«, murmelte Ben. »Ein Schritt nach dem anderen. Learning by Doing.«

Er marschierte voran.

Die alte Sage von den drei Grainauer Wilderern fiel ihm ein, die am Heiligen Abend im Bergwald einen Hirsch erjagen wollten. Die Burschen hatten auf ihn angelegt, aber keines der Gewehre wollte losgehen. Unheimlich ist es ihnen da geworden, und sie haben die Füße unter den Arm genommen und sind ab nach Hause. Mit einem solchen weihnachtlichen Wunder rechnete Ben kaum.

Die Bäume standen jetzt so eng beisammen, dass es unmöglich wurde, das Gelände zu überblicken. Das Licht wurde diffus, keine Lichtung weit und breit.

Es ging steiler nach oben. Nicht denken, einfach Schritt um Schritt dem Pfad weiter folgen, irgendwo musste er ja auf sie treffen – oder sie auf ihn. Immer wieder blieb Ben lauschend stehen. Nichts, kein Geräusch. Nicht einmal Vogelzwitschern. Als würde der Wald die Luft anhalten. Er hatte die dunkle Ahnung, dass der Schnee die Laute verschluckte. Sollte er nach seinem Sohn rufen? Er verwarf die Idee wieder. Keuchend arbeitete er sich bergan.

Beppo trabte unermüdlich vor ihm her, die Schnauze gen Boden gerichtet. Er wusste nicht, ob der Hund eine Fährte aufgenommen hatte, ließ ihn aber den Weg bestimmen. Vom kümmerlichen Pfad waren nur mehr Trittspuren vorhanden, denen er folgte. Um zu verschnaufen, hielt er an und stemmte die Arme in die Hüften. Er verfluchte Schimmelpfennig II. aus ganzem Herzen. Sein Gesicht glühte. Er war jetzt eine halbe Stunde unterwegs. Lange schaffte er es nicht mehr weiter. Wo zum Geier waren die Waidmänner? Er zog sein Smartphone aus der Tasche und probierte es bei seinem Sohn.

Überraschung – er hörte ein lautes Knacken.

»Wo bist du? War das etwa ein Schuss? Kruzifix, ich hab doch gesagt –«

»Ois easy«, verkündete ihm Steff, »wir sind sieben Leut, eine orange Weste hab ich an, und wir stapfen herum. Boderbeck hat behauptet, er hat Wolflosung entdeckt, aber es war hundertpro Fuchsscheiße.«

»Wo genau seid ihr? Hör zu, ich komm dahin, und du verschwindest jetzt. Steff? Steff!«
Keine Antwort, das Handy war tot – die sieben Zwerge, oder was?

Laura saß auf heißen Kohlen. Vielleicht hätte sie doch versuchen sollen mitzugehen. Und vielleicht hätten sie Poschinger reinen Wein einschenken sollen über ihre Vermutungen? Zwei »Vielleicht« zu viel. Hätte der ihnen ein Wort geglaubt? Sie hatte ihre morgendlichen Termine verschoben und sich mit der Lüge »Notfall« beholfen. Faktisch war es keine Lüge. Sie verarztete ihren Knöchel, um irgendetwas mit sich anzufangen. Das Handy blieb stumm. Sie versuchte es bei Schimmelpfennig II., um den Zustand von Frau Angermayer zu erfragen, erreichte aber nur die Mailbox. Sie konnte nur abwarten. Keine ihrer Stärken. Veit war zu krank, um ihn in den Wald zu schicken, die Mayer hätte ihr den Hals umgedreht. Auf dem Smartphone sah sie sich die Gegend an, die Steff ihnen geschildert hatte. Ein Anruf von Lissy riss sie aus den Gedanken. Ob Ben zufällig bei ihr sei, erkundigte sie sich.

Laura hörte den unterdrückten Ärger und verneinte. Dass sie jetzt wegen des Deppen ohne Auto dastehe, fauchte Lissy und beendete das Gespräch.

Laura dachte einen Moment nach, dann rief sie zurück. »Sag amal, Lissy, ich hab jemanden von früher, den Herrn Eiberger, getroffen, der hat gemeint, er wohnt bei euch.«

»Ja, das stimmt. Dein Ex, oder?«

»Vielleicht komm ich später mal vorbei, ist der noch da?«

»Ja, der frühstückt gerade, soll ich was ausrichten?«

»Nein, schon gut, ich überrasch ihn lieber.«

Es hätte sie gewundert, wenn ihr Ex bei einem Jagdausflug mitgedackelt wäre. Der blieb lieber im Hintergrund. Das Fädenziehen war seine Domäne.

Beppo blieb abrupt stehen. Ben hatte keine Chance, sein Japsen zu unterdrücken. Jedes Lebewesen im Umkreis von fünf

Kilometern konnte horchen, dass da jemand aus dem letzten Loch pfiff. Er lauschte mit pochendem Herzschlag. Waren das Stimmen? Sie schienen nicht allzu weit weg. Ein schmaler Pfad führte links weg durchs Unterholz bis zu einer Kuppe. Dahinter vermutete Ben die Urheber der Geräusche. Lautloses Anschleichen fiel aus. Falls sie ihn erspähten, würde die grellfarbige Weste ihn hoffentlich vor einem Kugelhagel bewahren. Er hatte keine Ahnung, ob die Gesellschaft mit dem Finger am Abzug auf Beute lauerte.

Hundegebell war zu vernehmen. Beppo antwortete mit heiserem Gekläff. Der erste Schritt zur Verständigung war getan. Zwei vollbärtige Männer erschienen in seinem Sichtfeld. Stämmige Kanten mittleren Alters, in Waidmannsgrün gekleidet, mit schmalkrempigen Hüten, die Büchsen geschultert. Sie weckten in Ben Räuber-Hotzenplotz-Assoziationen. Mit verkniffenen Mienen stapften sie heran. Er kannte keinen von ihnen. Und sie ihn hoffentlich auch nicht.

Stumm musterten sie sich gegenseitig.

Die Jäger führten schwarz-grau gefleckte Hunde an der Leine. Der größere der beiden baute sich vor ihm auf.

»Was machst du da heroben?«, herrschte er Ben an.

»Mit dem Hund gehen«, sagte der.

»Aha«, meinte der Bärtige schmunzelnd. »Ich glaub eher, du bist einer von den Neugierigen.«

»Schon«, bestätigte Ben und versuchte ein ertapptes Grinsen. »Ist doch aufregend.«

»Da war nix Aufregendes«, meinte der andere und winkte ab, »keine Losung, keine Fährte, nix. Falls wirklich ein Wolf da heroben war, zeigt er sich uns nicht. Der ist nicht blöd. Dem muss man anders beikommen.«

»Jagd beendet?«

»Für uns schon – diesmal.«

Ein Dritter gesellte sich dazu. Er war deutlich älter und gut aufgepolstert. Sein Gesicht hatte eine ungesund gelbliche Farbe.

»Den Hund kenn ich doch von irgendwoher«, sagte er und streckte die Hand nach Beppo aus.

Der schnupperte an den Fingern und wedelte mit dem Schwanz.

»Und die anderen sind weiter?«, hakte Ben nach.

Der Alte zeigte nach oben. »Ja«, bestätigte er, »aber dazwischenfunken würd ich lieber nicht. Oder bist du gar einer von denen?«

»Von denen? Na, bestimmt nicht«, zeigte sich Ben entrüstet ob der Anschuldigung. Mir »denen« waren offenbar Tierschützer gemeint.

Ein Schuss zerriss die Stille. Das Grüppchen zuckte zusammen. Ben erstarrte. Die Waidmänner schienen nach dem ersten Schreckmoment ungerührt.

»Vielleicht ein Rehbock«, meinte einer und schüttelte den Kopf. »Sie wollten halt etwas erwischen. Kann man zwar verstehen, aber wird gescheit Ärger auslösen.«

Etwas erwischen wollen? Ja, da war sich Ben sicher. Und Ärger war ein zu kleines Wörtchen für das, was er befürchtete. Wer schoss auf wen?

Er hastete mit Beppo an der Leine los. Das hinterhergerufene »Fei aufpassen!« ignorierte er. Sein einziger Gedanke galt Steff. Nur die Anhöhe erreichen, so weit schienen sie nicht entfernt zu sein. Salziger Schweiß brannte ihm in den Augen, seine Pumpe schlug den Takt wie auf der Galeere im Seegefecht. Er arbeitete sich nach oben, stützte sich mit den Armen ab und zog sich an Ästen weiter. Die Schenkel begannen zu brennen, immer wieder brach er mit den Stiefeln durch den harschigen Schneebelag.

Als Erstes bekam er Boderbeck vors Auge. Der hatte, eine Fichte im Rücken, das Gewehr gehoben und zielte. Ben folgte mit dem Blick der Richtung des Laufes. Etwas bewegte sich zwischen den Büschen. War das ein Mensch oder ein Bock? Verdammter Mist!

»Boderbeck!«, plärrte Ben mit dem letzten Rest Puste, die ihm blieb. Es hörte sich nach altersschwacher Krähe an.

Der Mann nahm die Flinte herunter und glotzte in seine Richtung. Eine Gestalt wankte aus dem Gebüsch. Der Steckerlfisch! Er floh in wilden Sprüngen bergwärts. Wo zum Geier war Steff?

Boderbeck preschte los und nahm Stecks Verfolgung auf. Das durfte alles nicht wahr sein! Es ging um Überleben!

»Was ist hier los?«, plärrte eine Stimme.

Zwischen den Bäumen kam eine Gestalt auf ihn zu. Steffs Großonkel. Der hatte noch gefehlt. Mit seinem Doppelläufer in der Armbeuge stapfte er breitbeinig auf ihn zu.

»Dass ich dich hier im Wald treffe, Wiesegger«, knurrte er, »ist das jetzt Fügung? Ich sollt dich über den Haufen schießen. Wär ein bedauerlicher Jagdunfall.«

»Eins nach dem anderen!«, blökte Ben und warf wilde Blicke in sämtliche Richtungen. Wo zum Teufel war sein Sohn?

Jetzt konnte er dessen schlaksige Gestalt im Unterholz ausmachen. Ihm schien nichts zu fehlen. Gott sei Dank unverletzt! Sie winkten sich zu.

Steffs Großonkel wandte sich verblüfft um.

Ben schnaufte durch und stapfte in die Richtung, in der Boderbeck verschwunden war. Er betete, Tonis Verwandter würde ihm nicht in den Rücken schießen und behaupten, er hätte sich noch gewundert, dass Wildschweine gelbe Westen tragen. Er ließ Beppo von der Leine. Der jagte kläffend los, als wüsste er, worauf es ankam. Ein Schuss peitschte auf.

Neinneinnein! Ben stolperte hangaufwärts. Zwanzig Meter entfernt lag Steck inmitten von Gestrüpp auf dem Waldboden.

»Hey!«, rief Ben.

Von Boderbeck keine Spur.

Beppo war vor ihm bei der Gestalt angelangt und schnüffelte um ihn herum. Mit Blut auf Du und Du.

Ben schmiss sich neben dem Liegenden in den Matsch. Steck gab keinen Mucks von sich. Auf seinem Bauch bildete sich ein Blutfleck, der beständig größer wurde.

»*What the fuck*, was ist mit dem?«, rief Steff, der ihm nachgeeilt war.

Ben fühlte Stecks Puls, besser gesagt, er fühlte nichts. Er fing an mit Herzdruckmassage.

»Notarzt! Irgendwie!«, plärrte er.
Der Mann durfte nicht sterben! Nicht, wenn Ben es verhindern konnte. Du musst ihn beatmen, Ben! Ihm wurde speiübel. Steffs Großonkel eilte hinzu, und zu zweit versuchten sie, den Blutverlust zu stoppen und den Mann zu reanimieren. Ben rackerte wie besessen. Nicht nachlassen. Atme, Steck, atme!
Steff war verschwunden. Ben hatte keinen Schimmer, ob es hier heroben Handyempfang gab. Nicht nachdenken, nur weitermachen. Zum Rhythmus von AC/DCs »T.N.T.« drückte er seine Hände auf Stecks Brust. So hatte er es mal gelernt. Der Schädel von Steffs Großonkel färbte sich ins Tomatenrot. Dass der einen Herzkasper bekäme, fehlte noch. Sie wechselten sich schweigend ab, ohne sich anzusehen.

29

Er hatte jedes Zeitgefühl verloren. Sein Parka war blutgetränkt, sein Leib schweißnass, als Sanitäter zwischen den Bäumen auftauchten. Ein stämmiger, graumähniger Arzt folgte ihnen und übernahm das Kommando.

Ben schmiss sich keuchend auf den Waldboden und sah zu, wie sie Steck eine Infusion legten und ihn auf einer Trage wegbeförderten.

»Lebt er noch?«, rief er ihnen hinterher, bekam aber keine Antwort. »Nein, Steck, so leicht kommst du nicht davon«, murmelte er.

Als Ben sie anrief, kam Laura aus der Dusche. Dass Boderbeck auf Steck geschossen hatte, überraschte sie nur mäßig. Eher, dass er offenbar geflüchtet war. Klarer Fall für Einsatz Poschinger.

»Ich glaub nicht, dass Boderbeck abgehauen ist«, sagte Ben. »Er hätte es bestimmt als Jagdunfall darstellen wollen. Schlimm, aber passiert.«

»Sondern?«

»Ich hab Angermayer nicht gesehen, aber seinen Jeep. Er könnte ganz in der Nähe gewesen sein und ihn abgepasst haben.«

»Du meinst …?«

»Ja. Wetten, der hat ihn kassiert?«

»Verdammt, wo könnte er sein?«

»Mal überlegen – und wenn mir das schnurzegal wäre?«

»Der Angermayer macht sich zum Verbrecher und stürzt seine Frau ins Unglück!«

Laura beendete das Gespräch. Ben lag falsch. Es sollte nicht egal sein. Es tat ihr nicht um Boderbeck leid, sondern um die Angermayers.

Fünf Minuten später saß sie im Auto. Angermayer könnte mit seinem Opfer überall sein. Nachdem der Mann Ben in den

Vakuumtrockner gesteckt hatte, blieb ihr die Hoffnung, dass er mit Boderbeck ähnlich verfahren könnte. Ein Sägewerk gäbe eine schicke Totschlag-Location ab. Da war alles zu finden, was das Herz begehrte und die Phantasie anreicherte, falls du jemanden amtlich massakrieren wolltest. Sie peitschte den Subaru über den Asphalt und griff zum Smartphone.

»Kannst du ein Handy orten lassen, Sandra?«

»Können bestimmt, aber warum? Poschinger dreht grad ab wegen Wilderei und Schießerei. Ich hab einen Einsatz! Wir müssen nach Hammersbach.«

»Weil Gefahr droht!«

Sie verklickerte Sandra im Schnelldurchlauf, warum Angermayers Aufenthaltsort wichtig war, während sie mit Höchstgeschwindigkeit an einem Traktor vorbeizog. Im Rückspiegel sah sie, wie der Fahrer ihr einen Vogel zeigte. Er hatte nicht unrecht.

»Das geht nicht so einfach, wie du dir das vorstellst«, hörte sie Sandra lamentieren. »Da gibt es Vorschriften. Was ist das überhaupt für eine vogelwilde Geschichte?«

»Probier es halt einfach irgendwie!«, schloss Laura das Gespräch ab.

Sie hatte Mühe, das ausbrechende Heck des Subaru abzufangen, als sie in die Einfahrt zum Sägewerk abbog. Das Tor stand offen.

Diesmal würde sie Schorsch in den Boden rammen, sollte er sich wieder in den Weg stellen. Genug war genug.

Das Sägewerk schien verwaist. Laura wunderte sich, dass keine Menschenseele zu sehen war, es war ein gewöhnlicher Montag. Angermayer schien vorgesorgt zu haben. Sie stellte den Wagen neben dessen Jeep ab, der mit aufgerissenen Türen vor einer der Hallen stand.

Als sie ausstieg, hörte sie den Lärm. Ein Motor? Das Geräusch einer Kettensäge! Hoffentlich kam sie nicht zu spät. Sie humpelte zu den offenen Flügeltüren des Gebäudes und schlich sich hinein.

Die Säge verstummte.

»Die werd ich für dich benutzen«, hörte sie Angermayer brüllen. »Und jetzt erzähl's mir«, forderte er Boderbeck auf. »Ich will es wissen. Wie habt ihr's getrieben? In deinem Protz-Porsche oder deinem Ehebett?«

Laura suchte mit den Augen die Umgebung ab. Wo waren ihre Spielgefährten, Rocky und Rambo? Für Wettrennen war sie nicht in Form.

»Es tut mir leid, es ist einfach passiert«, jammerte Boderbeck.

»Passiert, soso. Das wird dir noch viel ärger leidtun, du Sau, du miserable!«

Laura umrundete einen Bretterstapel. Jetzt konnte sie die Männer sehen.

Boderbeck saß auf dem Boden, Hände und Beine mit Kabelbindern gefesselt. Angermayer stand vor ihm und schüttelte drohend eine Kettensäge. Bei Ben war er phantasievoller vorgegangen. Von den Hunden war nichts zu sehen. Mutmaßlich wollte er ihnen den Anblick blutigen Fleisches ersparen.

»Ich schneid dir deinen verdammten Schädel ab!«, schrie Angermayer.

Lauras Handy klingelte. Sandra! Sie griff zu. Angermayer fuhr herum und starrte in ihre Richtung.

»Zu Hilfe!«, blökte Boderbeck.

»Wer schreit da?«, wollte Sandra wissen. »Angermayers Handy scheint bei seinem Sägewerk eingewählt zu sein. Passt doch, der Mann arbeitet halt.«

Laura richtete sich hinter dem Bretterstapel auf und sah Angermayer ins Gesicht.

»Ja, der arbeitet hart. Sandra, da solltet ihr jetzt auch sein, beeil dich!«, sagte sie, bevor sie das Handy einschob.

Ben saß grübelnd im Auto. Er konnte Laura nicht mit der Geschichte alleinlassen. Klassischer Fall von Helfersyndrom. Was ging ihn Boderbecks Schicksal an? Aber wenn Angermayer ihn eingesackt hatte, dann kam definitiv das Sägewerk in Frage. Er würde es an seiner Stelle so machen. Sonst hätte er ihn ja simpel oben im Bergwald erledigen können. Aber er wollte Antworten

bekommen, wollte ergründen, warum seine Annelies sich gerade mit Boderbeck eingelassen hatte. Hätte er das Zeug dazu, den Lover seiner Frau umzubringen? Und wie sollte man das verhindern?
Ben fühlte sich zerschlagen, jeder Muskel im Leib brachte seinen eigenen Schmerz mit ein. Das Verlangen, sich auszustrecken und nur zu dösen, wurde übermächtig.
Er warf Beppo einen fragenden Blick zu.
Die Entscheidung wurde ihm von Poschinger abgenommen, dessen BMW mit blinkendem Blaulicht heranschoss.
Ben startete den Wagen und fuhr an, nicht ohne dem Hauptkommissar zuzuwinken. Der brachte sein Fahrzeug zum Stehen. Wild gestikulierend riss er die Fahrertür auf. Wer zu spät kam ...
Ohne Poschinger eines weiteren Blickes zu würdigen, gab er Gas. Ihm war unwohl bei dem Gedanken, Angermayers Sägewerk nochmals aufzusuchen. Fühlte sich so ein Trauma an? Trockener Mund und Herzklopfen?
»Rocky und Rambo überlass ich dir«, meinte er zu Beppo, »die schnupfst du locker weg.«
Der Hund hob als Antwort die Ohren an.

»Was wollen Sie hier?«, knurrte Angermayer.
»Nur zuschauen«, antwortete Laura.
»Bei was?« Angermayer riss die Augen weit auf. Er war im Tunnel. Starrer Blick, der Atem ging keuchend.
»Wie Sie Herrn Boderbeck den Kopf absägen. Ganz schöne Sauerei. Wer putzt das auf?«
»Was reden Sie da?«, quäkte der. »Rufen Sie doch die Polizei!«
»Warum?«, fragte Laura. »Was geht's mich an?«
»Mhm.« Angermayer nickte. »Ihr spinnts doch alle komplett!« Er ließ die Säge aufheulen.
»Aber darf ich ihm vorher eine Frage stellen, Angermayer?« Er schien verwirrt. »Abhauen sollen Sie wieder, zefix!«
»Ich bin gleich weg.«

»Na gut.« Er nickte in Richtung Boderbeck.
»Warum musste Herbie Schranz sterben?«
Boderbeck schüttelte stumm den Kopf.
»Du antwortest ihr, sonst schneid ich deinen dreckigen Dödel in Scheibchen wie einen Radi!«, schrie Angermayer und setzte die Säge in Betrieb. Er näherte sich Boderbecks Schritt. Boderbeck zappelte mit den Beinen und wand sich in den Fesseln – eifrig, aber zwecklos. Er war gut verschnürt.
»Ja«, schrie er aus Leibeskräften, »aufhören! Ich sag's ja!«
Das Rasseln verstummte.
»Und?«, fragte Laura.
»Er ... er sollte doch nicht umkommen. Ein Unfall war's! Ich hab mich mit ihm getroffen in Hammerbach. Er hatte Fotos von mir und –«
»Du mieses Schwein!«, plärrte Angermayer. »Dir werd ich –«
»Red weiter!«, übertönte ihn Laura.
»Der Mistkerl wollte Geld. Ich hab ihn am Kragen gepackt, er hat zugehauen, dann ist der Hund auf ihn los. Der wollt mich doch bloß verteidigen!«
»Und weil es Sie so brav verteidigt hat, haben Sie das arme Viech jetzt irgendwo im Wald verscharrt.«
»Ich hatte doch keine Wahl!«, jammerte Boderbeck.
»Und warum haben Sie die Rettung für Schranz nicht gerufen? Der hätte überleben können. Aber es war praktisch, dass er verreckt.«
»Ich war in Panik, nicht Herr meiner selbst. Da wär ja alles rausgekommen. Ich hab nicht denken können, wollte nur weg.«
»Ich weiß, dass Sie jeden Morgen mit dem Hund in Hammersbach spazieren waren, manchmal auch mit Frau Angermayer, oder?«
»Was?«, schrie deren Mann. »Habt ihr es in einem Stadel da oben –«
»Und Steck?«, schnitt Laura ihm das Wort ab. »Auch aus Panik geschossen?«
»Ich ... nein ... bitte helfen Sie mir doch!«
»Wieso haben Sie überhaupt bei der depperten Wolfshatz

mitgetan? Sie wussten doch, dass die Geschichte ein Schmarrn ist.«

»Ja und? Ich hab halt gedacht, je mehr Menschen sich da reinhängen und wütend werden, die Dynamik ist wie bei einer Lawine«, er ächzte auf, »und alles dreht sich nur mehr um Wölfe und nicht um –«

»Haben Sie ernsthaft gehofft, Sie könnten den Toten einem Wolf unterjubeln?«, unterbrach ihn Laura.

Sie kämpfte mit sich, um ihre Wut unter Kontrolle zu bekommen, sonst würde sie Angermayer anfeuern. Cheerleader beim Kettensägenmassaker.

»Bitte, tun Sie doch was!«, flehte Boderbeck. »Der Mann ist wahnsinnig!«

»Genug gewinselt«, knurrte Angermayer. »Bringen wir es zu End. Wiederschauen, die Dame.«

Laura rührte sich nicht von der Stelle. »Angermayer, Sie sind keinen Deut besser als Boderbeck.«

»Ich sag es nicht noch mal: Mischen Sie sich nicht ein!«

»Schneiden Sie Ihrer Annelies wohl auch den Kopf ab?«

»Ich racker mich ab und tu, und die Drecksau bumst mit meiner Frau! Is das recht?«

»Woher haben Sie das überhaupt gewusst?«

»Fotos hab ich geschickt bekommen. Und den Ort, wo ich die Sau heut finden kann. Da hat's jemand gut gemeint mit mir.«

»Mhm, und jetzt kommt der hier in den Knast, weil er ein Mörder ist. Wozu umbringen? Wie wär's, wenn Sie sich um Ihre Annelies kümmern? Da können Sie rackern und tun.«

Die Säge senkte sich in der Hand Angermayers.

Laura sah, dass ihm Tränen über die Wangen liefen. »Ich hab's doch immer gut machen wollen«, sagte er.

»Sie haben doch die Chance dazu. Glauben Sie, die Annelies wird Sie in der Zelle besuchen kommen? Was wollen Sie beweisen? Dass Sie ein ganzer Kerl sind?«

»Die Annelies gehört zu mir!«, brach es aus ihm heraus. Er schlug sich mit der Faust gegen die Brust. »Zu mir!«

»Mag sein, aber sie gehört Ihnen nicht! Die ist kein Baumstamm. Wollen Sie Ihre Frau für sich gewinnen? Dann lassen Sie den Schmarrn. Seien Sie ein gestandener Mann, schauen Sie Ihrer Annelies in die Augen und reden Sie mit ihr.«
Angermayer starrte sie an, als würden ihr Schlangen aus dem Haar wachsen. Er schnaufte hörbar und schob das Kinn nach vorn.
Laura seufzte kopfschüttelnd. »Herrgott noch mal, Angermayer, das Imponiergetue macht mich so müd!«, sagte sie. »Von mir aus werfen Sie halt die Säge an, und gut ist es. *Have fun.*«
Boderbeck schluchzte laut auf und zappelte wilder denn je.
Sie hörte, wie ein Auto aufs Gelände preschte.
Angermayer sah von der Motorsäge zu Boderbeck und wieder zurück. Seine Hände zitterten.
»Alles für die Katz«, murmelte er.
»Weg mit der Säge, Angermayer!«, hörte Laura Ben brüllen. Sie fuhr herum.
Er hatte einen Birkenast in den erhobenen Händen, und sein knallrotes, verschwitztes Gesicht war dreckverkrustet. Der Parka war mit Blut vollgesabbert, der ganze Kerl sah aus, als hätte er Monate allein im Wald gehaust und Viecher mit bloßen Pranken erlegt. Dazu der stechende Blick, nahe am Durchdrehen.
»Laura, alles in Ordnung mit dir?«, erkundigte er sich. Dann wandte er sich Angermayer zu. »Ich schwör's, ich schlag Ihnen den Ochsenschädel ein, wenn –«, knurrte er.
»Lass gut sein, ho, Brauner«, meinte Laura und hob beschwichtigend die Hände.
»Geh, spinn dich halt aus, du Kasperl«, stöhnte Angermayer und plumpste auf einer Kiste nieder.
Die Säge polterte zu Boden. Er rieb sich über die Augen.
In den Hof kam Leben. Erneut bremste ein Fahrzeug vor der Halle.
Ben rührte sich nicht vom Fleck. Laura spürte, wie er sie mit Blicken taxierte.
»Jetzt schau ned wie's Zeiserl, wenn's blitzt, mir geht's gut«,

bekundete sie. »Ast kontra Säge?«, fügte sie tadelnd hinzu.
»Dazu fällt mir echt nix mehr ein.«
   Ben besah sich seine Schlagwaffe, zuckte mit den Schultern und schmiss sie über die Schulter nach hinten.
   Sandra, die just mit gezogener Waffe in die Halle stürmte, konnte gerade noch den Kopf wegziehen, um nicht getroffen zu werden.
   »Hey, aufpassen!«, rief sie. »Polizei!«
   Sie blieb stehen und sah fragend von einem zur anderen. Ihre Wangen waren rot gesprenkelt, und ihr Brustkorb hob und senkte sich, als wäre sie den ganzen Weg gejoggt.
   »Aha, und jetzt?«
   Laura deutete auf Boderbeck. »Da habts euren Täter, verschnürt zum Abtransport. Herr Angermayer hat das Packerl freundlicherweise für dich vorbereitet.«

30

»Luigi, wie kommt man an Koks?«
Ben fläzte sich in seiner Stube im Sessel und kaute an einem Schnittlauchbrot. Nachdem er sich bei Angermayers Sägewerk von Laura getrennt hatte, war er auf schnellstem Weg in die Pension gefahren, um sich zu waschen und aufs Ohr zu hauen. Schlafen konnte er jedoch nicht. Zu vieles spukte ihm im Kopf herum. Frau Ganghofer hatte ihn darüber informiert, dass Steck lebte und über den Berg war, befragen durfte er ihn leider nicht. Und er hatte eine Mission. Da war die Sache mit Lauras Ex, der den Gang entlang im Zimmer residierte und nicht den Anschein erweckte, freiwillig wieder verschwinden zu wollen.
»Du rufst mich auf dem Handy an und fragst so was? Bist du völlig plemplem!« Luigi klang empört.
»Meinst du, es interessiert wen, was wir verzapfen?«, schmatzte Ben in den Hörer.
»Ich kann dir nur eins sagen«, raunte Luigi, »natürlich essen auch Leute im Lokal, von denen man weiß, sie könnten eventuell Kontakte haben. Eventuell. Aber du weißt, mit Drogen kommt der Ärger! Ich bitte dich als *amico*, lass das mit dem Schnee sein! Seit Paolo damit Probleme hatte – ich sag dir, nicht eine Bong hab ich mehr geraucht.«
»Aber du kennst Leute?«
»*Cazzo!* Was soll ich sagen? Ich will nicht, dass du in meiner Pizzeria solche Kontakte knüpfst – das ist nicht gut, eh.«
»Schon gut.« Ben legte auf. Schnapsidee.
Er könnte einfach dasitzen und warten, bis der Schlaf ihn übermannte. Ja, könnte. Seufzend packte er die Schneeschuhe und die Wanderhose in eine Plastiktüte. Im zu engen Strickjanker seines Vaters und Lissys Passat machte er sich auf den Weg zu Richie. Er brauchte ein offenes Ohr für sein Anliegen.

Er fand ihn im Laden beim Herumbasteln an einer Snowboardbindung. Richie tauschte den Schrauber gegen zwei Flaschen Hausbier aus dem Kühlschrank. Sie fläzten sich aufs Sofa und prosteten sich zu.

Ben gab ihm ein Update zu Herbies Ableben. Richie hörte mit offenem Mund zu und kommentierte abwechselnd mit »Ein Wahnsinn«, »So a verreckter Hund« und »Gibt's ja ned«.

Bens Rolle bei der Jagd und im Sägewerk bedurfte einiger Girlanden zum Schmücken, er beherrschte sein Handwerk. Die edle Heldenrolle war maßgearbeitet.

Als sie die Flaschen geleert hatten, war die Geschichte auserzählt.

»Da wär noch was«, sagte Ben.

Richie nickte. »Luigi hat mich ganz wepsig angerufen. Du suchst nach Pulverschnee?«

»Das spricht sich ja schnell rum«, sagte Ben. »Könntest du was besorgen?«

»Ich sag amal so. Es gibt hin und wieder Leut, die fragen mich, an wen sie sich wenden könnten wegen Pulverschneevergnügen.«

»Und du hast eine Adresse parat?«

»Wurscht. Ben, ich find, das ist alles Scheißdreck. Red halt mit mir. Ich weiß schon, da laufen grad eine Menge schräger Sachen, aber wenn du Probleme hast ...«

»Und Ecstasy, Meth, Speed?«

»Sag amal, geht's noch!«

»Spiel nicht den Empörten. Ist ja nicht für mich.«

»Na dann ... Für wen denn?«

»Ich will Laura helfen.«

»Die Laura will das Zeug einwerfen, ja spinn ich!«

»Natürlich nicht.«

»Das musst du mir erklären.«

Und er erklärte seinen Plan.

»Dazu braucht es keinen Schnee. Da reicht Milchpulver«, sagte Richie feixend. »Koks ist eh nicht deine Preisklasse.«

Drei Stunden später waren die Dinge geregelt. Er hatte nur eine ungestörte Minute im Zimmer von Lauras Ex verbracht – diesmal mit Einverständnis und Wachdienst seiner Schwester. Frau Ganghofer zu überzeugen war komplexer. Sie würde in Teufels Küche kommen, besser gesagt auf Poschingers Grill, wenn die Aktion fehlschlug. Ben hatte es mit einem Appell an weibliche Solidarität probiert. Und falls Laura in Schwierigkeiten wegen ihres Ex geriete, der im Übrigen der mieseste Stalker von allen war, wäre der Nebenjob ihrer Tante, der Mayer, gefährdet. Sie mochte doch Laura, die würde das Weihnachtsfest in Angst und Schrecken durchleben.

Eine halbe Stunde hatte er auf sie eingeredet, ganze Engelschoräle singen lassen und sie in Argumente eingewickelt wie in eine Samtdecke, bis sie reif war. Wesentlich war, dass sich die Polizistin auf seine Menschenkenntnis verließ. Ben hoffte, er lag nicht daneben mit der Einschätzung, sonst könnte es im Fiasko enden – nicht nur für ihn.

Mochte sein, die Polizistin hatte eine unschöne Trennung hinter sich und war diesbezüglich empfänglich für Strafaktionen gegenüber unleidigen Ex-Partnern. Therapeutische Motive waren Ben wurscht – hinten kackte die Ente.

Vom Fenster aus beobachtete er jetzt seinen Kumpel Richie, der mit dem Transporter auf den Hof gefahren kam. Dass er mit zwei unter den Arm geklemmten Baseballschlägern ins Haus trat, brachte ihn aus der Fassung.

»Was zum Geier hast du damit vor?«, blaffte er ihn im Flur an. »Du glaubst doch nicht …?«

»Für den Notfall«, verkündete sein Spezl und reichte ihm einen der Schläger. Den anderen schwang er probehalber durch die Luft und grinste. »Wennschon, dennschon. Keine halben Sachen, das ziehen wir durch.«

Ben starrte unschlüssig auf das Sportgerät in seiner Hand. Solider als der kümmerliche Birkenast, den er heute schon gorillamäßig geschwungen hatte.

Sie trabten mit Beppo an ihrer Seite in den ersten Stock und schlichen sich in Eibergers leeres Nebenzimmer. Ben setzte sich aufs Bett. Für alle Fälle? Er verwarf den Gedanken, die Flinte seines Vaters zu holen. Er hatte es zu kompliziert gefunden, ihn in der Kürze der Zeit einzuweihen, und betete, er bliebe samt Büchse in seinem Sessel unterm Dach.

»Was soll der Hund dabei?«, fragte Richie.
»Das ist ein Jagdhund, wer weiß, wozu es gut ist.«
»Aha, sagst du dem dann, der Eiberger ist ein Wildschwein?«

Beppo ließ sich neben dem Bett nieder und bettete den Schädel auf die Pfoten. Der Jagdhund döste.

Richie hatte die Jacke ausgezogen und vollführte Dehnübungen, Ben sprang auf, legte das Ohr an die Wand, konnte aber keine Geräusche lokalisieren.

»Zefix, schläft der?«, murmelte er.
»Was fragst du mich?«, bekam er von Richie zur Antwort.

Es dauerte zwanzig Minuten, bis sie einen Wagen auf dem Hof vorfahren hörten. Ben warf einen Blick aus dem Fenster. Es war Sandra Ganghofer, und auf dem Dach ihres Autos prangte ein blinkendes Blaulicht. All-inclusive.

Es sah nach Entschlossenheit aus, wie sie über den Hof stapfte.

Er hörte Getrappel auf der Treppe.

»Herr Eiberger! Machen Sie auf, Polizei!« Rums! Sie hämmerte gegen die Tür.

Ben öffnete die Zimmertür einen Spalt. Die beiden Männer lauschten mit offenen Mündern.

»Sehen Sie meinen Ausweis, ja?« Die Stimme der Polizistin durchschnitt den Raum wie Frau Lamprechts Gemüsemesser die Tomaten.

Sie habe durch einen glaubhaften Hinweis den begründeten Verdacht, dass er Drogen hier aufbewahre.

»Das ... das ist doch total verrückt!«, hörte Ben Eibergers Stimme. »Ein Witz.«

»Hören Sie mich lachen?«, fragte die Polizistin.

Sie erklärte ihm ihre Möglichkeiten und Rechte bei Gefahr

im Verzug. Offenbar hatte sie begonnen, sein Gepäck zu durchwühlen.

»Bleiben Sie sitzen!«, herrschte sie Eiberger an.

Sie ließ keinerlei Zweifel aufkommen. In Herbies Haus hatte er ja Erfahrung mit ihrem Auftreten machen können. Nichts, was man dringend zweimal brauchte.

Die Milchpulvertütchen wären leicht zu finden. Ben hatte sie unter den Füßchen der Kommode platziert.

»Da schau her!«, rief sie. »Haben Sie dafür einen Waffenschein? Und was ist das, in den Tütchen? Da hat es Frau Holle schneien lassen, oder was?«

Ben umklammerte den Baseballschläger, bis die Fingerknöchel weiß wurden. Seine Hände waren schweißnass. Jetzt entschied sich, ob ihr Plan aufging. Hopp oder Flop. Beppo hatte sich erhoben, blickte Ben an und knurrte leise. Allzeit bereit.

»Das ... schieben Sie mir unter!«, krächzte Eiberger. »Ich weiß, Laura steckt dahinter! Ich habe Rechte!«

»Laura wer? Das klärt sich auf der Inspektion«, beschied ihm Frau Ganghofer. »Bleiben Sie ganz ruhig. Jetzt kommen Sie bitt schön zackig mit, dann geht's auch ohne Handfesseln ab.«

Es krachte, als wäre ein Stuhl umgeworfen worden.

Ben und Richie warfen sich einen Blick zu.

»Was machen wir?«, fragte sein Spezl flüsternd und wog den Schläger in der Hand.

»Nachschauen«, sagte Ben und schob die Tür auf.

Er spähte auf den Flur. Totenstille. Was zum Teufel war passiert? Er hielt es nicht mehr aus.

»Und?«, drängte Richie hinter ihm. »Komm, na los!«

Er hatte Frau Ganghofer die Geschichte eingebrockt, nun galt es, sie auszulöffeln. Ben holte tief Luft. Seine mentalen Vorbereitungen, berserkernd ins Zimmer zu springen, wurden von Eiberger unterbrochen, der plötzlich auf den Flur heraustrat. Es dauerte ein paar Sekunden, bis er Ben registrierte. Der hatte es mit einer halben Drehung geschafft, seinen rechten Arm samt Baseballschläger nicht in dessen Blickfeld geraten zu lassen. Richie war ins Zimmer zurückgewichen. Was war mit Frau

Ganghofer passiert? War das der Moment, sich auf den Mann zu stürzen? Verdammt!

Die Stirn von Schweißperlen bedeckt, starrte Lauras Ex-Mann Ben mit verzerrter Fratze an, als wäre der ein Höllendämon. Eibergers Kehlkopf sprang auf und ab, sein Blick flackerte. Zu Bens grenzenloser Erleichterung tauchte hinter dem Mann eine entspannt wirkende Polizistin auf. Nur ihre Ohren waren zart gerötet.

Frau Ganghofer ließ den Mann vor sich die Stiegen hinuntergehen, während sie stehen blieb, zum Handy griff und bedächtig daran herumwischte.

Diesen unachtsamen Moment nützte Eiberger zur Flucht. Er stürzte den Gang entlang zur Haustür, ohne dass jemand Anstalten machte, ihn aufzuhalten. Von der Familie Wiesegger, Richie und der Polizistin beobachtet, sprintete er über den Hof und verschwand um die Ecke.

»Schau, zu Fuß ist er abgehauen«, kommentierte Lissy, »wie is Laura bloß an so einen Deppenhaufen geraten?« Sie seufzte auf. »Und extra Rührei hat er heut Morgen noch verlangt.«

»Dem war klar, dass ihm sein Mietwagen nicht viel genutzt hätte«, meinte Frau Ganghofer nickend.

Ben wollte Lissy nicht ihr Techtelmechtel mit Steck in Erinnerung rufen, besser still genießen, wie der feine Herr Eiberger die Beine unter den Arm nahm. Weg war weg.

»Wenn weiter nix wär …«, sagte die Polizistin und wischte sich mit einem Taschentuch den Schweiß von der Stirn, »könnte ich glatt ein Haferl Kaffee vertragen.«

Sie warf Ben einen nachdenklichen Blick zu, während sie Eibergers Pistole in ihre Handtasche packte.

»Die illegale Waffe war die Krux. Ich denk, deswegen ist er abgehauen. Das wär fei scheiße, wenn die bei einem Delikt verwendet worden wär, und ich lass den Burschen einfach davonspringen.«

Ben zuckte mit den Schultern. »Ist die Birne reif, fällt sie von selbst vom Ast, hat die Oma immer gesagt.«

In der Stube machten sie es sich um den Tisch bequem. Ben überbrachte Laura die frohe Kunde mittels einer Signal-Nachricht.

»Dein Ex ist futsch.«

»Wie ›futsch‹?«

»Abgehauen, er hatte es eilig.«

Er schwor Frau Ganghofer ein, dass die Umstände ein Geheimnis zwischen ihnen bleiben sollten und sie als Dank zum Kaffee ein Stück von Lissys berühmtem Nusszopf bekomme.

Minuten später schoss Lauras Subaru auf den Hof der Pension. Sie musste sich selbst überzeugen. So schnell, wie der malade Knöchel es zuließ, umrundete sie Lissys Kombi und betrat das Haus.

Sie hatte sich gerade mit einem hingeworfenen »Klärt mich mal gefälligst wer auf?« zur feixenden Runde gesellt, da spielte Bens Handy die »Ace of Spades«-Riffs.

»Die sagen, ohne dich hätt ich es nicht geschafft«, hörte er Steck keuchen. Zwischen den Wörtern entstanden lange Pausen.

»Wenn die es sagen ...«, meinte Ben.

»Hör zu!«

Ben stellte auf Lautsprecher und legte das Handy in die Tischmitte. Laura, Lissy und Frau Ganghofer beugten sich zu ihm.

»Hör zu«, wiederholte Steck, »weißt du, damals bin ich euch nach, sonst hätt's wieder ewig geheißen, ich hab gekniffen, dabei ist der verreckte Wecker nicht losgegangen. Ja, freilich hab ich euch beide raufen sehen am Grat. Ich dachte noch: Drehen die Deppen völlig am Rad?«

»Ist mir klar geworden«, brummte Ben. Sein Herz schlug bis zum Hals. »Und?«

»Ich hab gesehen, dass Toni allein weiter ist. Den Absturz nicht.«

»Warum hast du das nie ausgesagt?«

»Zuerst hab ich gedacht, es war halt ein tragischer Unfall. Passiert. Und ... die Leut hätten gesagt, wenn der Depp nicht verschlafen hätt, wär's nicht dazu gekommen. Ich wollte halt kein Gerede, wollte nicht verwickelt werden.«

»Und dann?«

»Wie es dann ernst um dich geworden ist und alle dich beschuldigt haben, war's eh zu spät. Sollte ich nach Wochen damit daherkommen? Es ging nicht mehr. Wie hätte das ausgeschaut? Und du bist eh weg ...«

»Und du hast dir ausgefuchst, du kannst bei der Lissy landen und, wenn ich wegbleib, dir die Pension krallen.«

»Na, so war das nicht!«

»Doch, genau so, du Depp!«, mischte sich Lissy ein.

Ben legte den Finger auf den Mund.

Ein Hustenanfall stoppte Steck. Es klang nach Startversuch mit defekten Zündkerzen. Lange hörten sie ihn nach Atem ringen.

»Und dann tauchst du wieder auf, aus deinem Loch«, kam es tonlos von ihm, »wie ein böser Geist. Da soll man keinen Hass kriegen? Die G'schicht ist ständig in mir umgegangen, wenn ich deine Visage bloß gesehen hab. Konnte das denn nie ruhen, zefix?«

»Da fragst du den Falschen. Und, Steck, was ist? Würdest du das aussagen?«

»Na, was meinst du? Schranz hat's rausgefunden und gemeint, ich wär jetzt in Schwierigkeiten. Hier erzählen sie mir, du wärst mein Lebensretter, du Sauhund, warum auch –«

»Was soll denn das werden, Herr Steck? Das machen wir schön aus!«, befahl eine weibliche Stimme.

Die Verbindung war unterbrochen.

»Jetzt soll ich Schimmelpfennig II. wohl noch dankbar sein«, knurrte Ben.

»Dem nicht, höchstens dem Schicksal«, meinte Laura.

»Ich brauch jetzt einen Obstler, wie schaut's bei euch aus?«, erkundigte sich Lissy.

Nicken allerseits. Seine Schwester verwandelte sich in ein Honigkuchenpferd. Sie ruckte mit strahlendem Lächeln hoch, um Gläser und eine Flasche Birnenbrand heranzuschaffen.

»Wow, jetzt hast du deinen eigenen Feiertag«, meinte Richie grinsend, »du brauchst nicht auf Weihnachten zu warten.«
»Nicht nur du«, murmelte Laura und griff nach seinem Arm. »Ich zünd auch eine Kerze an.«
Für Ben war es zu früh, natürlich nicht für Schnaps, sondern um alles einzusortieren im Schädel und in Jubel auszubrechen. Er konnte sich nicht juchzend auf die Schenkel klopfen. Nix war ausgestanden.
Steff und dessen verschollene Mutter, die Susi, fielen ihm ein. Hatte Ben das Drama um ihr Verschwinden ausgelöst wie der Schlag eines Schmetterlingsflügels den Tsunami, nur wegen einer trunkenen gemeinsamen Nacht? Wäre er nicht abgehauen, hätte Steff womöglich nicht seine Mutter verloren. Nicht alle Dominosteine waren umgekippt, nicht alle Knäuel entwirrt. Manche Frage würde ewiglich in den Hirnen herumspuken.
»Die Wahrheit kommt halt ans Licht«, sagte Frau Ganghofer und schaute schmunzelnd in die Runde.
Zum Glück hatte die Polizistin das optimistische »immer« weggelassen. Ben tätschelte schweigend Beppos Schädel, bis der zu ihm aufsah. Amtlicher Hundeblick. Du bringst ja am Ende doch ein bisserl Glück, dachte Ben.
Sie hoben die Gläser.

Roland Krause
EIN ABGEZOCKTER SAUHUND
Broschur, 256 Seiten
ISBN 978-3-7408-0947-8

Der Münchner Kleinkriminelle Samson ist ganz unten, dort, wo ihm die Käfer ins Gesicht spucken. Ein Job von Halbweltgröße Stani kommt ihm daher wie gerufen. Er soll für ihn einen alten Kumpel aufspüren. Doch der schwimmt am Isarufer in seinem Blut, und Samson steckt bald mitten in der gnadenlosen Jagd nach dessen letzter Diebesbeute. Nur wer gerissen und ohne Skrupel ist, hat die Chance auf den Jackpot. Samson kämpft ohne Regeln – und riskiert dabei nicht nur das eigene Leben.

Roland Krause
GARMISCHER MORDSTAGE
Broschur, 288 Seiten
ISBN 978-3-7408-1450-2

Nach zwanzig Jahren kehrt Journalist Ben Wiesegger in seinen Heimatort Garmisch zurück und hat sofort jede Menge Ärger am Hals. Ein Gast der elterlichen Pension liegt tot auf der Weide eines Biobauern – der Mörder soll der gutmütige Stier Attila gewesen sein. Doch nicht nur Tierärztin Laura Schmerlinger hat ihre Zweifel daran. Als Wieseggers Schwester ins Visier der Ermittler gerät, setzt er alles daran, den Fall aufzuklären. Schon bald stellt sich heraus, dass der Tote alles andere als ein harmloser Wanderer war. Und dann ist da noch diese alte Schuld, die Wiesegger nun begleichen soll ...

www.emons-verlag.de